圆明园防渗之争

赵永新 著

人民东方出版传媒
東方出版社

献给多灾多难的圆明园！

目录

CONTENTS

序言一 以史为鉴，建设美丽中国

前不久，赵永新同志带着他刚修改完的《圆明园防渗之争》书稿来看我，希望我能写个序。尽管我的精力已今非昔比，但还是欣然从命。

我和赵永新可以说是忘年交。我认识他是在 20 世纪 90 年代末，当时我已由国家环保局局长调任全国人大，担任环境与资源委员会主任委员。在全国人大工作期间，除了完善环保法律体系、开展执法检查，另一项卓有成效的工作，就是中华环保世纪行。

这项活动是全国人大环资委的一个创举。大家知道，由于我国的环境保护起步比较晚，全社会的环保意识很薄弱。我在国家环保局工作期间，就一直努力通过新闻媒体向污染环境、破坏生态、浪费资源的行为宣战。1993 年我到全国人大工作后，就启动了中华环保世纪行活动。这项活动由全国人大环资委牵头、中宣部等 14 个部委参与，每年确定一个主题、组织十几家中央媒体记者到各地采访，曝光环保问题，开展舆论监督。中华环保世纪行在社会上产生了强烈反响，在国际上为中国树立了一个良好的形象。

赵永新作为《人民日报》的年轻记者，几乎每年的采访都参加，写了许多不错的稿件。此外，他还经常参加全国人大的环境执法检查，我们多次面对面深入交流。赵永新非常虚心、敬业，写东西有一定的思想深度，包括内参在内的许多报道都得到中央领导同志的批示、表扬。

2005 年春被媒体曝光的圆明园防渗事件前后历时大半年，在全国产生了很大反响，极大地推动了环保法特别是《环境影响评价法》的贯彻实施，堪称我国环保史上的一个里程碑。前面提到，我在全国人大工作期间大力推动中国环保法律体系的完善，其中一个重大成果，就是 2002 年 10 月审议、通过的《环境影响评价法》。这部法律不仅把环境影响评价制度以法的形式固定下来，而且把环评的对象从单个的建设项目扩大到区域规划，对于从源头上预防环境污染和生态破坏具有极其重要的意义。有了法律只是第一步，更为重要的是怎么落到实处。圆明园防渗事件，就是落实《环境影响评价法》的一个典型案例。在这一事件中，环保总局举办了我国环保史上第一次环境影响评价听证会，并依据环评报告下了整改令。通过这一事件，环境影响评价制度更加深入人心，为《环境影响评价法》的贯彻实施作出了积极贡献。

同时，圆明园防渗事件是一次成功的舆论监督。该事件从春延续到秋，其间可谓波澜起伏，各方争论比较激烈。各级、各类新闻媒体对事件的全过程进行了充分报道，既提升了公众的环保意识、普及了科学的环保理念，也为公众参与提供了机会和平台。

此外，圆明园防渗事件还是一堂生动的文物保护法律宣传课和古典园林知识普及课，让公众对相关法律法规和古典园林艺术有了进一步的了解。

时光飞逝，不知不觉圆明园防渗事件已经过去了十多年。我们高兴地看到，2005 年特别是党的十八大以来，在以习近平同志为核心的党中央的英明领导下，中国的环保事业得到空前发展，生态文明建设取得了有目共睹的成就。当然，我们也不能盲目乐观，当前中国的环境态势依然很严峻，生态文明建设还任重道远。我特别赞同习近平总书记的这个判断：“中华民族伟大复兴，绝不是轻轻松松、敲锣打鼓就能实现的。”生态文明建设作为一场涉及生产方式、生活方式、思维方式和价值观念的革命性变革，前进的道路上还会面临许多困难和挑战，需要全社会迎难而上、不懈奋斗，尽量少犯错误、少走弯路。

只有不忘历史，才能吃一堑长一智；只有真实的历史，才能照亮未来的天空。赵永新的这本书真实、生动再现了圆明园防渗事件的来龙去脉、前因后果，相信读者朋友看后会有所收获。

曲格平

2019 年 12 月 30 日

序言二 一部教科书级别的采访笔记

永新的这部新书，我用了大半天时间，一气呵成地读完。很久没有这样酣畅淋漓的阅读感受了。掩卷后，浮上来的第一个念头是，当圆明园遇到赵永新，双方都是多么幸运！

一滴水的背后，都有大海的影子，何况是举世瞩目的圆明园。圆明园防渗事件，今天看来，似有几分荒诞，而力挽狂澜、让饱经磨难的圆明园免受以“保护”之名施加的伤害，本书的作者功不可没。

永新愿意花费数年之久，将这份关于一项新闻焦点事件的曲折报道过程实录，巨细靡遗，公之于众，又是读者的幸运。我以为，特别是对正在学习新闻的高校学生来说，更大有裨益。因为，由一线央媒记者对一起焦点新闻事件，以如此忠实的方式呈现的完整采访实录，并不多见。其间不但涉及职业敏感、调查能力、采访技巧及报纸采编流程，更能从事件的起伏无定、牵扯的方方面面，看到复杂甚至晦涩的基层国情；看到为了保护先人遗泽的众人抱薪，以一种“不信东风唤不回”的坚忍信念；看到中国当代环境保护与文物保护是怎样在“摸着石头过河”的摸索中，激发改革勇气，走上法治轨道；也能从峰回路转、柳暗花明的过程中，看到舆论监督推动社会文明进步的重要力量。

这本书，给我几个深刻的印象。

一是记者追求真相的执着与功力。偶然得知采访线索的记者很多，能像永新这样下功夫持续跟进、深入挖掘的，并不多见。他数次艰难地“走”进甚至是“潜”入现场，连对他围追堵截的人都能成为他的信息来源；更遍访能找到的所有知情人，特别是观点对立、不同立场的各方人士，不仅关注其观点，还关注其人生命运；在事件看似“解决”或“无解”的时刻，依然不歇手、不放弃……在这个过程中，永新做了大量功课，从近乎“小白”，成了半个圆明园“专家”。这样的记者，难能可贵。

二是记者实录的新闻背后的“众生相”，极有价值，有资格成为历史书写的第一手资料。我一直觉得，最精彩的故事，往往在新闻背后。永新当年的报道固然不错，但报道背后各色人物在此书中的络绎登场，才让这一事件不独“活”在新闻里，更“活”在了历史中。就像经典的美国史著作《光荣与梦想》，一位退伍军人 7 岁儿子想从抗议者帐篷中救出小兔子的瞬间，也会成为美国当代史富有意味的黯淡时刻。本书中，圆明园的保安忠实地对记者“严防死守”、基层管理部门工作人员的满腹委屈，以及八仙过海、针锋相对的听证会舌战，都会成为中国环保改革大戏中的“名场面”。每个人的行为，都合乎逻辑，都情有可原，然而杂糅在一起，却让人有了“更向荒唐演大荒”般的沉重。字里行间，有作者书生意气的“热力”，更有一份难得的、职业性的冷静客观。

三是从对一起典型事件的解剖中，看到环保中国的一波三折和勠力前行。把生态文明建设与经济建设、政治建设、文化建设、社会建设一道列入“五位一体”总体布局的，是党的十八大。放到今天，圆明园防渗事件可能会铁腕般依法解决，但在十六年前，处置起来牵丝攀藤、举步维艰。在艰难化解过程中，出现了一次史无前例的环保听证会并全程向社会公开；如今，听证会已成为公众关注的重大环境决策必须走的“标配”……这起事件，由于媒体记者、环保部门、专家学者的共同努力，还等于向全国人民进行了一次卓有成效的环境保护和环保法律的“科普”，凝聚了最广泛的社会共识，堪称现代中国走向生态文明的一块里程碑。

本书意味深长，但书名很不讨巧——《圆明园防渗之争》，平实到了家，我甚至担心读者会因为它的平平无奇而错过一部跌宕起伏、趣致横生的好书。然而，不动声色的平实，正是这书的最大特色，一如它的作者。

在记者群落里，永新不抢眼，他做的环保、科技报道也不花哨，但有他调查研究的“钻劲儿”与长期浸润的独特视角。因此，他不会人云亦云，他的报道不仅站得住，还能让人想深一层，在新锐中透出历史感。

谢谢永新。我们现在所享受的很多给人幸福感的“正常”生活，仿佛如水和空气般天经地义。永新的书，让我们从一个侧面记取这份“正常”的来之不易。且还有更多的“正常”，需要我们在全面深化改革中去奋力争取，其间依然需要本书字里行间呈现的那份执着、勇气与担当。

不信东风唤不回。

李泓冰

2021 年 9 月 1 日

引言

一连串接踵而至的事件，使2005年成为名副其实的环保年——

新年伊始，“敬畏自然”之争议论纷纷，激活“人与自然”孰轻孰重的哲学命题；

两会前夕，国家环保总局公开叫停30个违反《环境影响评价法》的建设项目，涉嫌违规资金近1000亿元，全国刮起声势浩大的“环保风暴”；

紧接着，多灾多难的圆明园平地起风云，从初春激荡到中秋；

年末，松花江爆发水污染，国家环保总局局长易人……

其中，历时最长、波及面最广、博弈最激烈、影响最深远的，当数至今仍存争议的圆明园防渗事件。

该事件发轫于环保、终结于环保，但又绝不是一个单纯的环保事件。

人们常说“历史是一面镜子”，时隔十多年之后，当我们回望圆明园防渗这面镜子时，又能从中悟出怎样的启示？

一 前缘今事

没有2003年草木皆兵的非典，没有2004年鸡犬不宁的禽流感，2005年北京的春天，似乎要在平静中度过。

然而，“两会”刚刚落幕，来自兰州的一位学者的偶然发现，使多灾多难的圆明园在其罹难145周年之际再次闯入公众视野，引发了一场旷日持久、翻云覆雨的环保大战。

一封普通的电子邮件

3 月 24 日是周四，初春的北京阳光明媚。这天，在家中的笔记本电脑上处理完一篇稿件，已近中午。我习惯性地打开电子信箱，想看看有无要紧的邮件处理，然后去报社食堂吃饭。

不经意间，一封邮件引起了我的注意。

邮件是我所尊敬的李皓博士发来的。李皓是全国妇联原副主席黄启璪的女儿，1982 年毕业于四川大学生物系生物化学专业。1986 年，她由中科院成都生物研究所派往德国，在著名的 Fraunhofer 研究院汉诺威毒理研究所从事免疫生物学研究，并于 1994 年获汉诺威大学自然科学博士学位。1995 年，回国后的她到北京医科大学免疫系做博士后，研究中草药成分的免疫调节作用。

如果照此下去，她有望成为一位中草药专家。没承想，李皓半路改行了。出于对中国环境状况的深切忧虑，她在回国后的第二年辞职，转向环境科普。她以国际环境影视公益机构 TVE 中国项目协调员的身份，引进国际上的环境教育影视资料，向国内公众宣传普及先进的环保理念和做法。

2001 年，李皓申请创办了一家民间环保机构——北京地球纵观教育研究中心（后更名为环境科普研究中心）。

早在 2000 年冬，我曾就京密引水渠硬化的问题（此事后面还会提及）电话采访过她。李皓博士严谨细致的作风、容易激动的个性，给我留下了深刻印象。

此后，我们之所以能够长期交往，还应当归功于“不打不成交”。2002 年春季的一天，我赶到她在翠微大厦的办公室拜访，结果是“乘兴而去，败兴而归”。在“中国有无保护环境的文化传统”这一问题上，我俩意见不一，发生了激烈争执，以至于两人都面红耳赤、大动肝火，结局可想而知。

李皓博士
赵永新／摄

事后，我对自己的冲动很是后悔，一直想找个机会向她道歉。说来也巧，时隔不久，在这年4月22日举行的第六届地球奖颁奖会上，有幸获奖的我与应邀出席的她不期而遇。见面之后，我俩都抢着向对方道歉，遂化干戈为玉帛。

确切地说，李皓是我的环保老师。在此后的交往中，她以自己超前的环保理念，给我上了许多启蒙课，纠正了我此前许多似是而非的错误观点。她一丝不苟、绝不盲从、敢于直言的治学态度，让我领教了一位专业环保人士的风采。此后，我遇到环保难题时经常向她请教，她总是“知之为知之、不知为不知”，从没有不懂装懂。她发现一些地方环保工作中的错误做法，经常向我“报料”，我也“利用职务之便”，尽可能地进行报道，以期矫错纠偏。

虽然是老朋友，但只要我在引述她的观点或编发她的文章时稍有差池，哪怕是一个标点符号，她都不放过，一经发现就打电话给我，郑重其事地要求纠正，直到我“照改”后才转怒为喜。

也正因为如此，我对李皓博士更加“敬而近之”。

这封邮件是她昨天晚上发给我的。“这次李老师又有什么新发现呢？”这样想着，我随手打开了邮件——

兰州大学的张正春老师今天向我反映，说圆明园正在大规模铺设防渗膜。他认为这样做会引发严重的生态后果，应当尽快制止。他向多家媒体反映，但都没有引起重视。你能否前去采访一下，张老师还在北京，手机是XXXXXXXXXXX。

我这两天就去圆明园看一下，有情况再和你联系。

不欢而散的对话会

看完这封邮件，我像触了电一样，脑海里闪过一件不爽的往事。

2000 年 10 月，时为海淀区人大代表的北京空军指挥学院教师李小溪女士，向我反映了一个情况：北京市的水利部门正在对京密引水渠昆玉段（昆明湖—密云水库段）衬砌硬化。施工人员砍掉了岸边生长的白杨等树木，铲除茂密的灌草植被，砌上水泥“保护”堤岸；把原来的泥沙河底碾平压实后，在上面浇筑水泥、硬化河床。

李小溪认为，这项打着“防渗节水”旗号、给河流装上“铜帮铁底”的“环境保护工程”，不仅破坏了京密引水渠原有的生态系统，而且还会导致水质恶化，实际上是不折不扣的“环境破坏”工程。

李小溪

本人供图

我听完后心里没底：这项工程被

视为首都整治水环境的大手笔，肯定经过了专家论证，难道还会有什么问题不成？

李小溪听出了我的疑问，说：“我不是专家，我的话你可以不信，但李皓博士是环保专家，你可以采访一下她。”

于是，就有了上面提到的我对李皓的电话采访。她对此事极其认真，专门给我发了一封电子邮件，详细阐述了水泥硬化河道可能引发的问题——

破坏河道中原有的坡岸与底泥已有的生态系统，把有生命的河流变成死的输水管道，这会降低河流的自净能力，加剧河水污染；在阳光的曝晒下，水泥河道会使河水增温，由此增加水蒸发，破坏水质，等等。这种看似新潮的做法，其实早已被国际社会所摒弃，美国等发达国家正在拆除几十年前铺设的水泥河床，使人工裁直的河道恢复其蜿蜒曲折的原貌。

我根据两位老师反映的材料，写了一篇内参。没有想到的是，这篇内参引起国务院领导的重视，还做了具体批示。

受此鼓舞，经李小溪热心提议，北京的三家民间环保组织——自然之友、绿家园和地球村，联合向北京市的领导和有关部门发出邀请，就京密引水渠整治搞一次讨论会。于是，就有了 2001 年 3 月 16 日的“北京城市河道治理对话会”。

得知这一消息后，我自然很高兴，兴冲冲地前往采访。等我赶到北京人民广播电台的会议室时，里面已经人头攒动，自然之友会长梁从诫先生、绿家园负责人汪永晨女士、北京地球村负责人廖晓义女士，都已到场；媒体也来了十几家，会议室后面架起了“长枪短炮”，只等对话会开始。

参加这次对话会的，还有十多位有关专家，北京市水利局、环保局的领导和北京市的一位领导。这应该是中国的民间环保组织第一次以“对话会”的方式和北京市政府进行当面交流。看得出，梁从诫、汪永晨、廖晓义等人对这次“对话会”期望很高。

但是，后来的进展事与愿违。

大约 10 点，市领导带着水利局、环保局的几位官员姗姗来迟。在主席台上就座后，他瞅了一眼背面墙上悬挂的“北京城市河道治理对话会”横幅，满脸不悦：这不应该叫什么“对话会”，而是研讨会。如果早知道是什么“对话会”，我就不来了。

坐在台下的梁从诫对此似乎没太注意，他站起身，手拿话筒，满面笑容地环顾四周，说：“今天我们三家民间环保组织，邀请有关部门、专家，一起讨论北京城市河道治理的保护问题，这样的会议此前还不多见。对于副市长和各位领导的光临，我们表示衷心的感谢！”

之后，市领导首先发言。他先是列举近年来北京市保护水环境取得的系列成就，然后高度评价京密引水渠的水泥硬化，说得滔滔不绝。

对于市领导的这番长篇大论，台下的梁从诫和专家们很不以为然，先后站起来各抒己见。

北京大学教授俞孔坚——当时我还不认识他——的发言给我留下了很深的印象。他讲话的大意是城市水系就像身体之血脉，在城市建设中并没有得到应有的尊重和善待。他认为，北京水系治理就犯了一个大忌：片面强调水系的排洪、防洪、泄洪、防渗和排污功能，将水系截弯取直后以钢筋水泥护衬，以为这便可以将水系“治服”、一劳永逸。其实，自然的水系是一个生命的有机体，是一个生态系统，它需要一个自然的生态环境方能维持健康。

梁从诫先生

赵永新／摄

梁从诫等人也先后发言。对于他们的不同见解，市领导也毫不客气地予以反驳，双方你来我往、互不相让。

争论持续了一个多小时，台上、台下谁也说服不了谁。这时，脸色阴沉的市领导突然站起身，用威严的目光扫视会场一周，表情严肃地讲了一番令人惊骇的话，就拂袖而去。坐在台上的其他领导也纷纷起身，跟着他鱼贯而出。

梁从诫等人先是面面相觑，然后长吁短叹，黯然离场。

要不要采访

一阵微风从窗外吹来，把我唤回现实。

再看看李皓发来的邮件，我一时没了主意。

尽管这次提到的对话会不欢而散，但据说还是起到了一定的效果。李小溪后来告诉我：那次论争虽然没有改变京密引水渠的命运，但也在一定程度上改变了一些领导的观念。2002 年 9 月，北京市水利局的领导曾在一个场合强调：北京今后不再修建水泥河道。

“圆明园为什么还要铺防渗膜呢？要知道，圆明园的知名度那么高，可不是能随便动土的地方。”我心想，“如果这次铺膜的确有问题，那事情可就大了。”

“这位张正春又是什么人呢？他反映的情况是不是真的？再者，即使他的观点是正确的，但事情涉及圆明园、涉及北京，稿子写出来能不能公开见报，也是个问题。”我这样想着，一个念头灵光一闪：如果圆明园铺防渗膜真的破坏了环境、破坏了文物，那可是条大新闻！

想到这里，我心中一亮：报社从今年年初开始实行编采分开、力推新闻改革，社领导一再强调要“抓新闻、抢新闻”，而且要抓“独家新闻”——圆明园铺设防渗膜，不就是重大的“独家新闻”吗？

但是，另外一个想法又让我犹豫起来：如果张正春反映的情况不属实，或者他的观点不正确，那我就白跑一趟了。要知道，圆明园在北京市西北角，我的工作单位则在东三环外，来回几十公里，光打车费就得七八十元。

怎么办？去还是不去？我在客厅里走来走去，犹豫不决。

“管它呢，先去看看再说！”以往的采访经验让我拿定了主意——“现场”是最好的老师，它总会给你意想不到的惊喜。

于是，我拨通了张正春的手机。

“你是哪位？《人民日报》的？”电话里的声音有浓浓的西北味儿，“哎呀，赵记者，你赶紧来看看吧！圆明园里到处是白花花的防渗膜，都快铺完了！”

我在电话中问他：“圆明园铺防渗膜会有什么影响？”

“铺防渗膜会有什么影响？影响大了！”电话那头的张正春十分激动，声音提高了八度，“圆明园这是自毁命根子！如果不马上制止，将产生灾难性的后果……”

我打断他的话，说：“这样吧，张老师，我们下午两点在圆明园门口见。”

二一进圆明园

的确，新闻现场总会给你许多意想不到的惊喜。

生平第一次走进圆明园，既让我捕捉到了关键的新闻要素，同时也给我莫大的震撼。

初见张正春

放下电话，我把数码相机装进采访包，先到食堂吃了午饭，然后到报社西门拦了辆出租车，直奔圆明园。

所幸，三环路上不是很堵。我本来想在出租车里眯一会儿，可“圆明园”这三个字就像深秋时节树枝上的金色叶片，老是在我脑子里闪来晃去。

说到圆明园，真是惭愧。虽然这个名字如雷贯耳，但我此前只去过一回。那还是十几年前的冬天，在南开大学读研究生的我到北京大学玩，顺便去了一趟圆明园。如今能记起来的，只有时常出现在电视画面里的那些残石断柱。1995 年到北京工作后，我曾多次路过圆明园，但都是过其门而未入。所以，圆明园于我，就只有“皇家园林”和“国耻纪念地”的模糊概念。

之后，因为多次到圆明园采访，我对它的了解才多了一些。其实，圆明园不仅是一座皇家园林。在 1860 年被英法联军焚烧抢掠之前，圆明园还是清朝皇帝的办公场所，皇帝每年夏秋在此长住，所以圆明园也称“夏宫”，故宫则被称为“冬宫”。圆明园其实是三个园子的总称：圆明园、绮春园（又称“万春园”）和长春园。已对外开放的“东区”，包括绮春园、长春园和圆明园的福海；一直未对公众开放的“西区”，是指福海

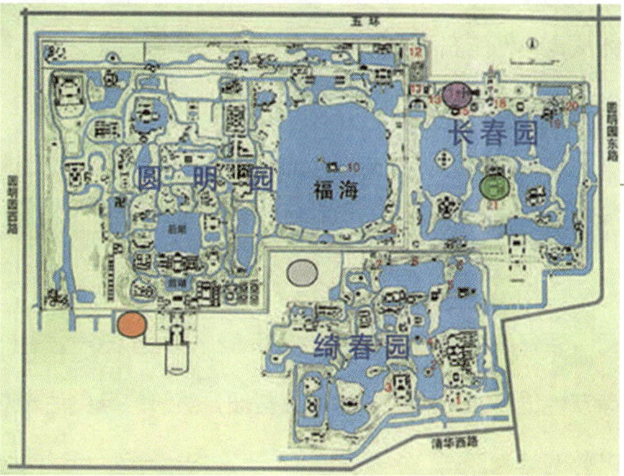

圆明园平面图
赵永新供图

以外的圆明园。圆明园原来的大门（正门），是西区“九洲清晏”景区南侧的大宫门；目前游人出入的大门，原来是绮春园宫门，现在俗称“圆明园东门”。

大约四十分钟后，我赶到了圆明园东门。

高大簇新的东门显然是后来重建的。由于这天是工作日，东门外的小广场上游人不多。广场上种着成趟成行的松树、白杨树，地上除了光滑凹凸的青石板路看上去像是原来的旧物，其余全是新铺的水泥地；水泥地下面，还埋着用玻璃板覆盖的地灯，大概是节假日晚上照明用的。

石狮子
赵永新/摄

能唤起游客沉重的历史记忆的，是门口两侧那对残损的石狮子。这对石狮子怒目圆睁、大口张开，似乎在向人们诉说着这座皇家园林往日的尊严和曾经的屈辱。

我到门口一侧的售票处买了两张门票，又返回到门口，向四周望了望，没有发现像在等人的人。看看手表，已经过了两点，我就拨通了张正春的手机。

“赵记者吗？真对不起！你稍等一会子，我马上就到，马上！”他在电话中说。

大约过了五分钟，我看见一辆出租车在马路边停下，里面走出一位穿黑西服的中年男子。他快步向我这边走来，脖子上挂的相机一晃一晃的，为了不让相机晃得太厉害，他用右手小心地扶着。他左手还提着一个沉甸甸的纸袋子，不知道里面装着什么。

这位走路慌张的先生，应该是张正春了。等他走近了，我迎上前去：“您是张正春老师吧？”

“真对不起，让你等久了！”他一边和我握手，一边喘着粗气。

我仔细打量着张正春：中等个头，黑黑的短发有些乱；黑色的西服里面是一件紫灰色的衬衣，脚上的皮鞋有些旧，皱皱的鞋尖沾着灰土。格外打眼的，是他修剪齐整的黑色“人”字胡。

他握住我的手，激动地说："前两天我打了几十个电话，没有一个记者理睬我——现在圆明园有救了！"

"张老师，我可没那么大本事。"我认真地说。

"赵记者你不要谦虚，《人民日报》可是党报啊！"说着，他弯下腰，从沉甸甸的纸袋里取出两本 16 开的书，递给我，"这是我写的两本书，请你多指教。"

我接过来一看，一本是学术著作《中国生态学》，一本是摄影作品集《青藏之窗》。我粗略地翻了一下《中国生态学》，洋洋数十万字，对中国自古至今的生态学源流进行了系统论述，其中有几章专门论及中国古典园林中的生态学。

这让我对张正春刮目相看——他看起来其貌不扬，实在不像我想象中的大学老师。

自掘坟墓

我把书放进背包，跟着张老师进入圆明园。

穿过东门往前不远，眼前豁然开朗：正前方是一条柏油路，路两边是高大的杨树、柳树，细细的柳丝已有隐隐的绿意；左前方是一片开阔的湖面，湖的北边有一个建筑物，应该是指示图上所说的鉴碧亭了。

我颇感奇怪的是：湖里一点水都没有，裸露的湖底像是平整后的田地。

张正春告诉我："这里的膜已经铺完了，压在土下面。咱们往里走，里面还在铺。"

我边走边和他交谈："张老师，您是怎么发现铺防渗膜的？"

"这也许是天意。"他告诉我，他这次来北京出差，除了正事外，还有两个心愿：一是瞻仰天安门，二是来圆明园看看。他的新书《中国生态学》中，就写到了圆明园。

"3 月 22 日是'世界水日'。这天上午，我先去中国科学院生态研究中心拜访中国生态学会理事长王如松先生。他很关心《中国生态学》一书的再版和修订，提了很多建议。"张正春回忆说，"当天下午，我就来到圆明园，没想到，所见所闻让我目瞪口呆：湖里面全是白花花的塑料膜，几十台挖掘机干得热火朝天！"

"铺防渗膜有什么危害呢？"

“危害大了！这是一次彻底的、毁灭性的生态灾难和文物破坏！”他可能认为我的提问太幼稚，提高了嗓门说，“圆明园是在自掘坟墓！”

“有这么严重吗？”

张正春瞥了我一眼：“怎么不严重？”

他看出我对圆明园知之甚少，就给我讲解起来——

经过康熙、雍正、乾隆三代皇帝150多年的经营，圆明园成为规模最为宏大的皇家园林，也是中国古典园林的集大成者，被称为“万园之园”，可以说是前无古人、后无来者，独一无二、举世无双！

中国古典园林最大的特征是什么？是“师法自然”，是“巧夺天工”，是“虽由人作，宛若天开”，是“天人合一”——这是中国古典园林最高的美学境界！

圆明园所在的地方本来是天然湿地，清朝皇帝不惜动用国库，调集了全国的奇材异石和能工巧匠，根据“天人合一”“师法自然”这些法则掇山理水、挖地成湖、堆土为山。其后经过几百年的演化，终于使圆明园成为真山真水、山水相连、浑然一体的中国经典园林，形成了中国特色的园林风格。

为了铺防渗膜，园中的湖底被整成平地，改变了湖底深浅不一、平缓起伏的本来面目，再铺上防渗膜，无异于把自然的湖泊与河道变成了人工水池和人工水渠，把原来的湖泊变成了塑料盆盆，彻底改变了它的固有面貌！

工人们把防渗膜铺到岸边的石头上，再用水泥抹平，铺得滴水不漏！他们还用水泥砌岸，砌得密不透风。这样，人为地把水体与山体割裂开来，破坏了山水相连、气息相通的整体格局。

可以说，防渗彻底破坏了圆明园的古典园林风格！

张正春讲得头头是道，我却听得一头雾水。

说来惭愧，对于中国古典园林，我除了上学时读过叶圣陶先生的散文《苏州园林》，其余一无所知。

张正春发现他是在“对牛弹琴”，轻轻摇了摇头。还好，他对我没有完全丧失信心，继续说——

防渗膜隔断了地上水与地下水的自然循环，地上水无法与防渗膜下的部分进行物质和能量交换。此外，经过这样一隔，把活水变成了死水，一是降低了水的自净能力，更容易导致富营养化，使水变绿变臭——滇池就是个典型的例子；二是更易产生甲烷类有害气体，把防渗膜上的水体变成了“沼气池”……

谢天谢地，我总算能听懂了。这几年我主要是跑环保，这方面多少了解一些。

狐狸尾巴

这时我俩已走了快半个小时，我有点着急：怎么还看不到铺防渗膜的施工场面？

“施工速度太快了！”张正春说，“大前天我来看时，这里还在铺膜呢。我们再往里走走。”

大约又走了 10 分钟，在一个较大的湖前，终于看到了铺防渗膜的现场。仔细看去，几十个穿着棉衣的民工，正在驳岸边认真地忙碌着：有的用水泥把延伸到岸边的防渗膜压住、盖严；有的正在驳岸的石头缝上抹水泥——防渗做得横到边竖到沿，

工人给整修后的驳岸抹水泥

赵永新／摄

可以说是不留死角、天衣无缝。稍远处的一个湖里面，几台挖土机轰隆作响，正在把堆在岸边的泥土往湖中间运。

我俩停止交谈，各自端起相机，从不同的角度拍照。

拍得差不多了，我走到岸边，蹲下身，和就近的一位中年民工攀谈起来。

“大哥您好，您老家是哪里啊？”

“河北的。”

“在这里干了多久了？”

“去年秋天就开始了，再有几天就干完了。”

“您是哪个公司的？”

“没有什么公司，我们就是来包活儿的。”说完，他又埋头干起来。

这时，一个胸前挂着牌牌的男子从远处走过来。

“你是干什么的？”他指着我胸前的相机，警觉地问。

我赶紧回答说:“我是山东的,慕名来看圆明园,没想到来得不巧,湖里水都没了。”

“现在在施工，等防渗工程结束就放水。”

我掏出一支烟，递给他：“大哥，为什么要铺膜呀？”

他吸了一口烟，口气缓和了许多：“节水嘛。这湖底全是沙子，漏得厉害，存不住水，不铺膜水都漏掉了。”

“全都铺还是只铺一部分？”

“全铺，快干完了，五一前就放水。”

“这么大的工程得花不少钱吧？”

“这年头，上厕所都得花钱！”他吐了个烟圈，“听说是一亿五。”

“这么多钱啊，都是你们自己出？”

“我们哪出得起？都是政府的钱。”这时，他忽然警惕起来，“你问这个干吗？赶紧走吧。”

我和张正春在这里看到的，只是防渗膜铺下后扫尾的活儿——防渗膜是怎么铺的呢？

我俩继续往前走。在另一个铺完膜的大湖前，我看到岸边摆放着许多绿色的塑料袋，都装得鼓鼓囊囊的。

我跳下岸，走到塑料袋前，袋子敞着口儿，里面装的像是植物的根须。我在塑料袋周围的地上仔细寻找，偶然看到遗漏的小块根须。

"这应该是芦苇，或是菖蒲的根。"张正春看完后说，"你看，地上那么多塑料袋子，装的都是这东西，说明原来的植物很茂密。"

不远处，几个包着头巾的妇女正在整地、施肥。我走上前去，问："大姐，你们这是要种什么？"

一位脸色黑红的妇女抬起头，说："领导说要种荷花。"

"种荷花好啊。"我一边说着，想拍张她们劳动的照片。结果，她们全都嬉笑着低下头干活。

我只好作罢。上得岸来，我有些失望：还是没有看到正在铺防渗膜的场景。对于实地采访来说，这是个很大的遗憾。

"再往前走走看，应该还有没铺完的。"张正春一边安慰我，一边恼自己，"前天我来的时候不知相机出了什么毛病，拍的照片都是黑的。"

有心人，天不负。我们折回来，又顺着分岔的小路往东走了 10 多分钟，终于在一处狭窄的河道里，目睹了铺膜防渗的全过程：前边是挖土机开道，把地面碾平、压实；跟在挖土机后面的民工，把一长卷白色的防渗膜展开，在地上铺好，后面有人跟着填上泥土，再用铁锹拍平……

我赶紧端起相机，从不同的角度拍照。其中一张效果最好的，后来用在《人民日报》和人民网上，并被多家网站转载，成

防渗膜铺设现场
赵永新／摄

为圆明园防渗的一张经典照片——之后的记者再来采访时,防渗膜都已铺完,无法“躬逢其盛”了。

靠近河边的石板路上，摆放着几卷打开的防渗膜。我弯下腰，仔细辨认着：防渗膜由“一布一膜”构成，一层是透明的塑料防渗膜，一层是白色的土工防滑膜，看上去有点像棉绒。

防渗膜

赵永新/摄

“小兄弟，这个是什么东西啊？”我装作不知，问旁边的一个小伙子。

“防渗膜。”他头也不抬地说。

后来通过查圆明园地图，才知道这个地方位于长春园西北角，在“谐奇趣”的东南侧；铺膜的河道，西通“方壶胜境”，东连“海岳开襟”；河道上的桥，叫“线法桥”。

正在铺防渗膜的，是线法桥西边的河道。在桥东面的河道里，工人们正在为铺防渗膜做准备：一台挖掘机正在河道里面施工。河道里长着密密麻麻的植物，较高的稀疏的部分，是干枯的芦苇；下面是厚厚的衰草，仔细看去，已有稀疏嫩绿的草芽冒出来。

拍下圆明园所剩无几的“原生态河道”，我总算如愿以偿：终于拍到了可观的铺防渗膜的现场，以及铺膜之前河道、湖底的原貌。

夕阳残照远瀛观

这时,已经红日西沉。张正春提议:趁园子还没关门,去看一看西洋楼的残垣断壁。我也有此意。于是,我们向前走了一段路,就到了现在被多数人视为“圆明园遗址”的标志性建筑——西洋楼内的远瀛观。

远远地，在电视上经常看到的高高耸立的几根石柱映入眼帘；石柱周围，有几丛干涩的冬青；稍远处有几棵白杨树，刚刚抽芽。

落日的余晖，为这些屡遭破坏的残石断柱平添了几分苍凉、几分凄美。我的心一下子变得沉静，胸中似有千言万语，但又一句话也说不出。

张正春

赵永新／摄

暮色中，空旷的遗址上只有我们两个人。

“拍张照片留念吧。”张正春说。

于是，我们两个人轮流拍照，以作纪念。

拍完照后，我俩小心翼翼地绕过脚下横七竖八的石块、石雕，慢慢走近那几根耸立的石柱。经过一个半世纪的风吹雨打，这些原本精美无比的艺术品已是体无完肤、残破不堪，但它们还倔强地伫立在那里，就像新疆枯死的胡杨树，死而不倒，似乎在向苍天诉说着什么。

“可惜啊可惜！”张正春抚摸着石柱上镂刻的纹饰，十分惋惜地说，“当年英法联军和八国联军放火烧毁的，只是那些中式的木制建筑，这些石头做的西洋建筑

余晖下的远瀛观

赵永新／摄

还基本保留着。后来，北京的军阀官僚、豪绅兵匪你抢我夺，连砸带搬，能搬走的都搬走了。”

“这是天佑中华！”静默了一会儿，他大声说，“中华民族是摧不垮、灭不掉的！这些石柱子在这里站了一百多年，都没有倒下去——它们正是中华民族不屈不挠的象征！”

我的内心感到莫名的震撼。久违了，这样的慷慨陈词。

天色渐暗，我俩告别西洋楼，向长春园的门口走去。

“历史真是好开玩笑：这些西洋建筑本是乾隆皇帝为满足其虚荣心，依照当时在清廷供职的欧洲人的设计，仿照欧式建筑修的。其实，这些西洋建筑并不是圆明园的代表性建筑。真正的代表性建筑，是之前按照中国建筑营造法式建的殿堂楼阁。西方列强烧毁了东方文明，却留下了这些西方的遗迹供后人参观——这真是莫大的讽刺！”

说到这里，张正春又情绪激动起来：“赵记者，圆明园不能再被糟蹋了，你一定要把防渗的事情曝光，让他们赶紧停工！”

“张老师，如今那些中式建筑都毁掉了，圆明园已经风光不再，铺了防渗膜又有什么呢？”

“哎呀赵记者！”张正春急了，立马打断我的话，“唉！怎么跟你说呢？与圆明园的山形水系相比，那些地上建筑只是皮毛！圆明园的山形水系才是中国古典园林所特有的，是世界上极其伟大的美学创造，也是非常宝贵的文化遗产，其艺术价值不亚于任何地上建筑！虽然历经破坏，然而圆明园的气势和风韵并未损毁，‘山连绵、水泱泱’的轮廓还在。再说了，残山剩水也是中国古典园林的一种境界，其中蕴藏着中国美学所特有的意韵。圆明园的苍凉和荒芜，甚至可以说是中国古典美学的独特境界，是无比珍贵的历史文化遗产！”

他咽了口唾沫，接着说：“作为皇家顶级园林，圆明园的山水结构体现着‘连绵不绝’‘一气相通’‘出有入无’的中国美学艺术，构成了圆明园美学意境中不可或缺的气脉……”

看我听得似懂非懂，他停了停，气愤地说：“换句话说，中外游客来看圆明园，是不是想看遗址的真实面貌？湖底铺上塑料膜，不就成了塑料盆盆了吗？还有什么美感可言？如果将来圆明园想申报世界文化遗产，你把下面全铺上塑料膜，哪个专家会投你的票？”

快走到长春园门口了，我忽然想到一个问题：“张老师，您是怎么认识李皓博士的？”

“我俩都是中国生态学会的会员，去年学会在四川绵阳开年会，我们都去参加，就这样认识了。”

他似乎察觉出我的言外之意，说：“赵记者，我是个无名小卒，我的话你可以不信，但你可以相信王如松和俞孔坚吧，他们可都是这方面的权威。”

“不好意思，他们两个我都没打过交道。”

“我给你他们的电话。”说着，他从口袋里掏出几张名片，从中找出两张，“这是俞孔坚，哈佛大学的景观设计学博士、北大景观设计学研究院的院长；这是王如松，中科院生态研究中心主任、中国生态学会理事长、国际科联环境问题委员会第一副主席，他还是北京市政协委员、全国人大代表。你先记下他俩的电话、手机，尽管采访他们。”

他又补充道：“对了，他俩好像都在上海出差。不过没关系，你打他们的手机，就说我介绍的。如果你觉得还不够，我再给你找北大教授吴必虎等老师的电话。”

“我先采访俞孔坚和王如松吧，”我看着他说，“张老师，您把您的通信地址给我写一下。”

他接过我的采访本，写下了一行字：兰州大学生命科学学院。

“张老师，您的职务是？”这句话刚到嘴边，又被我咽了回去——我忽然觉得，这样问太伤对方的自尊心了。

（就是因为这次“欲言又止”，让我在后来的报道中犯了一个硬伤：把张正春的职称误写成“教授”。事后我才知道，他是“客座教授”。——笔者注）

“赵记者，我回去再整理一下，写篇文章发给你，供你参考。”

听了这话，我暗生感激：估计是他担心自己的观点我听不懂，就亲自动手给我写一份书面的。

三 定心丸

由于张正春老师的推荐，我随后采访了三位专家。他们的真知灼见，既使我对圆明园这个遗址公园的性质、功能有了进一步的了解，也给我吃了一颗定心丸。

外耻内愚

“赵记者，这篇报道你可一定要写好啊，而且要尽早见报，否则防渗膜就铺完了！”告别张正春，在回报社的出租车上，他的叮咛不时在我耳边响起。

回到家时已经 7 点多了。草草吃了两口饭，我理了理头绪，开始电话采访俞孔坚和王如松。

先采访的是俞孔坚。他的手机拨通后，响了一会儿，才听见他的声音：“我在上海开会，有什么事你简单说吧。”

我长话短说，告诉他采访意图。

“圆明园铺防渗膜？他们又在乱搞！关于圆明园我早就写过好几篇文章，观点都在里面了。你先上网看一下，有什么问题再打电话给我。”

我打开电脑，上网一搜，头都大了：俞孔坚写的文章太多了，而且每一篇都是洋洋洒洒，动辄几千字。我随手点开一篇，仔细读了一遍，不禁肃然起敬：他的文章写得真漂亮，不仅观点犀利，而且文笔优美、满含激情，极具感染力。

可惜的是，与圆明园有关的我没有找到。没办法，我只好硬着头皮又打他手机。

“没找到啊？这样吧，明天我让助手发给你。”

“谢谢俞老师！不过要快啊，我急着赶稿子！”我叮嘱了一句。

给俞孔坚发去我的电子邮箱后，我又拨通了王如松的手机。

“我最近没去过圆明园，对铺膜的情况不了解。”王如松说，“不过，这种做法是违背生态学常识的。防渗不当会导致湖水富营养化，这在短时间内可能看不出来，但一旦发生问题就严重了。滇池、太湖都是富营养化的例子。”

“圆明园为什么要铺防渗膜？恐怕不是为了节水，而是为了搞游船等经营性活动，这与圆明园的历史定位是相违背的。”王如松又说，“位于海淀区的圆明园遗址历史上是一片湿地，其主要自然功能是保持湿地的‘肾’生态服务功能，是联结西山和城区的重要水文通道。而圆明园遗址的主要社会功能，是进行爱国主义教育、让大家记住民族耻辱，而不是为了赚钱。可以说，圆明园铺防渗膜是一个外耻内愚的典型。”

王如松

赵永新/摄

“‘外耻内愚的典型’？”这个说法让我很感意外，“有这么严重吗？”

“我这么说不是夸大其词。”他说，“由于清王朝腐败透顶、国势衰微，圆明园接连遭受英法联军和八国联军的两次焚掠，被毁殆尽——这不是外耻是什么？现在他们又铺防渗膜，势必会破坏圆明园的生态环境，是一个极其愚蠢的做法。而最可悲的是，无论管理者、工程技术人员，还是多数市民，还意识不到铺防渗膜的严重性。圆明园的遭遇很有典型性。”

采访完他们两位后，我对铺防渗膜的是非利弊大致有底了。为保险起见，我又电话采访李皓博士。

“我今天没来得及去看，不好说什么。不过这个问题不是个小事情，明天一上班我就去圆明园，看完了再和你联系。”

善待圆明园遗址

第二天吃过早饭，我就打开电脑，看俞孔坚的文章发来没有。

谢天谢地，他的文章发过来了。这篇题为《善待圆明园遗址》的文章，是在2003年6月20日圆明园管理处举行的《圆明园遗址公园规划》专家座谈会上的发言稿。我如饥似渴地看了一遍，感觉俞老师讲得真好，在此全文引用，与读者朋友分享——

俞孔坚教授

本人供图

“对待土地是需要感情的”，我的感觉是这样，在我回国的七年里，一直都在为尊重和保护这块土地而努力。

对于圆明园这个问题，我想大家都是好心，希望把它的遗址保护工作做好。但请大家回顾一下，关于城市与景观改造和建设的问题，从上世纪五十年代开始，我们就不断地在犯错误，又不断地改正错误。现在最新的错误就是北京的水系整治的人工化和硬化，三年前我们就在反对，现在许多人认识到了，后悔了。为什么会这样呢？这主要是认知方面的问题，我们要借鉴国外的经验教训，接受专家的意见，然后才能真正地认识这件事。我说话比较激动，但我不是针对任何一个人。我觉得我们一定要认识足下的这块土地，尊重这块土地，善待这块土地。

现在来谈一下圆明园的规划，我想我的发言有以下几个方面的依据：

一是对遗址公园的认识。什么是遗址公园？如果把“圆明园遗址公园”改成“圆明园公园”那就是两码事了，这个首先要认识清楚，这是个依据。遗址有它的特殊性，我们知道古罗马遗址，没有人要把古罗马遗址改变，建设成古罗马公园——当然二战前墨索里尼试图重建罗马，但失败了。对待圆明园遗址最关键的是“遗址”这个词。

第二个方面的依据是恢复和没有恢复的对比。东区恢复了，西区没有恢复，因为我对这个非常关注，我专门去看了，我的比较结果是恢复的东区并没有比未恢复的西区好在哪里。我认为花了这么多钱来恢复，而遗址的感觉消失了，必须承认这一点；另一方面“杂草”侵入了，真正的广布性“杂草”侵入了，而人们通常当作荒野植被的乡土物种却消失了，那是在大量的近自然植被被人工干扰后出现的现象。这是经过对比东部和西部的情况后得出的结论。如果像国外修建大面积的草坪，像修建高尔夫草坪那样做圆明园的人工草坪，我们也

1992 年俞孔坚和大学同学在圆明园

本人供图

支付不起，需要大量的投入。而自然的野草可以在很大程度上自我维护，一旦把自然这个过程破坏掉后，必定会是杂乱的。

第三是我个人的体验。我 80 年代到北京来上学，经常到圆明园，那时候是水田、荷花、流水、湿地、芦荡，那种沧桑感和带来的关于民族历史的震撼，远非今天恢复后的景观所能产生的。

第四方面是国际上新的潮流趋势。对于生物多样性保护这个问题，已经被联合国和各国提到最重要的议程上来了。而我的感觉是，在关于圆明园恢复规划中，我们还没有意识到对生物多样性的保护。

这些就是我做这个发言的依据。

今天的圆明园正面临很多机遇和挑战：

第一个机遇：圆明园除了在空间上给北京提供了一个最大的生态基础设施的景观元素外，即刚才崔海亭教授（北大城市与环境学院教授——笔者注）讲到的联系西山和城区的一个生态廊道，通过善待它，还可以引导一种新的环境伦理、土地伦理。这个观念是以前中国没有过的，如果圆明园管理处能在认识上再调整一下，圆明园在世界上就可以创造一个典范，由这个典范带动整个中国的环境文化、环境道德伦理的一个改变。

第二个机遇：圆明园遗址的保护可以成为一个独特的人文与自然景观，而且是不可再生的，无法模仿的。更为独特的是，它丰富的自然地形形成的生物景观的多样性，恰恰与遗址结合在一起，这在整个世界范围内都是独一无二的。在 17、18 世纪的英国造园中，本没有遗址，是在发现古罗马的遗址多么富有震撼力以后，他们才去造遗址景观，而我们拥有的是真正的遗址。我一再强调它的不可再生性——它经历了一百多年，在此期间跟植物、水系、地形等自然生态早已融为一个整体，这样的遗址就不仅仅是一个建筑遗址，它的含义就扩大到了生态与文化的双重意义。

第三个机遇：奥运会快来了，到时候我们给世界看什么？给他们看一个再造的圆明园吗？没有意义。再造的圆明园在珠海已经有了，而北京的这个“荒废的圆明园”是造不出来的，它的独特的价值，在 2008 年的奥运北京将会成为一个真正的典范，代表一种真实的文化。

20世纪90年代圆明园一角

俞孔坚/摄

圆明园保护和利用带来的挑战也是巨大的。第一个挑战是如何保护，第二个挑战是如何利用。中国大地上曾留下了不少遗址，我们都没有一个恰当的途径来保护它们，反而把它们毁掉了，好心办了坏事。第三个挑战是有钱或没钱的条件下，如何来保护，如何把钱真正用到恰当合适的地方。第四个挑战是遗址保护的品位问题，它包含一种文化修养、环境道德。

如何来把握圆明园面临的机遇和挑战，是最关键的。如果把握不好，将会留下很大的遗憾，就像毁掉北京的城墙一样遗憾。我希望好多还没发生的事情，能通过这个会引起相关部门的重视。

现在我简单讲四点：

第一是对价值的认识。圆明园有很多价值，最重要的是“遗址”两个字，而毁灭前的圆明园本身的艺术价值、造园价值并不是很高的，专家们也早已论证过，因为它是照抄江南的古典园林汇集而成的万园之园，没有独特性。再造的艺术价值是比较局限的，西式的园林部分是仿造巴洛克风格或洛可可风格，中式的园林部分是仿江南文人山水园的。所以恢复它有什么意义？再造一个圆明园有何意义？这是我们首先需要关注的问题。

第二个价值是它在中国近现代史上的历史意义。中华民族所遭受的那段耻辱历史是值得每一个中国人纪念的，而唯有圆明园遗址在物理形态上记下了这段历史。我们要保护的和讲述的就是这个历史，而不是要将圆明园恢复建造得多么辉煌。

第三个价值就是它的生态价值。一个可持续的生态群落是怎么形成的？圆明园被毁灭后，实际上是经历了一个生态演化的过程，人工栽培的奇花异木死了，实际上是想告诉你，在北京一个可持续的生态群落是什么样子。大自然会淘汰一种不健康的东西。在这个价值的认识里面，有一点是不能怪任何一个人的，这是审美观、价值观的问题。时代的进步需要先进的审美价值观念，而国外已经就这个问题发生过强烈争议了，所以我们现在要借鉴历史、借鉴国外。在18、19世纪，英国就出现了一个同样的运动，把城郊原有的农田、牧场、田园风光改造成公园，把牧场上郁郁葱葱自然生长的野草换成光滑、整齐的草坪，当时就出现了反对的思潮。我在《城市景观之路》这本书里，就详细讲述了城市美化运动的历史。后来，那种巴洛克式的审美观从欧洲传到美国，现在又从美国传到中国，但再过20年我们回过头来看历史，会发现这种审美观是十分幼稚的。

有这样两幅画面：一幅是充满诗意的，让画家产生灵感的；一幅是光滑“漂亮”的低级的外在美。让画家产生灵感的是什么呢？是大量的乡土野草、水边长满丛生的灌木，用现代语言表达就是丰富的生物多样性。而没有画意的是光滑、“漂亮”的景观，是被打扮的、人工修剪的，对于画家来说，是画不出充满诗意与灵感的作品的。而我们要把圆明园变成一个充满诗意与灵感的地方，而不是一种光滑的“漂亮”。这属于价值观问题，应该通过诗意、画意的景观，将真正美的东西灌输给人们。我这里有一本书，就是讲野草之美的。

下面我再谈谈西区的问题。我专门去西区看过，环境脏乱，很多生活垃圾长年累月没有得到清理，园内的断头路很多，路网不系统，走进去就走不出来了，这些是需要清理的。

而更重要的是，圆明园缺少一个解说系统，什么是解说系统？举个例子，金庸先生写了那么多小说，但没有一本小说能够通过影视手段获得完美表达。

小说所要传达的语言、意境和产生的空间，远远高于影视作品的视觉化系统。如何来保护与展现圆明园？就需要一个解释系统，用文学和艺术语言来告诉人们圆明园是个什么样子，而不是再造一个圆明园。造也造不出原来的样子，即使造出来也是索然无味的。我们可以借鉴国外，在国外这是一门专业学科——环境解说学（environmental interpretation），是授博士学位的一门学科，是讲如何解释环境，环境包括文化的意义、生活的意义、生态的意义。通过这个解释，在人们的脑海里“再造”一个圆明园。这个圆明园是生动的、虚拟的而非物理的，是充满想象力的而不是唯一确定的，它的意义远远超过有形的物质空间，而再造圆明园实际上是对物质的挥霍。

我再谈谈我的一些具体想法。第一是恢复山形水系的年代问题。是恢复到20世纪50年代还是60年代？这本身就不太现实，因为山上有植被，有已经存在了五十年至上百年的植被，如果你重新推平它们再建，那又需要五十、上百年才能再见这一景象。所以恢复它的山系、水系没有多大意义。再者，恢复山形水系的可能性有多大？我认为可能性不大。首先，北京现在的地表水条件与一百年前的水条件大不相同，不可能再恢复到一百年，甚至二十年前的水系；其次，圆明园有大量的微地形系统，1982、1983年我曾数次到圆明园测地形，即使是用很密的点，也测不准。要表达这样的微地形，通常的地形图是不准确的，所以你恢复到所谓原貌是不可能的，也没有非常准确的科学依据可供操作。所以，圆明园的山形水系不能进行大规模的重建恢复，可做适当的调整疏通，而以保护现状为主。

第二，建筑恢复。在遗址上重建原来的亭子，就不再是遗址了，就丧失了它作为遗址的最重要的价值。所以我认为在遗址这个问题上还是以解说系统为主，创造虚拟建筑景观。

第三，圆明园独特的生态价值的保护，也就是我这本书里所讲到的野草之美。野草的大量应用是我在广东中山做的一个项目。这是50年代的一个旧船厂，1990年倒闭以后，这里就自然形成了一个群落，我们当时就原样保留了下来，没有移动这些宝贵的植物群落，目的就是保护它的生态群落。北京如果也能通过圆明园把丰富的野生植物展示给大家——这不仅仅是植物，更是一个野生群落。这个价值是非常巨大的，北京植物园、香山植物园都不可能形成这个系统，只有圆明园才有，而我们还没有认识到它的这个价值。

前面我们主要讲到了一个价值观问题，那圆明园遗址规划具体需要做什么？在完善道路系统、彻底改善卫生状况的前提下，我仍强调一定要建立一个完善的环境解说系统，吸取国外环境解说学的先进方法，让它来解说生物、解说群落、解说遗址，让圆明园成为生态示范区，成为最真实生动的历史、遗迹教育基地。

再强调一下，“遗址”是圆明园最重要的价值，而将生态价值与遗址价值结合在一起，这在世界上将是独一无二的。圆明园就不再仅仅是建筑遗址和园林遗址，而是融生态、历史、文化于一体的特色公园，将成为北京一处独特的历史与爱国主义教育、环境教育和生态休闲的独特景观，也将给世界树立一个先进的环境伦理与历史和文化价值观的典范。

由于我此前对圆明园知之甚少，所以俞孔坚教授的这篇文章虽然让我深感震撼，但当时还难以得其要旨。再加上，他写这篇文章是在 2003 年 6 月，那时还没有防渗这件事；而我现在关心的，是防渗工程，而不是恢复山形水系和地面上的建筑。至于文章提到的“没有开放的西区”“已经开放的东区”，我当时更是一点概念都没有。

“防渗与遗址保护有什么关系呢？”我又拨通了俞教授的电话。

“防渗与遗址保护的关系？”他笑了笑，说，“防渗不就是为了恢复‘山形水系’中所谓的‘水景’吗？我在文章里已经讲了，北京现在的地表水条件与一百多年前的水条件已经大不相同，不可能再恢复到一百年前甚至二十年前的水系。靠铺防渗膜蓄水，不是造假是什么？”

他接着说：“防渗膜是怎么铺的？不是先铲除河湖里现有的天然植被吗？这和东区植被恢复的后果是一样的，破坏了与圆明园遗址气氛相匹配的生态环境，也就是破坏了圆明园遗址的原有风貌。铺上防渗膜、灌满水，湖满河平，再搞什么游艇划船，看上去很热闹，像一个游乐园。但是，它还能唤起什么呢？”

经他这么一说，我心里豁然开朗。

"赵记者，我看你这篇稿子写不写关系不大。"没想到的是，通话结束时俞孔坚给我泼了一瓢冷水，"圆明园的事我们呼吁了多少次？媒体也多次报道。结果呢？一点作用都没起，他们该怎么干还怎么干！"

听他一说，在"要不要公开报道"这个问题上，我又有些犹豫了。

情况比我想象的还严重

我刚把俞孔坚的话整理完，手机响了——是李皓博士打来的。

"小赵，我现在就在园子里，情况比我想象的还严重！"她情绪激动地说，"整个圆明园都铺了，铺得横到边、竖到沿，天衣无缝！圆明园湖底的淤泥中本来有大量的土壤生物、昆虫、两栖动物，加上水中的鱼、虫、河蚌，荷花、芦苇、藻类等水生植物，以及岸边的花草树木植物，构成了一个相互依存的完整生态系统。这些动植物不但依赖水生存，还具有净化水的功能。现在经过机械化的挖掘、搬运、压碾，淤泥中栖息的生物全毁了！我在回填的淤泥中就看见了好多被压碎的河蚌壳，好大好大的。防渗膜把湖底全部盖死后，防渗膜下面的生物将全部被憋死，物种的多样性将遭到极大的破坏！"

"还有啊，小赵，他们不仅湖底河道全做了防渗，岸边的驳岸也都用水泥抹平了，这种做法完全违背了古人的设计！"她生气地说，"古人的石头驳岸是故意做得参差不齐、凹凸不平的，这样做有两方面的考虑：第一，湖里的水可以透过石头间的缝隙渗透到岸边的泥土中，滋养岸上、山坡上的植物——岸边的防渗工作做得这样严密，湖水就没办法向两岸渗漏，势必会影响岸边、山上的植物生长，天长日久，许多需水量大的敏感草木就会因此枯死；第二，石头间的缝隙其实是一些浮游生物和虾蟹、鱼类的栖息与繁殖场所，这些生物是圆明园生态系统不可缺少的组成部分，现在全没了，真是岂有此理！"

"李老师，他们说这样做是为了更好地防渗、节水……"

"这只是幌子，真正的目的是搞划船、赚钱！这一点圆明园的职工自己都承认！"李皓打断了我的话，"我还看见他们把原有的码头挖深了，还新建了好几个大码头，这都是本来没有的！这不是为了划船是什么？！"

她歇了口气，又用命令的口吻说："小赵，这篇报道你一定要写！他们这样做根本不是为了保护圆明园！如果不尽快制止，会毁了圆明园的！"

四　采访当事人

在张正春的催促乃至“威逼”下，发完内参之后，我又辗转采访到了圆明园防渗工程的当事人——圆明园管理主任李景奇。他对于铺防渗膜的观点，恐怕代表了相当一部分人的认知。

内参恐怕不赶趟

“先不要公开报道，发内参吧。”这天上午 10 点多，教科文部主任李新彦听完我的汇报，低头想了一会儿，说，“这件事要格外慎重。特别是圆明园，可不是一般的地方。这样，你马上写个内参，我一会儿就给总编室主任打电话，让他们尽快安排。”

回到工位上，我赶紧写了一篇内参，改完后送交总编室内参组的同事（后来内参组从总编室独立出来，升格为内参部——笔者注）。

“你放心吧，李主任已经打来电话，我们会尽快处理。”她告诉我。

“什么时候能发出去呢？”我追了一句。

“尽快吧，今天下午就差不多。”

内参完成后，我心里轻松了许多。在食堂吃中午饭时，我给张正春发了一条短信：内参今天下午发出。

午饭后在院子里散步，暖暖的春风拂在脸上，格外惬意；路边的连翘满树黄花，在阳光里楚楚动人。

“中央领导何时能看到内参呢？万一他们不批示怎么办？”我脑子里正想着这事，手机响了，是张正春打来的。

“赵永新啊，发内参恐怕不赶趟，还得公开报道！”他着急地说，“你知道膜都快铺完了，当务之急是赶紧让他们停下来！等膜铺完放了水，再拆损失就大了！”

见我没反应，他又说：“《中国青年报》已有动作了！《冰点周刊》的主编今天上午约我去了一趟，听完后他很重视，说晚上让记者在长城饭店正式采访我，他们准备做整版报道。另外几家媒体的记者也主动跟我联系了，说一定要采访我。本来我火车票都买好了，准备明天走，这下只能退票了。”

挂上电话，我心生不快：这个张正春，不是将我的军嘛！

转念一想，他说得也对：内参领导不一定批示。如果没有批示，防渗工程还会继续。

“不能再犹豫了，要马上行动！”

想到这儿，我赶回办公室，决定和圆明园管理处联系。经验告诉我，这种舆论监督性报道，一定要有当事人的意见。

通过 114 查号台，我查到了管理处办公室的电话。

“你是《人民日报》的？什么事啊？”接电话的是一位姓张的主任，他大大咧咧地问。

“张主任是这样，我们对铺防渗膜的事很关注，想采访一下管理处主任。”

“对不起，李主任到区政府参加‘保先’教育（‘保持共产党员先进性教育’活动的简称——笔者注），这两天都没空！”

“那请具体负责工程的人谈一下也行。”我再三请求。

“负责工程的人在工地上指挥施工，更没时间。这事儿以后再说吧！”说完，他“啪”地挂了电话。

张主任的态度激怒了我：“就凭你这态度，我也一定要采访！”

我又拨通“114”，请服务生查圆明园另外的联系电话。

“你要采访我们主任？这事儿我可做不了主。这样吧，我告诉你管理处党政办公室的电话，你问问他们。”这次是一位大姐接的电话，态度要好得多。

“这次可不能再吃闭门羹了。”我点上一支烟，想了想怎么和对方交涉，又开始拨电话。

电话通了，接电话的听上去是位年轻女士：“我姓何。你是《人民日报》的？什么事要采访我们主任？”

我赶紧接话：“何主任你好！是这样，有好几位专家跟我们反映，对你们铺防渗膜提了许多反对意见。我们想做一个报道，要听听你们主任的意见。”

“许多反对意见？”她愣了一下，“都是哪些专家呀？”

“不好意思，他们的姓名我现在不便透露。这样，见了你们主任我向他汇报。”

“我们主任很忙，怕没时间接受采访。”

我有点急了："何主任，我们采访你们领导，主要是听听你们的意见，这样会让报道更全面。如果你们拒绝采访，那我就只能报道专家的意见了。"

"我跟主任汇报一下吧，你等我的电话。"

"多谢您了！"我告诉他我自己的联系方式，又强调了一句，"请您今天下午一定要给我回话，我们打算下周一见报。"

"你等着吧。"

"这下有戏。"放下电话，我长出了一口气。

接下去是漫长的等待。我等了三个多小时，还没收到何主任的回电。

"怎么还不回电？再晚了可就下班了。"我开始胡思乱想起来，"是主任拒绝采访，还是她把我的电话记错了？应该不会啊，我说得很清楚。"

这时候，办公室的同事差不多都走了。

"何主任啊何主任，你可不要放我的鸽子！"我眼盯着电话和桌上的手机，心里暗暗祈祷。

时间一分钟一分钟地过去，已经过了 5 点，还是没有她的电话。我忍不住给她办公室打了个电话，没人接。

"肯定是下班了。"想到这里，我顿感丧气。明天是周六，看来只好等下周再说了。我心灰意懒地收拾东西，准备回家。

"丁零零……"就在我快走到办公室门口的时候，办公桌上的电话突然响了。

"肯定是何主任打来的！"我大步回转，拿起电话。

"赵记者，我们李主任同意采访了。明天下午两点，你到我们环境整治工程指挥部来吧。"

"谢谢你！"我努力掩饰着内心的兴奋，"你能告诉我怎么走吗？"

"在圆明园大宫门附近。你打车到达园宾馆，问一下就知道了。"

"多谢多谢，明天见！"

接完电话，我高兴得差点跳起来——我心里清楚：只要能采访到圆明园管理处的负责人，这篇稿子就有了！

大鼻子先生

3 月 26 日是周六。这天下午，我第二次走进圆明园，采访了防渗事件的关键人物——圆明园管理处主任李景奇。

这次采访的重要性不言而喻。而在开始这次采访之前的一堂记者培训课，对我来说也是耳目一新。

多年的教育，把我变成了一个彻底的无神论者，向来不相信“命运”之类。可是，在采访圆明园防渗事件中，许多事情居然那么巧合，甚至动摇了我此前深信不疑的观念。

这不，此前安排好的“环境记者高级研讨班”课程，就为我此后采访圆明园防渗提供了很大帮助。

这个研讨班的时间是在 3 月 26 日，地点在清华大学。

因为是周六，清华园内很安静。我从清华园西门进去，在校园里走着的时候，无意中发现：路边的河道也与北京市的少数河道一样，河底、河岸都是清一色的水泥“外衣”，真个是“铜帮铁底”；混浊的水面上漂着暗绿色的水藻。

给我们讲课的，有几位好老师，包括清华大学新闻传播学院的院长等。给我留

清华大学校园内的河道

赵永新／摄

下深刻印象的，是国外的一位资深环境记者。遗憾的是，他的名字我记不得了，好在他的鼻子特别大，姑且就叫他“大鼻子先生”吧。

下面是他讲课的部分内容——

记者跟其他行业的人一样，没有什么特权。他的职责，就是把事情的真相原原本本地告诉公众。至于那件事是对还是错，记者并无权置评，如何评判是公众的事情。记者在报道中应该保持绝对的冷静、客观，无论你对那件事情满怀愤怒还是万分喜爱，也不应该有丝毫的流露……

“记者也是人，不是木头——他在报道中怎么可能没有自己的感情和倾向呢？”听到这里，一位记者同行忍不住发问。

“记者当然会有自己的感情和倾向，乃至判断。但是‘作结论’不是记者的职责。你可以引述别人的观点，却不能在报道中自己跳出来，发表自己的意见。”

“优秀记者最重要的素质是什么？”另一位同行问。

“我认为是始终如一的怀疑精神。”说到这里，“大鼻子先生”用手扶了扶厚厚的眼镜，说，“你不要轻易相信谁，即使对方是你特别喜欢、特别信任的人。对你所听到的话、所看到的材料，都不要轻易相信，一定要问一下自己：这是真的吗？”

“如果你得到一个很好的新闻素材，但你的上司却不赞同、不让报道，你该怎么办？”又有一位记者问。

“首先是想办法说服你的上司，让他同意你的观点。如果说服不了他，你就想想别的办法：报纸、电视上不能报道，网站上能不能报道？自己所在的媒体不能报道，那就想办法到其他的媒体上报道，杂志也好，报纸也好。总之，要尽一切可能，把自己得到的新闻事实告诉公众。”

“为什么不把这一线索提供给其他媒体的好友，请他们帮忙报道？”

“把好的新闻线索提供给他人？也许这是一个值得称道的办法，但在我们这边很少有记者会这么做。我和我的同行都知道，独家新闻是多么重要！一旦你掌握了有价值的新闻线索，一定要想办法自己完成。”

初见李景奇

在清华吃过午饭，已快下午两点。告别继续上课的同人，我打了一辆出租车，赶到圆明园防渗工程指挥部采访李景奇。

达园宾馆位于圆明园西南角，周围是破旧的民房；门口站岗的武警，显示出这个宾馆非同一般。

我在达园宾馆门口下了出租车，向路边的一位老人打听圆明园大宫门怎么走。他告诉我：顺着这条胡同下去，大约走 200 米，路右边有一个铁门，就是大宫门。

胡同又窄又脏，路面坑坑洼洼，三轮车、自行车往来穿梭；路两边是参差不齐的杂货店，卖什么的都有。我快步向前，几分钟之后，果然在路边看见一个较大的门口，安着两扇铁门，大门一侧有个保安站岗。

我走上前去，掏出记者证，向他说明来意。那位保安仔细看了我的证件，说："你在这儿等着，我去给你联系。"

趁他去打电话的空儿，我往门里望去，里面正冲着大门的是一片开阔地，左手边有一个四合院。

过了两三分钟，保安回来了："你进去吧。"

我道完谢，从侧门走进去。四合院门口一侧的墙上，挂着一块木牌子，上面写着：圆明园环境整治工程指挥部。

我刚进四合院，一位年轻的女性快步迎上来："赵记者你好，欢迎欢迎！"

她就是何主任了，看上去就二十几岁。她带我进到平房里面的一间办公室，边泡茶边介绍：这儿是为了搞环境整治工程的临时办公场所。

互换名片之后，何主任说："你先喝茶，我去找我们李主任，一会儿就回来。"

过了不到十分钟，她与一个中年男子推门进来，介绍说："赵记者，这就是我们李主任。"

李主任中等个、四方脸，上身穿一件皮夹克，镜片后是圆圆的大眼睛。

"赵记者你好！大老远的让你跑一趟，辛苦辛苦！"

"李主任您客气，能采访您很荣幸。"说着，我递上名片。

"到我的办公室去唠吧。"他笑着说。

李主任的办公室就在隔壁。走进去之后，我略感惊讶：没想到这个其貌不扬的院子里还有这样阔绰的办公室。房间有四十平方米左右，地上铺着暗红色木地板，房间正中摆放着一张宽大的办公桌，办公桌后是一张高背皮椅；椅子后面的墙上，挂着一张山水长卷；画的两边，是一副对联。对联的诗句记不清了，只记得上下联的最后两个字，合起来正好是李主任的名字：景奇。

“这副对联写得好！”我称赞说。

“赵记者见笑，是一个朋友给我写的。”

正对着办公桌的一张小桌子上，有两个高大的景泰蓝花瓶；房间的一个角落里，还摆着一个更高更大的。

“那几个瓶子都是假古董，摆着玩的。”李主任笑着解释。

我在靠墙的沙发上坐下，边掏笔记本边问：“李主任是哪一年来圆明园的？”

“刚来不到两年。”他拉了把椅子，坐在我对面，“之前我在海淀区的两个乡干过乡长、党委书记。领导兴许看我是学林的，跟园林沾点边儿，就调我来了——我也得服从组织安排啊。”

“您是哪个大学毕业的？”

“北林大，不过没怎么正经念书。”他笑着说。

“不简单，北林大可是我国著名的林业大学。您那个年代，能上大学就不容易。”

防渗是无奈之举

寒暄之后，转入正式采访。

“李主任，我这次之所以打扰您，是因为一些专家对铺防渗膜这件事意见很大……”

“赵记者你是不知道，凡是跟圆明园有关的，哪怕是芝麻大的事儿，专家也肯定会有不同意见。”李景奇打断我的话，“这年头专家也多。当然啦，专家反对也是好事，说明大家关心圆明园。”

“赵记者，我做事一向很低调，铺防渗膜这件事已经搞了一段时间了，我们本来不想宣传，等干完了再说。既然你今天大老远来了，我就跟你好好唠唠。”他用手扶了一下眼镜，说，“防渗这件事，我觉得是一件很自豪的事。”

李景奇对防渗的认知如此之好，出乎我的意料。

他继续说：“圆明园在历史上是一座水景园，水可以说是圆明园的灵魂。如果没有水，圆明园的生态系统是不可想象的。圆明园三个园子的总面积 5200 亩，其中水面约占 2/5，2200 亩左右。在蓄满水的情况下，平均水深在 1.5 米左右，年蓄水量是 900 万立方米。但是你知道，北京是一座极度缺水的城市，特别是近几年，水缺得更厉害，连人喝水都困难。”

他告诉我说，圆明园本来有两大水源：一个是玉泉河水系，一个是密云水库。密云水库是北京市的饮用水源，现在人喝都不够。从 2001 年开始，京密引水渠停止向海淀区提供农业用水，使圆明园失去了一个宝贵的供水源，现在就剩一个玉泉河了。

“赵记者你是不知道，北京水这么缺，我们每次要水都非常麻烦，要打很多次报告，层层报批。另外一个，水很贵，补不起。从玉泉河引水每吨 1.3 元，光一年的补水费就是几百万元。几年之后，水价会更高，我们就更用不起了。”李景奇接着说，“圆明园不仅缺水，而且渗漏得非常厉害。由于圆明园的湖底是沙石质的，加上近几年北京地下水超采严重，就更容易渗漏。目前一年要从玉泉河补 3 次水，总量多达数百万立方米。即便是这样，补一次水没多久就漏完了，水面干涸的年头最长达 7 个月。所以啊，这防渗是无奈之举，没办法的办法。”

“李主任，做防渗之前有没有做过调查研究？”

“当然有啊，这么大一档子事儿能随便搞吗？”李主任看着我说。随后，他打电话叫来何主任，让她去拿一份研究报告。

一会儿，何主任拿来一份装订成册的材料。我接过来一看，题目叫《圆明园水资源可持续利用规划》（以下简称《规划》）。这份规划是由北京市水利科学研究所、圆明园管理处、海淀水利局等 3 家单位联合搞的，完成时间是 2003 年 10 月。

这本《规划》有一两百页，我大略翻了一下，问：“李主任，能不能把《规划》给我一份？我用完了再还给您。”

“这可不行！”他连连摆手，“《规划》我手头就这一本。这样吧，你就在这儿看吧，确实需要的，我让他们给你复印。”

我选了主要的章节，认真看起来。《规划》中说，圆明园“平水年缺水540多万立方米，偏枯水和枯水年更加严重”，“解决圆明园水资源供需矛盾的指导思想是大力提倡节水、保护生态环境、开发新的水源、加强水资源统一管理和优化配置”。

我注意到，其中并没有提到“防渗”，就继续翻下去，发现后面专门有一章是讲“防渗”的：圆明园“年渗水量250多万立方米，因此必须有选择地对湖底进行防渗处理，目前圆明园除福海外全部在做防渗处理，对于现有水域也必须进行防渗处理……在对全部水域防渗处理后，每年可减少渗漏损失量150.79万立方米”。

我注意到，这一部分还有这样的字眼：“防渗处理”的前提是“保护遗址和湖底生态系统”。

我选了写报道可能用到的部分，请何主任帮我复印一下。

“赵记者，你理解了吧？我们铺防渗膜是为了保住圆明园有限的水资源，保护圆明园的生态环境，而不是破坏圆明园的生态环境。”李景奇说。

停了一下，他又说：“我们做防渗还有另外一个原因，那就是满足游客划船的需要。你知道，圆明园一年之中有半年多时间没有水，没办法划船，许多游客向我们投诉，提出强烈抗议。因此，我们在做防渗时留出了游船的旅游线路，这样蓄满水后就能满足游客划船游玩的需求。另外，防渗做完后，我们还要种荷花、芦苇，放养鱼苗，圆明园的风光会更漂亮。”

说到这儿，他又补充了一句：“你看我们隔壁的颐和园，一年的收入有一两个亿；我们呢，只有两千多万！我们的职工比颐和园多得多，有一千七百多号人。这年头，光靠那点工资，连生活都困难。”

“李主任，这我就不明白了：圆明园怎么会有这么多职工呢？”

李景奇笑了：“这都是历史遗留问题，等有空了，我再和你细聊。”

我继续问：“李主任，有专家说‘防渗会使水体富营养化’，您怎么看这个问题？”

“‘富营养化’？这些专家不了解圆明园！”听到这里，李主任面露不悦，“早在铺防渗膜之前，圆明园的水就已经出现富营养化了，严重的时候水体发绿发臭，水华现象很严重。”

“为什么会这样？”

“水质恶化有两方面的原因：一是引来的水本身就不干净；二是圆明园的水只有进口、没有出口，本来就是死水。”

“我看不出防渗与水体富营养化有什么必然联系。”他不以为然地说，“防渗后水量增加，再在水里种荷花、芦苇、养鱼，只会增加水的自净能力。”

对于专家提出的“防渗会威胁岸边、山上的植物”一说，李主任也不认可：其实在没有做防渗之前，园子里的植物就因为缺水厉害，长得不好，夏天湖边的柳树大量死亡。再说了，目前只是在湖底防渗，只做“下渗”，没做“侧渗”——就是没有对湖畔、河边的驳岸做衬砌。

李迪华供图

他的这个说法与我在现场看到的场面不符——既做了“下渗”，也做了“侧渗”，而且是严丝合缝，做得非常到位。但为了使采访顺利进行下去，我没有在这个问题上反驳他。

李主任接着说：“用防渗膜是‘软渗’，用水泥衬砌是‘硬渗’，我们全部做的‘软渗’。”

这两个名词我之前还没听说过，就问：“那为什么没有选择‘硬渗’？”

李主任回答说：“一来‘硬渗’造价太高，做不起；二来对水体影响太大，担心引起专家的强烈反对，做不下去。”

“‘软渗’的造价是多少？”

“一平方米的预算造价是 28 元，防渗膜的设计寿命是 50 年，防渗的总投资大概是 3000 万元。”

“为什么不保留一些湖底，将来做对比呢？”

他回答说：“这个嘛是这样：如果一部分做防渗，一部分不做，就会这边堵住了、那边照样漏，产生‘木桶效应’，看不出防渗的效果。”

我看了一下手表，快 5 点了，感觉问题也问得差不多了。刚要合上采访本，我忽然想到一个问题：“铺防渗膜之前做没做过环境影响评价？”

“‘环境影响评价’？”李主任愣了一下，显然不知道这个词是什么意思。

我解释说：1998 年出台的《建设项目环境影响评价条例》规定，新上马的建设项目必须做“环境影响评价”，也就是对项目可能引发的环境影响进行评估，并采取相应的措施。2003 年 9 月 1 日起实施的《环境影响评价法》则规定，除了单个的建设项目，土地利用、水利资源开发等规划，也要做环境影响评价。

听我说完，他很自信地说：“防渗本身就是环境整治工程，不需要做什么‘环境影响评价’。”

随后，他又补充了一句：“前年我们做过防渗实验，效果非常好：水面没有干枯，冬天还引来许多野鸭。如果没有水，哪来什么野鸭呀？”

最后，我又提了一个要求：能不能提供两个主张防渗的专家名字？

他想了一下，说：“这个我一时说不上来。这样吧，等我找好了再打电话告诉你。”

不知什么原因，后来李主任一直没告诉我支持防渗的专家名字。

荷花开了会更漂亮

我把采访本装进包里，李主任说：“这样，赵记者，时间不早了，我带你到园子里做过防渗的地方看一看，一会儿天黑了就看不清了。”

可不是，走到屋外，天色已经暗下来了。李主任开着帕萨特，带我到了园子里。

我本来方向感就差，这时天已擦黑，就更加分不清东南西北。车子七拐八绕，在一片开阔地停下来（*后来我第二次到圆明园“西区”采访才想起来，这应该是在“九洲清晏”一带*），他指着地上的草坪说：“赵记者，这里原来全是垃圾，经过我们整治美化以后，漂亮多了。本来要等完全整治好后再对外开放，但应周围居民的强烈要求，就提前给他们发了免费游园卡，每天来晨练的老头、老太太特别多，他们看后都说‘好’。我们办事就是为了群众。”

之后，我们又上车，转过几道弯，在一个大湖前停下来。

湖面上长着密密麻麻的植被，由于光线太暗，看上去黑黢黢的，分辨不清具体是什么植物。李主任介绍说：“这就是我们去年做的防渗实验，铺上膜后回填一层土，再种上荷花。去年荷花开得特别漂亮，冬天还来了不少野鸭。今年等防渗全做好了，多种一些荷花。等夏天荷花开的时候你再来看，会更漂亮。”

“赵记者，我觉得防渗是我上任以来做的特别自豪的一件事，这对以后圆明园的保护会起到很关键的作用。”李主任说，“当然了，光我自己说好不算，还要等时间来检验。”

回到工程指挥部天已大黑，李主任坚持让何主任开车送我。盛情难却，我只好“恭敬不如从命”。

在路上我问何主任：“圆明园的职工怎么这么多？”

“说来话长了。”她告诉我，新中国成立后，圆明园就没人管了，一些外来的流民，以及圆明园周围的农民，就不断地涌进园子里开荒种田、栽藕种稻，后来干脆就在里面定居了。到 1976 年圆明园管理处成立的时候，圆明园里面有好几个生产队，还有好几个工厂。为了保护圆明园，必须把这些人迁出去。后来，海淀区政府决定，把在里面种地的农民转为管理处的员工。

“李主任也很难啊，”她叹口气说，“要养活这么多人，光靠政府的拨款远远不够。再说了，圆明园其他地方都破坏完了，只剩西洋楼一带还保留一些遗迹，游客看一次就不想来第二回。铺膜之后蓄满水，多搞点划船业务，吸引更多的游客，一来增加些收入，二来也能更好地发挥圆明园的教育功能。这有什么不好呢？我真不明白那些反对防渗的专家是怎么想的。”

五 一石激起千层浪

现在回想起来，所谓的“天时、地利、人和”还真是缺一不可。在报社同事和领导的大力支持下，我采写的报道得以顺利刊出，成为一篇名副其实的独家新闻，并由此拉开了圆明园防渗事件的大幕。

争取发独家

回家吃过晚饭，我又就圆明园的定位、功能，以及如何解决缺水等问题，电话采访了张正春、俞孔坚、王如松、李皓等几位老师；然后挑灯夜战，一直到第二天凌晨两点多，写出 4000 多字的初稿。

3 月 27 日是周日，上午醒来已经 10 点多。我又把稿子认真改了一遍，然后给总编室值夜班的主任助理朱竞若打了个电话，向她报告圆明园稿子的情况。

朱竞若是人民日报社的资深编辑，有胆有识、文笔爽利、做事干练。几年前，《人民日报》创办了一个纵深报道栏目《一周视线》，每周一在二版显要位置出版，朱竞若就是这个栏目的负责人。那时候，我曾写过两篇稿子，从她那里得到过不少指点。2004 年年初，人民日报社推出新闻改革的重头戏：社长亲自挂帅，把五版改为“视点新闻”版，开设《热点解读》《社会调查》等栏目，深入报道社会关注的热点、难点话题和突发新闻事件，开展舆论监督，朱竞若被任命为该版的主编。“视点新闻”一经推出，就受到新闻同人和读者的广泛好评，成为《人民日报》的一大亮点。2005 年年初，报社实行编采分开，朱竞若升为主任助理，和总编室的其他领导轮流上夜班。

刚好，3 月份是她值夜班。当我简要汇报完圆明园的稿子后，朱竞若马上说：“这肯定是一个能产生社会反响的大新闻，我们一定会在‘视点新闻’版突出处理。”

我担心稿子处理得不及时，被兄弟媒体抢了先，就向她说了《中国青年报》等媒体也在采访的事。

“我们一定要抢在其他媒体前面，争取发独家！”朱竞若听后果断地说，“这样，我们争取明天见报。下午我向老总汇报一下，我想应该没问题。”

随后，她告诉我：《人民日报》版面紧张，4000 字太长了，可以发人民网；报纸用的删到2000字左右。要抓住关键问题，说清说透；同时，一定要准确无误，包括地名、人名和数字，不能出一点儿差错。

“小赵，‘视点新闻’明天的头条本来都准备好了。”她笑着说，“但圆明园的稿子更有时效性，所以优先安排。抓个‘独家’不容易，你一定要多下些功夫！”

她的话让我很受鼓舞。我把原稿存了一份，供人民网用，然后改出一个2000多字的“报纸版”，并挑选了两张铺防渗膜的照片。

下午3点多，“视点新闻”版主编董建勤给我打来电话：“小赵，圆明园的稿子领导已经同意了。领导特别交代要处理好，你修改完后先传给我，我拜读拜读。晚上夜班你也来一下吧，帮我们把把关。”

当晚8点多，当我赶到4楼夜班办公室时，“视点新闻”版的几位同事已经在那里安排版面了。我找了个空位子坐下，和他们一起，对稿子进行逐字逐句的斟酌、修改。

晚上10点多，第一道样子出来。我拿了一张，到5楼自己的办公桌前，一字一句地看、改。

当我拿着改过的样子回到夜班时，刚好看见值夜班的梁衡副总编辑。他手里拿着改后的报样，笑吟吟地对我说：“恭喜小赵，你抓了条‘大活鱼’！”

后来，经朱竞若提议，梁衡副总编一锤定音：稿子的标题改为——

圆明园湖底正在铺设防渗膜（肩题）

保护还是破坏（主题）

有专家认为后果不堪设想（副题）

这时已是第二天凌晨一点半。“视点新闻”版的同志还要等最后的签样，我因为这两天连续作战，困得不行，就先告辞回家。

回到家里，我打开电脑再次对原稿作修改，然后连同几张有代表性的照片，以及张正春周六发来的《圆明园铺设防渗膜是毁灭性的生态灾难》一文，一起发邮件给人民网环保频道的主编王京。昨天我已经跟她打过招呼，今天报、网同时刊发。

夜风从窗子吹进来，夹着几丝凉意。我倒了半盆热水，坐在沙发上洗着脚，浑身累得像散了架一样。尽管如此，我心里甚感快慰：这几天的辛苦总算没有白费！

反响

这一觉睡得真香，要不是客厅里丁零作响的电话，我不知要睡到什么时候。

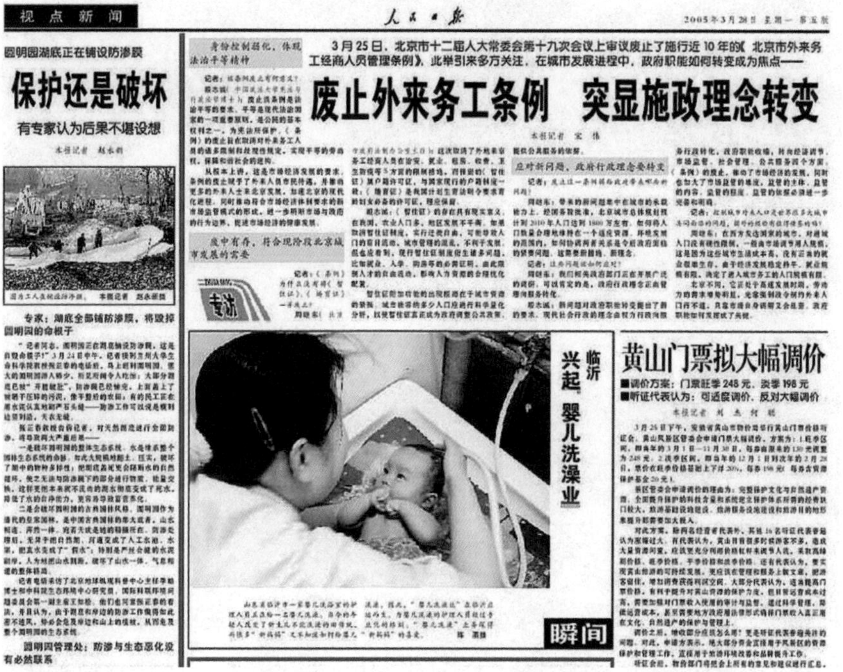
视点新闻

人民日报　2005年3月28日　星期一　第五版

圆明园湖底正在铺设防渗膜

保护还是破坏

有专家认为后果不堪设想

专家：湖底全部铺防渗膜，将毁掉圆明园的命根子

圆明园管理处：防渗与生态恶化没有必然联系

3月25日，北京市十二届人大常委会第十九次会议上审议废止了施行近10年的《北京市外来务工经商人员管理条例》，此举引来多方关注，在城市发展进程中，政府职能如何转变成为焦点——

废止外来务工条例　突显施政理念转变

应对新问题，政府行政理念要转变

临沂兴起婴儿洗澡业

黄山门票拟大幅调价

■调价方案：门票旺季248元，淡季198元

■听证代表认为：可适度调价，反对大幅调价

瞬间

2005年3月28日，《人民日报》在“视点新闻”版刊发第一篇圆明园防渗的报道。这也是全国媒体的“首发”

电话是《南方周末》的记者刘鉴强打来的：“不好意思打扰你休息，你的文章我看到了，写得很棒。你的手机一直关机，我是从你同事那里问到你家里电话的。你能不能告诉我张正春他们几位专家的电话？”

听口音，刘鉴强也是山东人。告诉他几位专家的电话之后，我看了一下手表，已是上午十点半了。把手机打开后，我赶紧到洗手间刷牙、洗脸。

刚洗完脸，手机又响了。这次打电话的，是北京电视台的记者杜宇倩，也是问张正春等人的电话。

“看来，圆明园的报道有反响了！”我兴奋地想着，打开笔记本电脑，先上人民网看。我写的稿子，被作为“独家报道”放在首页；同时刊发的，还有张正春的文章。

我又到“百度”网站检索了一下，看到许多门户网站对文章进行了转载；当天的中新社和《京华时报》，也转发了我写的报道。

其间，又有几个电话响了，除首都的媒体外，还有《南华早报》《大公报》等媒体的记者。

望着窗外明媚的阳光，我很是兴奋：报道的社会反响超出了我的预想。

六 拆还是不拆

在其后的几天里，关于圆明园防渗的报道可谓铺天盖地，文物、环保等部门均明确表态，社会各界口诛笔伐。但是，防渗工程似乎并没有停下来的意思。

拆除防渗膜不现实

中午食堂里照例熙熙攘攘。我正吃着饭，手机响了。

电话是张正春打来的：“永新，《人民日报》的报道反响太大了，我的手机都快被打爆了，都是要采访圆明园的。”

“张老师，报道您看到了吗？”

“没有，我还在火车上呢，”他话锋一转，“今后你打算怎么办？”

这下子把我问住了——我还沉浸在兴奋之中，没考虑过这个问题。

“永新啊，要趁热打铁，继续努力！”他说，“你想想，圆明园的事有那么简单吗？”

张正春的电话让我深感自责：“八”字刚写了一撇，自己就头昏脑涨了。

从食堂出来，我无心欣赏桃红柳绿的大好春光，赶紧回到办公室，琢磨下一步的报道。

刚到办公室坐定，就接到董建勤打来的电话：“小赵辛苦啊，圆明园的报道一炮打响了！”

“不过，你还要继续辛苦。我们这次打了头阵，兄弟媒体肯定会跟进，我们不能落后。”她说，“我和领导汇报过了，要做连续报道。你看我们接下去怎么做？”

我告诉她自己的初步想法：防渗涉及许多部门，如文物、园林、环保，我自己显然跑不过来，可以让文艺部、北京记者站的同事一起参与。

“我也是这么想的，”董主编说，“这样吧，你负责圆明园管理处，其他部门我来联系记者。除了采访有关部门，我们还得采访专家，他们更敢讲话。”

明确分工后，我向贾西平副主任做了汇报。

他听完后马上拍板：这篇报道写得很好，是个大家伙。如果你一个人忙不过来，就找你们组的刘毅；如果环境组的人不够，再找其他人。这样的报道，我们部当仁不让！

他又提醒我："你们在报道中一定要慎之又慎，不能出丝毫差错。有什么困难及时告诉我。"

比我小几岁的刘毅是教科文部的一员骁将，有勇有谋。在 2003 年的非典报道中，他主动请缨，到治疗非典病人的定点医院，穿着防护服采访了半个月，写了多篇有影响的报道。

我俩的办公桌背对背，这时他刚好在座位上。我俩商定：我采访圆明园的李主任，他采访北京市水利科学研究所——该所是《圆明园水资源可持续利用规划》的主要参与单位，他们的意见很重要。

事不宜迟，商量好之后，我俩马上分头行动。

"李主任还会不会再次接受采访呢？"这样想着，我拨通了他的手机。

还好，李主任接了电话。

"李主任您好！"我赶紧说，"专家提出来要拆除防渗膜，您怎么考虑？"

"2000 多亩的湖底防渗膜已基本铺完，要拆除不现实。"他回答说，在现有条件下，铺设塑料防渗膜是解决圆明园缺水问题的较好选择，"在各种矛盾之中，缺水是主要矛盾，也是首先需要解决的问题。"

针对专家"铺设塑料防渗膜会危及圆明园的生态、破坏古典园林风格"的质疑，李主任说：问题没有专家说的那么严重。

"当然，也不能说没有一点问题。"他说，但现在首先要考虑的是如何减少水渗漏，保住有限的水资源，"路总得一步一步走，要想一下子解决所有问题不太现实。"

"我自己现在也不知道怎么办好。是否停工、拆膜，我们要等上级主管部门的意见。"他话音里透出些许无奈。

采访完李主任，我就"防渗膜是否拆除"这个问题电话采访了几位专家。

李皓博士说，目前的防渗做得非常严密，驳岸已经无法透水，这势必导致岸边和山上更加干旱，需要人工引水对植被进行浇灌，这无异于"拆东墙补西墙"，经济上并不划算。由于驳岸的石头缝已全部用水泥封死，只有拆除湖底的塑料膜才有可能部分恢复水体与岸体之间的水通道。而且，如果湖底的塑料膜不拆除，水质恶化是迟早要发生的事。

俞孔坚教授认为，圆明园是重点文物保护单位，不光园内的建筑是文物，园内的山形水系也是文化和自然遗产。北京每年的地下水都在大幅下降，大量的地面已经被硬化，而圆明园是城市中难得的、可以让雨水下渗的半自然地面。如果在圆明园的自然河湖底部保留塑料膜，那将彻底破坏圆明园的生态系统，改变了它作为遗址公园的本来面目，尤其是切断了持续了几十、上百年的生物群落演替进程；同时，防渗工程将使这一本来可以为改善北京区域环境特别是水环境做贡献的场所，变成环境和水资源的包袱。

“如果因为拆除已经铺好的塑料膜会造成经济损失就继续施工，那将来的损失会更大！”张正春的回答斩钉截铁，“所谓‘经济损失’只是个借口。在圆明园问题上不能只算小账，防渗膜造成的生态损失和文化破坏是无法用金钱计算的！”

等我把稿子写完，已接近下班时间。正好，刘毅的稿子也写好了。他告诉我：接受采访的是水科所的副所长、教授级高工丁跃元。他认为，在圆明园管理处提出减少渗水量的要求后，水科所参与了《圆明园水资源可持续利用规划》的编制。《规划》提出，在保护遗址和湖底生态系统的前提下，有选择地对湖底进行防渗处理。对于如何防渗，《规划》说得比较含糊，并没有指出具体的方法。

关于铺设防渗膜的做法，丁跃元说：这种方法一般用于人工湖、景观湖，防渗后的渗漏量非常小。这种防渗方式的不良后果，在于切断了水循环，对地下水补给有影响。实际上，防渗也可以采取其他方式，例如用黏土等。和原来的砂土相比，黏土能减少水渗漏损失，对生态环境影响要小得多。

关于圆明园的防渗工程，丁跃元认为：防渗工程具体如何实施，关键是要统筹考虑生态环境效益和企业、部门的经济利益，科学、慎重行事。

我俩把稿子写好后，传给董建勤。她告诉我，文物、园林部门的稿子还在采写，今晚先用我和刘毅的稿子。

网友的眼睛

“小赵，你除了采访专家，还应该上网站看看网友的评论。许多网友提的意见非常好，会开拓你的采访思路。”28 日下午，我在采访李皓博士的时候，她特别提醒我。

说实在的，在此之前，我对网友的评论并不怎么看重，总觉得不过是发牢骚，激情有余、内容不足。

这天晚上回到家里，我上人民网看了网友对圆明园防渗报道的评论后，才意识到：此前自己的认识很可笑。

28 日人民网上关于防渗的评论有几十条，除了“反对”外，更有很有见地的建议和思考——

当我们在痛恨日本人不尊重历史的时候，自己却在破坏自己的历史遗迹。

（防渗这种）头痛医头、脚痛医脚的做法要不得。

如此糟糕的做法，竟然得到了北京市水利科学研究所、海淀区水利局这些专业部门的支持，真是匪夷所思。据我所知，北京市水科所主持了一个投资很大的雨水利用项目，要千方百计把雨水蓄存到地下。河湖、洼地正是蓄积雨水、增加地下水补给的好地方，可为什么会做出这种自相矛盾的事情呢？更何况，即使从狭隘的经济利益角度来看，防渗的一次性投资这么大，相当于几十年的水费。

这么大的工程实施前怎么能不进行环境影响评价？怎么能不召开由各方面人员参加的论证会，而仅由少数几个单位就做出决定？毕竟圆明园是独一无二的，经不起这么乱折腾。花国家的巨资去改造，无非是为了谋小单位的经济利益，其后果却将是灾难性的。

北京当年要拆古城墙的时候还有梁思成等专家发出不同的声音，如今呢？

…………

网友的评论可能有些“偏激”，但也反映出公众参与的热情，其中的许多观点不乏真知灼见，为我的后续采访报道提供了有益的启示。

在圆明园防渗事件中，除了人民网，新浪、新华网、博客中国、Tom 新闻、腾讯新闻、搜狐新闻、中国水网、中国园林网、北方网、四川在线等数十家网站也推出了“圆明园防渗工程专题”，成为报纸、电视、电台之外的另一重要舆论场。其中，网友的留言、评论数以万计，比较真实、全面地反映了各方民意，为推动这一事件的最终解决发挥了重要作用。

似乎谁也没有把圆明园当作文物

圆明园是国家级重点文物单位，是我国乃至全世界独一无二的文化遗址。那么，文物部门对防渗工程持何种态度？

在接受《人民日报》文艺部记者刘琼采访时，国家文物局和北京市文物局都明确表达了自己的立场——

国家文物局权威人士 29 日就圆明园正在实施的“防渗工程”接受本报记者的采访时，用一连串的反问，作为明确表态。

他说，1981 年《文物法》正式颁布，2002 年修订后的《文物法》再次颁布，《文物法》对圆明园这样的全国重点文物保护单位的保护范围、保护措施有着特别具体的要求。但是法律的这些基本标准，现在到底落实得怎么样呢？连《文物法》的基本标准都没有落实，圆明园的保护何从谈起？在公然践踏《文物法》基础上实施的防渗工程，没有合法性。

他说，最好做个调查，问问有关政府部门，问问民众，他们到底是希望圆明园建成一个游乐场所还是遗址公园？圆明园到底是不是文物？应该如何定位？现在，无论是建设部门，还是园林部门，似乎谁也没有把圆明园当作文物。

（见 3 月 30 日《人民日报》第五版）

作为圆明园的文物直管部门，北京市文物局从圆明园防渗工程 2003 年开工以来，一直与有关方面进行交涉，要求其停止施工，并派出古建专业施工队尝试用传统办法做湖底的防渗透实验。

北京文物局局长梅宁华说："作为一个遗址公园，保护其历史环境和历史面貌的原真性，是文物保护的基本要求。在目前尚没有找到更好的办法之前，我们已经要求有关单位今年不要再施工了。我们将组织专家进一步研究，经过论证，提出新的方案后，再看怎么解决这个问题。"

（出处同上）

很显然，无论是国家文物局还是北京市文物局，对圆明园进行的防渗工程都是反对的。而且，国家文物局不但明确反对，认为防渗违反了《文物保护法》，还不无痛心地指出："现在，无论是建设部门，还是园林部门，似乎谁也没有把圆明园当作文物。"

上述表态是文物部门在防渗工程被曝光的第二天就做出的反应，应该是可信的由衷之言。

如果上述两级文物保护部门能切实履行其职责、依法照章办事，认真核查、论证，拿出具体的措施，防渗事件的解决就不会只是局限于环保层面。倘能如此，圆明园防渗工程和保护问题将有望得到更为彻底、更为全面的解决。这对于饱经灾难的圆明园来说，无疑是功德无量的好事。令人遗憾的是，不知道什么原因，自3月29日明确表态之后，上述两级文保部门在圆明园防渗工程上三缄其口。文保部门的失语，导致圆明园防渗这一关乎国家重点文物保护的重大事件，最终没有在文物保护层面上展开，只能就环保说环保了。

更令人费解的是，北京市文物局副局长孔繁峙，在3天后（也就是4月1日）接受《京华时报》记者采访时，居然与正局长唱起了反调——

昨天（即4月1日——笔者注），北京市文物局副局长孔繁峙代表文物局对圆明园湖底铺膜一事做出回应，认为圆明园湖底铺膜属园林日常维护，未对文物造成破坏。

孔繁峙说，对于遗址概念的界定一定要清晰，圆明园湖底铺膜是湖道清淤的一部分，属于园林日常管理，不是文物建设项目，因此可以不审批，而且铺膜并未对遗址本身造成破坏。

“我觉得有水总比没水好。”孔繁峙介绍说，圆明园的水除了很少一部分蒸发外，大部分都是渗漏，因此不采取一些防渗手段是不行的。传统的防渗手段是使用清膏泥，这在考古界是完全允许的。但现代社会对历史文物的保护应该采取现代化的手段。湖底铺膜有两个特点，一个是可塑性，另一个是隐蔽性，这种办法在世界范围内也都在使用。但孔繁峙也强调，圆明园是国家级的文保单位，因此采取哪种手段要非常慎重，到底哪种办法好，需要科学的论证和历史的考验。

孔繁峙先生的上述表示，是他自己的真实想法还是违心之论，人们不得而知。在此后长达半年的圆明园防渗事件中，梅宁华销声匿迹，由孔繁峙代表北京市文物局发言。

3 月 29 日，北京园林局也做出了反应——

“我们也是通过媒体才得知此事的。”北京市园林局公园处张女士说，园林局与圆明园属行业管理关系，但圆明园正在进行的防渗工程并未上报园林局公园处。她说，铺设防渗膜对湖水自净和富营养化肯定有影响，但圆明园管理处这样做一是出于无奈，二是已经过北京水利科学研究所等几家单位论证。

据介绍，圆明园每年湖底渗水 200 多万立方米，北京景观用水从原来的每吨 0.31 元涨到 1.31 元后，公园每年补水增加的费用不小。况且北京严重缺水，哪里有水人们就都想方设法留住。专家的建议和意见当然不能忽视，但如何解决诸如圆明园公园的补水费用和正常运营等，也应引起有关部门的高度重视。

（见 3 月 30 日《人民日报》第五版）

与防渗事件有关的北京市环保局，于 29 日上午派环评处工作人员，到圆明园了解情况，调查防渗是否违反了《环境影响评价法》。但是当天未见结论。

六字方针

3 月 30 日，是圆明园防渗被曝光的第三天。这天，《人民日报》刊发了我和几位同事采写的“后续报道”，公开了国家、北京两级文物部门、北京市环保局和园林局的立场，以及全国政协委员、自然之友会长梁从诫先生的意见。

29 日才从外地出差回北京的梁从诫对记者说：“本人虽不是水务专家，但懂得‘流水不腐’的道理。圆明园里原有的池塘、湖泊虽不是流动的活水，但却是由湿地自然演化而成的水体，和周边的堤岸、植被历来有着天然的交换关系。这种天然的交换关系一旦被切断，它们就成了一潭死水。用不了多久，就会腐败变质。北京的多处护城河因为做了水泥砌衬，就发生过这种情况。”

他呼吁：这项工程应立即停工，再请有关专家、学者作一次论证和评估。如果专家们认为可行，再重新开工不迟；否则匆匆上马，一旦出现问题，损失难以估量。

兄弟媒体也持续跟进。其中，《中国青年报》刊发了记者徐百柯采写的长篇报道：《圆明园防渗工程是“外耻内愚”的典型》。

此外，北京市环保局已经着手开展调查，社会各界反对防渗工程的声音也不绝于耳。

29 日下午三点多，刚参加完报社编前会的副主任贾西平，把我和刘毅叫到他的办公室。他表情有些严肃，让我有“大事不妙”的预感。

我小心翼翼地问：“是不是有什么说法？”

贾西平示意我俩坐下：“那倒没有，但是你们俩要注意。在今天的编前会上，老总专门就圆明园报道作出指示。”

他拿起当天《人民日报》关于圆明园的“后续报道”，对我和刘毅说：“今天的报道你们都看了吧，声音全是反对防渗的。”

他停了片刻，说：“为防止‘一边倒’，老总提出了六字方针‘全面、客观、平实’，让我原原本本地向你们传达。你们要认真琢磨这六个字的含义，准确领会，不折不扣地执行。”

“‘全面’，就是两方面的意见都要报道，不能只报道一方的声音。”他接着说，“‘客观’，就是采访对象怎么说的，你们就怎么报道，不能断章取义，更不能自己添油加醋。‘平实’，就是要语言平和、朴实，不能情绪化，不能偏激、过激。特别是有些专家，感情容易冲动，用词可能激烈。对于这些，你们要取其要义，把意思说准确、说清楚就行了，不能完全照抄照搬，他们怎么讲你们就怎么写。”

“原来是这个。”听他讲完，我悬着的心落了地。

“你俩也别紧张，该怎么报道还怎么报道。评报的同事对我们在圆明园事件的‘抢先发炮’还是评价很高的，认为这是报社编采分开以来最出彩的一次独家报道。”贾西平鼓励我和刘毅，“老总也没说圆明园的事不准报道了，只是要你们把握好度、掌握好分寸，不要出差错。”

说实在地，当时我对老总的“六字方针”还有点不以为然。但是，随着后来防渗事件的扑朔迷离和多次反转，我越来越领悟到：“六字方针”的确是经验之谈。

要知道，防渗事件出人意料地拖了半年之久，有几次都到了“黑云压城城欲摧”的险境。如果只图说话痛快、报道出现偏差，我们可能就得“吃不了兜着走”了。

耳朵机灵着点儿

3 月 31 日，已是圆明园防渗工程曝光的第四天，依然没有任何实质性进展。

上午到办公室，我打开电脑搜索有关信息，看到了《南方周末》记者刘鉴强在头版刊发的长篇报道《圆明园湖底埋下了什么？》。看完之后，我不禁对刘鉴强心生敬意：文章写得非常漂亮，尤其是开头和结尾，写得非常精彩。最让人叫绝的，是文章的标题，可谓神来之笔、寓意深远。

就在这时，李新彦主任打来电话，让我到他的办公室去一趟。

李主任脸色凝重，桌子上摊放着当天《人民日报》“视点新闻”版，上面有我和刘毅关于圆明园防渗的报道。

“小赵，有没有进一步的消息？”他有些焦虑地问。

"还没有。"

李主任沉吟良久，看着我说："小赵，你要做好写检查的准备。"

我脑袋"轰"的一下："李主任，有什么'说法'吗？"

"这倒没有，"他看着我说，"不过你想想，这几天媒体对圆明园的报道够多了，网上的评论也是铺天盖地、一片讨伐之声。但是，圆明园管理处居然没有承认错误的迹象。你说奇怪不奇怪？"

停了一下，他对我说："你也别太担心，我只是给你打个预防针，让你思想上有所准备。回去吧，耳朵机灵着点儿。"

环保总局叫停

下午两点多，我还在报社小公园里来回转悠，想着写检查的事。这时手机忽然响了，是国家环保总局宣教办主持工作的副主任刘友宾打来的。

我心中一喜："莫不是关于圆明园的事？"

昨天我打电话问他圆明园防渗的事时，他还说：领导还在研究。

"你赶紧上总局网站看一下，有好消息。"听得出，刘友宾的话音里透着喜色。

"什么好消息？"

"总局责令防渗工程停工。"

"真的？！"我有点儿不相信自己的耳朵。

"这么大的事儿，我敢和你开玩笑？总局的网站上都发消息了，你赶紧去看吧！"

谢天谢地，环保总局在关键时刻出手了！

我大步流星赶回办公室，打开环保总局的官方网站，一条消息赫然在目——

国家环保总局：圆明园湖底防渗工程应立即停建

国家环保总局环境影响评价司有关负责人今日表示，圆明园湖底铺设防渗膜工程至今未进行建设项目环境影响评价，应该立即停止建设，充分征询社会各界的意见，依法补办环境影响评价审批手续。

环保总局环评司的有关负责人说，圆明园湖底防渗项目未依法报批建设项目环境影响评价文件，擅自开工建设。根据《环境影响评价法》有关规定，应停止建设，立即依法补办环境影响评价审批手续。

这位负责人说，圆明园湖底防渗项目在国家重点文物保护单位内建设，环境敏感程度高，环境影响特殊，并且受到社会各界的广泛关注。按《环境保护行政许可听证暂行办法》的规定，在批准该项目环境影响评价报告书之前，应由环保总局组织听证会，征询有关单位、专家和公众的意见。

…………

“阿弥陀佛！”我看完后激动不已：僵持了数天的防渗事件总算有进展了！

我赶紧把这个好消息告诉了李主任。

“行了，这下你先不用写检查了！”他听完乐了。

我以最快的速度，把环保总局发布的消息下载，稍作修改，分别传给总编室和人民网。

稿子发出去后，我不禁想到一个问题：停工的决定，是环保总局哪位领导作出的？总局新闻稿中所说的“环境影响评价司负责人”，应该不是决策者，而是决策的执行者。

会不会是环保总局分管环评、宣传等工作的副局长潘岳？

事实果然如此。

在两年以后的一次采访中，潘岳的话证实了我的判断。

他告诉我：“圆明园防渗工程被曝光的头几天，我正好在韩国参加亚太环境部长会议，不知道这档子事儿。2005 年 3 月 31 日上午，我刚从国外回来，就去参加《南风窗》杂志创刊 20 周年座谈会，在门口碰到环保人士奚志农。他手里拿着一份当天的《南方周末》，头版头条是刘鉴强写的《圆明园湖底埋下了什么？》。奚志农看见我来了，就拦住我说：我等你大半天了，请你看看这篇文章！”

“座谈会上代表发言时，我一直在读刘鉴强的文章。刘鉴强之前我不认识，看了报道后对防渗工程的是非对错心里没底。回到总局后，我做的第一件事，就是让秘书找来有关报道，包括《人民日报》刊发的几篇报道。看完后，我心里有数了，就在《南方周末》上批了几条意见：总局要关注此事，马上派人调查；如确实未作环评，并对环境造成了负面影响，就勒令停工，补办环评手续，并向新闻界发布消息。”

听完潘岳的回忆，我暗暗地在心里说：真是老天有眼！如果不是环保总局及时出手，圆明园防渗工程最后很有可能就不了了之。

31 日这天快下班的时候，我又接到李皓博士的电话：“刚才我带着几个同事又去了圆明园，发现了一个令人愤慨的事情：防渗工程居然破坏文物！”

“他们把古人建的石头驳岸拆了，修了中间夹防渗膜的砖墙后，再把石头胡乱堆在外面。这是明显的破坏文物！”说到这里，李皓气愤异常。

停了一下，她问我：“小赵，明天你有时间吗？”

“有时间，”我说，“如果您方便，明天我们一块去圆明园看看！”

“咱们明天下午见！”说完，她就挂了电话。

三进圆明园

4 月 1 日中午，我先赶到李皓博士的办公室，和她到地下餐厅吃了个盒饭，然后一起打车赶到圆明园。

“小赵，你知道吗？我听说圆明园管理处已经多次给园里的职工下命令：关于防渗的事儿谁都不准对外讲，特别是记者，谁讲就开除谁。”在出租车上，李皓叮嘱我说，“这次我们去，就说是普通游客。”

这是我十天之内第三次到圆明园了，东门外广场上的白杨树已经长出了嫩绿的叶子。

李皓停住脚步，指着白杨树树根周围砌的四四方方的水泥槛儿对我说：“下雨时最好能让雨水自动流入树坑中，树坑周边不应砌槛儿。你看啊，对树坑进行覆盖、减少裸土，本来是件好事，可这里却莫名其妙地铺了一层结结实实的石子板儿，透水性、透气性都很差，不但雨水很难渗下去，连树根呼吸都成了问题，树怎么能长好呢？”

我仔细看了一下，这种踩上去硬邦邦的防渗层是用碎石和水泥胶做的，就像压实的沥青路面，雨水很难渗下去。这一做法不仅花钱多，而且不利于树木生长，可谓劳民伤财。

衬砌的水泥槛儿

赵永新／摄

由于工作的关系，我到国外采访时特别留意绿化的事情。几年前到某国，发现许多城市在绿化树根部周围留一个低于地面的方形小坑，里面铺着粉碎后的木片、木块，或者是小石子儿，既能防止扬尘，又有利于存蓄雨水。雨水丰沛的另一个国家则是“顺其自然”，树的根部周围都是泥土，上面长满了茂密的野菜野草。

“现在中国有钱了，讲起时髦来真是不得了，选材用料比发达国家用的还昂贵！”李皓老师叹了口气。

春天真是个创造生命奇迹的季节。8天前我第一次来圆明园时，还绿色难觅；8天之后再来，已是万物萌发、绿意盎然：细长的柳丝芽鲜叶绿，婀娜动人；地上的草坪也不甘落后，冒出了细嫩的草芽儿。

就在我四处探望的时候，李皓开口了："中国的古典园林原来哪有这种洋草坪？本来都是土生土长的野草野菜。现在好，为了赶时髦，都换成了这种冷季型草坪，不仅丧失了生物多样性，而且又费钱，又耗水，还把中国园林改造得不伦不类、面目全非！也不知是哪些专家出的好主意！"

"李老师，不光圆明园，北海、天坛……北京几乎所有的公园都是洋草坪'一统天下'了。"我告诉她。

正说着，见前面有一位中年男子，手里举着一根细塑料管子，正在给草坪浇水。这位工人真大方，地上草坪里的水都已盛不下，流到了湖里，他还在浇个不停。我向四周看了看，这还算省水的，有的地方根本没人管，水在草坪上肆意流淌。

"圆明园一边投巨资搞防渗，口口声声说要节水，一边又大水漫灌。你看，这哪里是在节水？！"容易激动的李皓气得脸色煞白。

她压住心头的怒气，走上去和那位男子聊起来。

"师傅，这水多长时间浇一次？"

"几天就得浇一次。天不下雨，不浇水，草就长不出来。"

"这水是哪里来的？"

"从地下抽上来的。你看，那边就是水泵。"

"师傅，听你的口音好像是四川人？"

李皓与师傅聊天

赵永新/摄

"对头，"那位师傅憨憨地笑了，"四川德阳的。"

"我老家也是四川的。老乡，你们在圆明园共有多少人？"

"有四十多

个，老家都是德阳的，被招到这儿搞绿化。”

“圆明园本身职工有一千多，为啥还花钱雇你们呢？”

“这个我就不晓得了。”

“老乡，草坪这么个浇法，你们不心疼啊？”

“心疼个啥子嘛！”他一边浇一边笑着说，“又不是花我的钱。”

我俩听了哭笑不得。

告别了这位师傅，我俩继续往前走。

李皓告诉我：“小赵，听说整个圆明园环境整治工程投资一点五个亿。昨天我们来时，一位圆明园职工跟我讲，反正这钱是北京市拨的，他们得想法子把这笔钱花完；如果这次花不完，以后上面就不给你拨了。你说说，这叫什么事儿？！”

我听了，默然无语。

我们七转八拐，来到滴远门遗址附近，看见施工人员正在河道里“整修驳岸”：前面是大吊车开道，把旧有驳岸的大石头抓起来，移到岸上；后面的民工先沿着河边，砌起一米多高的砖墙。砖墙里外两排，中间夹着防渗膜；砖墙砌好后，再用大吊车把石头抓回来，沿着砌好的砖墙堆上去。

我走近一段“整修”后的驳岸仔细察看，只见砖墙与土岸之间的缝隙里，长满了纵横交错、密密麻麻的树根。这一现象印证了此前李皓的观点：河湖里的水，就是透过原来石头驳岸中的缝隙，渗到岸边；而树木靠近驳岸一侧的根须，有不少扎到石头缝里。

整修驳岸

赵永新／摄

这种推倒重来、脱胎换骨的“整修驳岸”，让李皓气不打一处来：“这哪是什么‘整修驳岸’？是彻底地破坏驳岸、破坏文物！《文物法》明确规定，文物整修要按照文物原来的样

新砌的防渗墙 赵永新／摄

子‘修旧如旧’。他们这种做法不仅违反了《文物法》，也违背了中国古典园林的独特设计！”

她告诉我：在中国古代园林中，驳岸衬砌又称“码石”，是一门非常讲究的技艺，连每一块石头的形状、颜色、纹理都要考虑到。驳岸的外截面，以参差不齐的居多。之所以故意码得参差不齐、里进外出，除了追求视觉上“自然而然”的美感，还暗含着生态保护的理念：一方面是通水、通气，利于岸上植物的生长；另一方面是为了在驳岸的缝隙中留出地方，供水生物栖息、繁殖。

南方园林驳岸 赵永新／摄

她停了停，继续向我讲解：古人做驳岸的另一个重要原则是“亲水”——让驳岸有石阶的功能，人可以踩着高高低低的驳岸走到水边，弯下腰就能从湖中掬水洗手，或近距离地观花赏鱼。

听着李老师的话，我在为自己的孤陋寡

闻惭愧的同时，也更加佩服古人的智慧。唉！老祖宗留下来的这些好东西，不知圆明园管理处有多少人知晓？

拍完照片后，我们往前走了几分钟，眼前是一个满是残荷败叶的水塘。李皓指着荷塘周边还没有被“整修”的驳岸说：虽然这些驳岸经过二三百年的风吹雨打、有些破败，但侥幸避过了人为破坏，基本保持了原貌。

未被防渗的荷塘

赵永新/摄

我沿着岸边仔细看了一下，可依稀分辨出她说的古人码石的特色：露在外边的石头参差不齐、高低错落，而且能看出是一层一层的，游人可以拾级而下、俯身就水。

“小赵，你看，这里面的荷花、野草长得这样茂密，说明里面的土壤层很厚，土质也很好。”李皓指着那些茂密的残枝败叶和岸边的杂草说，“管理处所说的圆明园的湖底全是沙子，是站不住脚的。至少绮春园、长春园里的一部分河湖，其底部有厚厚的泥土层。水之所以会干枯，除了少量渗漏，还有一个重要原因，就是湖面蒸发。”

荷塘边残存的驳岸

赵永新/摄

这让我想起一个网友出的“馊主意”：为了更好地节水，不仅湖底要铺防渗膜，还应在湖面上弄一个大玻璃罩。

我们又往前走了一段，来到一个更大的湖前。看着里面轰鸣的推土机，李皓老师很是惊讶：“奇怪！昨天下午我们来时所有的施工都停了，今天怎么又干上了？难道环保总局的停工令他们没有收到？”

我听完也觉诧异：是圆明园管理处没有收到环保总局的停工令，还是故意置之不理？难道海淀区政府另有指示？

如此看来，圆明园的事情，真没那么简单。

回到报社后，我赶写了两篇消息，一篇是讲驳岸“整修”的，一篇是说防渗工程未停工的，连同李皓老师和我拍的有关照片，一起发给了人民网。

海淀区叫停

4月1日是周五，圆明园防渗曝光的第五天、国家环保总局发出“停工令”的第二天。

圆明园防渗工程，是停工还是继续？会不会在今天有一个明确的说法？

一直到下午快5点了，还不见有任何消息。在办公室里“静候佳音”的我，实在有点坐不住了：这究竟是怎么回事呢？环保总局毕竟是国务院所属的行政机关，虽然不是强势部门，但其权威性也是不容置疑的。回想今年年初，环保总局叫停30个大型建设项目时，连三峡总公司这样的央企都由对抗变为合作，停止施工并补办了环评手续。相比之下，圆明园管理处不过是海淀区政府下面的一个处级单位，如果他们置环保总局的“叫停令”于不顾，依然故我、继续施工，其中必有蹊跷。

正在我坐立不安的时候，忽然接到了海淀区区委宣传部一位副部长的电话。他自报家门之后说：“赵记者你好！你的同事刘毅让我跟你联系。是这样，海淀区政府刚开完会，决定防渗工程停止施工。”

“是吗？！”听了这个消息，我既惊且喜。

“不过赵记者你先不要发消息。请你在办公室里等着，一会儿新闻稿写好后我就发到你的邮箱，千万要以新闻稿为准！”

“大快人心事！”放下电话，我的身心一下子放松下来——5天来的疑虑焦急、担忧惊惧，一下子烟消云散。

大约过了 10 分钟，他把新闻稿发过来了。新闻稿不长，我很快改写成消息，先发给人民网，然后给总编室的朱竞若打电话：“海淀区政府决定防渗停工了！”

“是吗？这简直太好了！”朱竞若也喜出望外，“我马上告诉主任，争取明天见报！”

“明天”是周六，《人民日报》只出八块版，除了三块要闻版，没有其他的国内新闻版。

4 月 2 日上午醒来，我做的第一件事就是打开电脑，上到人民网，看《人民日报》的“PDF”版（图形版）。“停工”的消息在二版登出，加了一个粗粗的黑框——

北京市海淀区政府决定

圆明园防渗工程停工（后续报道）

补办环境影响评价手续

本报北京 4 月 1 日讯（记者赵永新报道）：今天 17 时许，北京市海淀区政府做出决定，圆明园湖底防渗工程停止施工，补办环境影响评价手续，并将于下周组织专家论证会。

至此，媒体持续关注、公众普遍关切的圆明园防渗工程，终于有了涉事政府的正式回应。

由此，圆明园防渗事件也转入下一个阶段。

七 听证会前夕

海淀区政府的公开回应，使公众对于圆明园防渗工程的关注点，由“何时停工”聚焦到：环境影响评价手续如何补办、专家论证会将得出怎样的意见。

由此，迎来了圆明园防渗事件的下一个高潮：环保总局举办的环境影响评价听证会。

听证会前夕，相关各方特别是新闻媒体的报道，仍在持续。

不能就事论事

海淀区政府的“停工令”，使喧嚣了数月之久的圆明园进入短暂的平静期。但是，新闻媒体并没有“就此打住”，思考的触角继续延伸——

4月3日，《中国青年报》刊发记者刘世昕采写的通讯《圆明园湖底防渗膜牵动什么利益？》。该通讯指出：防渗的真正目的，与其说是为了生态，不如说是为了商业利益。

4月4日，新华社发表“新华时评”《圆明园是谁的？》。评论对防渗工程提出了一连串的发问：圆明园遗址的整修，应该遵循“重建昔日辉煌”还是“保持遗址现状”的原则？做防渗之前进行的专家论证会，是否有走过场的嫌疑？参与论证的专家是否有“御用”之嫌？管理处作为圆明园的代管者，是否有权擅自决定“国宝”的命运？

同日，《瞭望东方周刊》发表记者孙大胜的文章《圆明园防渗暴露生态水危机》。该文说：圆明园的防渗工程，令人联想起1998年开始的京密引水渠等多条河流的水泥衬砌——但当时诸多专家及环保人士的呼吁并没能阻止北京市的脚步，京密引水渠在激烈的反对声中从容地衬砌完毕……按照北京一些干部的思路，如果国家投入巨资，把黄河、长江等大江大河都衬砌起来，每年因减少渗漏而节约的水量当在数十亿立方以上。如果把黄河、长江乃至所有水库都用PVC板覆盖起来，那么因蒸发量大减而节约的水量也小不了——但这显然是个荒谬的幻想，也是与国际上目前通行的做法背道而驰的。世界发达国家为了保护生态，都在将原本被衬砌的河道恢复自然。美国最缺水的洛杉矶也是如此。而北京市为什么一而再、再而三地做这样的事呢？

该文还列举了华北地区地下水超采而导致的巨大地下“漏斗”，以及上海、天津等46个城市正在发生的地面沉降，并发出这样的疑问：如果说，人们对每一滴能控制的水都尽量吃光用尽，那么，谁来补我们生存的土地下那日渐扩大的漏斗呢？

该文的结尾这样写道：也许，只有当这些漏斗酿成了实实在在的巨大灾难，才会找到切实可行的办法。

同日，人民网发表了李皓博士写的文章《对圆明园管理处回复的几点提问》，用翔实的资料和自己的所见所闻，对圆明园管理处的4点回复提出疑问。

4月5日，《科学时报》在第4版刊登整版文章：《圆明园事件，不是就事论事》。

这是一篇非常有力度、有深度的报道。记者易蓉蓉以女性的敏锐与洞察力指出，现在有一种很难遏制的做法就是迷信技术。只要先进的技术、先进的产品，不管它的社会后果，不管它的生态后果是什么！

她援引北京地球村相关负责人的话说：圆明园历史上遭受过三劫，火劫、木劫、石劫，第一劫是八国联军（应为英法联军——笔者注）干的，后面两劫把木头、石头偷走却是国人自己干的，今天对圆明园生态环境的破坏是第四劫，我们应该自己对圆明园的现状负责。

该报道说：圆明园管理处是由政府主管部门和当年被征地的乡镇政府共同组建而成，园内近1700名职工为当时的村民和外来务工人员。而作为一个国家级的文物保护单位，园林、生态、人文、美学等相关专业的人士，在圆明园的直接管理和整修中少之又少。

报道援引梁从诫先生的话，对圆明园的管理体制提出疑问：这样一个错误是怎样发生在国家重点文物保护单位的？圆明园这么重要的一处文化遗产，圆明园管理处竟然只是海淀区政府的一个下属单位。

报道认为：从目前中国的管理体制看，条块分割不利于统一行动。而且管理级别的高低在很大程度上决定了管理人员的素质，很多决策不是经过科学的调查、论证之后得出的，而是领导人拍脑袋得出的。殊不知，领导拍脑袋决策，祸国殃民。而要避免决策失误，减少损失，唯有建立一套行之有效的决策机制，如决策失误追究制、决策失误赔偿制和决策失误辞职制等，向那些不负责任而盲目决策的领导干部亮“红灯”。

报道提出：诸如圆明园防渗、北京动物园动迁等与公众密切相关的大项目大事件，应保证公众的知情权。有专家指出，防渗工程在立项之前，应由北京市甚至是国家出面，组织各方面的专家论证，决定防渗工程方案的可行性，再经过媒体公布，充分听取公众意见。如果不行则舍之，以避免工程上马再下马造成的巨大损失。如果专家与舆论一致赞成，再由管理部门向有关部门申请，经审批之后开工。

易蓉蓉这样结束报道：泰山建了索道，庐山盖了别墅，圆明园铺了塑料膜，南京明城墙要架电梯，明天如果听到长城贴瓷砖，请一定不要奇怪！

反思“为时尚早”

在媒体同人向更深层次挖掘的同时，我也在想：圆明园防渗事件的报道，今后该向哪个方向着力?

在 10 多天的采访中，我逐渐清晰地觉察到：正如此前圆明园的遭际是大清王朝兴衰的一个缩影一样，现在发生的圆明园防渗事件，也折射出当下中国在生态环境保护等领域的积弊。换言之，圆明园防渗事件是一个极具典型意义的标本，从中可以发现许多共性的东西。

是该对圆明园防渗事件进行反思了。

说来也巧，4 月 2 日下午，我接到“视点新闻”版主编董建勤的电话：“小赵，你是不是再写篇深度报道？我们前面打了头阵，接下来也不能落后啊。”

我就把自己的想法和她讲了。她说：“就写篇反思的东西吧，版面我来协调。”

于是，我列了一个采访提纲，先后采访了李皓、俞孔坚、王如松、孟兆祯、郑孝燮等多位学者，在 4 月 4 日赶出了一篇稿子：《问题出在哪里——圆明园防渗工程反思》。当天下午传给贾西平副主任，他看后连说：“不错不错！”

没料想，当天的编前会结束后，情况发生了变化。贾西平把我叫到他的办公室：“这篇稿子先不发了吧。在编前会上领导说现在反思还为时过早，等过一段时间再说吧。”

回到自己的座位上，我百思不得其解：为什么现在不让反思呢？如果现在不反思，等别的媒体都把问题说清楚了，《人民日报》再报道就意义不大了……

报纸不准用，网上还不行吗？于是，我把稿子发到了人民网环境频道，全文如下——

《问题出在哪里——圆明园防渗工程反思》

“停止施工，补办环境影响评价手续，并尽快召开专家论证会，以决定塑料防渗膜的去留。”随着北京市海淀区政府日前的上述表态，圆明园湖底防渗事件，终于有了一个暂时的说法。

“此前许多河湖防渗工程的弊害已为许多专家诟病，有关部门追悔莫及，为什么错误还会在圆明园这样一个异常敏感的地方重犯？问题究竟出在哪里？”专家和公众的诘问，发人深思，令人警醒。

问题之一：缺乏民主、公开、科学的决策机制，问责制势在必行

“民主、公开、科学的决策机制的缺失，是圆明园防渗工程仓促上马的重要原因。”北京大学景观设计学院俞孔坚博士认为，之所以要对大型、敏感和有争议的工程搞专家论证，就是要广泛听取来自不同领域的专家的不同意见，以权衡利弊、决定取舍，“因此，论证会决不能关起门来，在一个小圈子里搞所谓的专家论证——这样做无异于走形式，不但无益，而且有害。”

如何确保决策过程民主、科学、公开，达到决策发挥应有的作用？北京地球纵观环境科普研究中心负责人李皓博士指出，关键是要对参与论证的专家、最终的决策者和经费的审批者实行问责制，哪个环节、哪个人出了问题，就要毫不客气地追究责任。

“只有这样，才能使有关各方切实负起责任，才能促使参与论证的专家说真话、说实话，决策者才不敢轻易拍脑门儿，审批者才能不敢胡乱画圈儿。”

问题之二：“一条龙”体制助长“工程热”，利益纠葛“剪不断理还乱”

根据圆明园管理处提供的资料，防渗工程的预算为3000万元，而包括防渗在内的圆明园环境整治工程的总投资就更多。而在防渗的前后过程中，《圆

明园水资源可持续利用规划》的编制单位中两个属于北京市水务系统；防渗工程的施工单位中，还有北京市水务系统的公司。这不能不引发人们对这一工程的管理、施工体制的疑问。

“目前许多政府主管部门都下设科研、规划单位，甚至还有施工公司，‘家族’过于庞大，权力过于集中。”李皓博士分析说，目前许多工程项目的规划、设计、施工、监管等，都是由一个主管部门“一条龙”承揽，难免会滋生弊害。

如何才能防范“一条龙”体制可能滋生的问题？李皓博士说，国外的政府部门只管制订规则、监督管理，相关的科研、规划、设计、施工单位都是完全独立于政府部门之外的，与部门全无瓜葛；而且，一个项目的规划、设计都是至少由两个互不相干的单位方来做，最后选择最佳方案；项目施工更是在多个公司间进行竞标，竞标过程透明、公开，不容许有半点儿“猫腻”；施工的过程不仅要接受业主的监督，更要由第三方进行全程监理；施工完成后，不仅要接受上级部门检查，更要由第三方进行严格评估，以及全社会的监督、质询。而我们的一些工程，完工后只要上级领导满意就行了，社会的质疑、批评声音非常微弱，几乎起不到什么作用。

问题之三：业务知识欠缺，管理者素养亟待提高

关于在湖底铺设塑料防渗膜的利弊，有识之士已基本达成共识，无须赘言。李皓博士在对圆明园多次实地考察的过程中，还发现了许多违背生态常识的做法——

圆明园的石头堤岸的侧面之所以凹凸不平，并保留大小、宽窄不一的石头缝，是大有深意的：这些缝隙不但承担着河湖与山体的水体交换功能，还是许多水生植物、微生物、无脊椎动物和鱼虫生长、栖息和产卵的场所，对河湖生态系统维护发挥着重要作用，也有利于岸体透水而稳固。而现在用水泥把堤岸侧面全部衬砌、抹平，完全破坏了岸体的生态功能，这对维护水域和岸体上的生物多样性、净化水质和稳定岸体都不利。

圆明园山上原来的植被，是“上乔下灌”，地面还有许多属于乡土物种的野花野草，这样的植被群落不仅耐旱程度高，而且原生态状况好，能充分利用

雨水，减少人工浇灌并防止水土流失。而目前圆明园内的许多灌木、野花野草不见了，代之以国外的冷季型草坪，以求视觉上的美观，殊不知这些草坪不仅与圆明园的古中国园林风貌相悖，使园中原本独特的景观消失，而且由于冷季型草坪巨大的需水量，加剧了园中缺水的矛盾，既耗水又费钱。

圆明园原来的路面，都是用石板铺成、留有缝隙的透水地面，可以最大限度地利用雨水、透水透气，而现在许多地方都换成了不透水的硬化地，就连许多乔木的根部四周，也用水泥砌成了一个个高出地面的水泥槽，里面铺上的石子用胶泥黏得严严实实，既不能很好地利用雨水，还不利于树木根部的呼吸，实在是费力不讨好。

专家们指出，不光是圆明园，许多城市在景观设计和市政建设中，都热衷于铺大草坪和硬化路面，甚至到了无处不硬、草坪成风的程度。对此，俞孔坚博士指出，这些都是西方国家在工业化初期的做法，现在他们都已改弦更张，充分考虑生态学原理，利用自然的力量维护生态系统。因此，我们要深入学习西方现在的科学做法，而不是跟在后面“捡垃圾”。

中国工程院院士、北京林业大学园林学院的孟兆祯教授告诉记者，我们在向国外学习的同时，也不能忘记古人的智慧。“就拿圆明园的设计来说，不仅充分考虑了生态学常识，还凝结了中国传统哲学、绘画、文学等方面的精髓。比如，在造园过程中师法自然，因地制宜地造山理水，做到填挖平衡、宛若天成；充分考虑视觉、美学原理，在‘卷（同拳）山勺水’间产生山重水复、柳暗花明的艺术效果，与绘画的‘竖画三寸，当千仞之高；横墨数尺，体百里之迥’，有异曲同工之妙。任何文化成果都是在继承前人遗产的基础上取得的，千万不能厚今薄古，自以为是。”

问题之四：法律意识淡薄，应增强依法办事观念

专家们在接受记者采访时指出，圆明园湖底防渗工程至少违犯了两部法律：《文物保护法》和《环境影响评价法》。

著名文物学家郑孝燮在接受记者采访时说，圆明园是重点文物保护单位，《文物保护法》及其《实施条例》都对文物遗址的整修、整治做出了明确详细的法

律规定，如项目审批、“修旧如旧”等。规模如此之大的圆明园湖底防渗工程，显然是违背了相关法律、法规，体现出管理者法律知识的欠缺。

中科院生态研究所研究员、中国生态学会理事长王如松在最初接受记者采访时就提出疑问：防渗工程投资巨大，又是在环境敏感程度高、社会各界普遍关注的圆明园内进行，有没有做过环境影响评估？有没有举行过听证会？

后来，国家环保总局经过调查，认定圆明园湖底防渗工程违反了《环境影响评价法》和《环境保护行政许可听证暂行办法》。但圆明园管理处一直认为：防渗工程本身就是环境整治项目，不需要做什么环境影响评价。

“《文物保护法》和《建设项目环境影响评价条例》都已经实行了一二十年，《环境影响评价法》出台也有两年之久，管理者的法律意识为何如此淡薄？”李皓博士指出，原因至少有两个：一是法律的宣传普及工作流于形式，不能入脑入心；二是违法不究，许多违反法律的事“大事化小”，最后不了了之，相关责任人逍遥法外，毫发无损。

问题之五：观光旅游观念趋同，审美情趣需要更新

圆明园管理处对湖底铺设塑料膜，除了防止水渗漏，还有一个初衷，就是更好地开展划船旅游业务，以“满足游客”的需求。

“这无异于把圆明园等同于一般的公园，贬低了它作为文化遗址和中国园林之集大成者的价值。”王如松、张正春等许多学者指出，圆明园既是中华民族遭西方列强侵略的历史见证，是供全国人民乃至世界人民追忆、反思的难得场所；又是体现中国传统文化精髓的珍稀标本，圆明园管理处应该下大力气引导中外游客学习、汲取中国古人的智慧，而不是热衷于搞划船旅游、造新的人工景点。

李皓博士和俞孔坚博士则认为，圆明园虽然是在湿地上建造的人工山水，但经过两三百年的自然演化，已经形成了相对完整的原生生态系统，其中汇集了丰富多样的北京本土的生物物种和自然群落，是北京市内独一无二的供市民亲近自然、学习自然的宝地。在“人与自然和谐”“回归自然”成为流行时尚的今天，圆明园内的乡土物种、野花野草是非常宝贵的景观资源，“野趣”的

价值和意义，远胜过人造景点。

这两位博士指出，与圆明园最初建造的时候相比，目前的自然环境已经发生了相当的改变，当年的“遍地涌泉”已经演变为严重缺水，不可能恢复到原来烟波浩渺的壮观景象，只要补给一定的外来水，能够维护目前的生态现状就可以了。

“圆明园从丰水到缺水的演变过程，既是大自然本身‘沧海桑田’的生动写照，也是城市发展过程中没有‘以水定发展’、盲目扩张导致的必然后果，是一面促人猛醒、思往谏来的镜子。”李皓博士说，“让游人从圆明园的‘残山剩水’中得到启发、受到教育，从而领悟尊重自然、遵循自然规律的深刻内涵，增强节水意识和忧患意识，激发节水行动，使北京的地下水位得以回升——这与让游客在划船观光中乐而忘忧相比，哪一个更有价值、更有意义？”

往者不可谏，来者犹可追。专家们指出，如果我们能从圆明园湖底防渗工程中深刻反思，牢记教训，吃一堑长一智，不再让类似的错误重犯，那将真正能使“坏事变好事”，善莫大焉！

听证会揭开面纱

3月31日，环保总局在对防渗工程叫停的时候，就给公众莫大的期许：总局将就圆明园防渗举行听证会。大家都在翘首以待：听证会究竟何时举行？都有哪些人参加？听证的主要议题是什么？

4月6日下午2时许，环保总局在其官方网站上发布了举行听证会的消息——

国家环保总局副局长潘岳今天向新闻界通报，国家环保总局将于4月13日上午9时举行听证会，就目前社会广泛关注的北京圆明园遗址公园湖底防渗工程项目的环境影响问题，听取专家、社会团体、公众和有关部门的意见。这是《中华人民共和国环境影响评价法》实施以来，国家环保总局首次举行公众听证会。

潘岳说，本次听证会将以完全向社会公开的形式在国家环保总局办公楼举行。任何热心环保事业、关心圆明园遗址命运的公民、法人和其他组织都可以按照国家环保总局的公告申请参加听证会，提出意见和证据，表达心愿，贡献智慧。项目单位和利害关系人可以在听证会上提出证据并进行申辩和质证。

潘岳强调，从此案开始，今后对风景名胜区、自然和文化遗产保护区内的旅游开发、资源保护等建设工程的环境影响评价，不仅要回答工程对自然生态环境的影响，同时要增加社会人文景观指标。

…………

潘岳说，圆明园曾是举世无双的园林杰作，体现了中华民族的辉煌文明，记录着近代中国的屈辱历史，对这样一个具有重要爱国主义教育意义的珍贵文化遗产，北京市民关注，全国人民关注，环保部门更应责无旁贷。圆明园环境综合整治工程的环境影响评价要通过科学论证，不仅要确保不会对园内及周边地区生态系统的结构和功能造成破坏，同时也要从景观、遗址资源可持续利用等人文生态角度，对遗址公园的开发与保护方案进行科学论证。

另据国家环保总局法规司副司长王夙理介绍，听证会的内容包括：圆明园环境综合整治工程特别是采用湖底铺设防渗膜的方式可能对生态的影响；作为历史人文景观的遗址公园圆明园应该如何修复与保护。依据《行政许可法》和《环境保护行政许可听证暂行办法》的规定，国家环保总局将向社会发布行政许可听证公告，根据申请情况，确定参加听证会的人员，并向社会公布。

这是《环境影响评价法》自 2003 年 9 月 1 日实施以来，环保总局将要举办的第一次听证会，而且又是关于圆明园防渗的，公众的反应之热烈、报名之踊跃，自然在情理之中。

有《北京青年报》记者黄建华 4 月 7 日的报道为证——

昨天，国家环境保护总局在发布了 13 日举行“圆明园湖底防渗工程公众听证会”的公告后，今天一早，总局设立的听证会报名电话、传真和网上报名就热了起来，截至记者发稿时间 20 点 30 分，国家环保总局公告第一天就已经有近 200 人报名，而在总局的网站上，关于听证会的网页已经被浏览了 982 次。

环保总局的听证会报名电话和传真成了真正的热线。昨天下午，记者用了近 40 分钟才打通报名电话，接线的工作人员告诉记者，早晨一上班，报名电话就开始“热”得不能放手，他们只能加派三四个人轮流接听、记录，其中，还接到了十余个外地环保人士打来的咨询电话，而一旁的传真机上还不断“吐”出大串的报名表，到了下午传真机都发热了。另据工作人员介绍，昨天接到的报名电子邮件也达到了近百个……

公众参与的热情之高，由此可见一斑。

平静中的不平静

环保总局举办听证会的消息公布后，关于防渗工程进展的消息报道几近消失，取而代之的，是雨后春笋般的评论。

4 月 8 日，《人民日报》的“人民论坛”专栏刊发陈家兴写的评论《圆明园“防渗工程”折射了什么》。

4 月 11 日，新华社发表了鹿永建写的“新华时评”《圆明园管理者为何与公众如此隔膜》。

同日，《新京报》发表社评《圆明园听证会不能辜负公众的期望》。

4 月 12 日，《新京报》再发社评《保护文物不容忽视周边环境的价值》。同时，该报还发表了署名“暖树丫”的文章《圆明园工程拒绝“创造性”破坏》。

…………

与圆明园防渗事件同期进行的，除了具有历史意义的“胡连会”，还有每况愈下的中日关系。由于日本首相的倒行逆施，中日关系一路下跌，气氛空前紧张。就在 4 月 9 日，北京爆发了抵制日货的大游行。

即使在这样的大背景下，圆明园防渗事件一再触发公众的神经和媒体的热议，其“标本”意义可见一斑。

4月12日是举行听证会的前一天。这天上午9时，环保总局在其官方网站上公布了参加听证会的代表名单。环保总局以专业性和代表性为筛选基础，选出73位代表，主要是环保、文物、建筑、规划、水利等方面的专家，还包括各行业的退休人士和一位11岁的小学生，她代表中国少年儿童手拉手地球村的小记者参加听证会。

环保总局表示，听证会将于4月13日上午9时至12时举行，人民网和新华网将全程直播此次听证会。

听证会无疑是圆明园防渗事件的重头戏。为做好这次报道，报社派我和同事刘毅，以及评论部的陈家兴，采访听证会。

陈家兴是《人民日报》评论部的资深评论员，此次他受命参会，是为《人民日报》新推出的专栏《人民时评》，撰写开栏之作。

《人民时评》专栏是人民日报社新闻改革进程中推出的一个新锐评论栏目。此前《人民日报》已有《社论》《评论员文章》《任仲平》《人民论坛》《今日谈》等品牌评论专栏。从“开栏的话”中，不难看出《人民时评》的特色——

“评论是媒体的旗帜和灵魂，时评是新闻的深化和思考。为丰富本报评论品种，在人民网推出《人民时评》专栏并获得良好反响的基础上，从今日起，本报在视点新闻版开辟《人民时评》专栏。《人民时评》坚持贴近实际、贴近生活、贴近群众，针对读者关心的重大热点新闻事件或近期出现的重要社会现象、问题，及时刊发。着重一事一评，注重选题的新闻性，强调社会责任，关注国计民生，追求社会和谐，揭示事物本质，剖析社会问题，促进改革创新……”

该专栏由评论部年轻的副主任、高级编辑卢新宁负责，老总亲自审稿。把圆明园防渗听证会作为《人民时评》的开栏之作，可见该事件的影响力。

当天晚上11点多，我在家中为明天的采访做最后的准备：检查完采访包中的采访本和圆珠笔后，又从大衣柜里取出我的老伙计——G6数码相机，装卡充电。

收拾停当，我倒了盆热水，坐在沙发上一边洗脚一边休息。

窗外的夜风夹着丝丝暖意吹进来，我禁不住想：明天的听证会，会是怎样的呢？

八　史无前例的听证会

社会各界热切关注的圆明园防渗工程听证会，4月13日在国家环保总局如期举行。此次听证会的原定时间是三个小时，从上午9点到中午12点，后因为要求发言的代表太多，不得不延长了一个半小时。在长达四个半小时的听证中，相关各方你来我往、各陈己见，代表发言之踊跃、辩论之激烈，不仅空前，恐怕也会绝后。

会未开，场已热

4 月 13 日这天，风和日丽，春光宜人。上午八点半，我和同事刘毅、陈家兴，乘车赶到位于官园桥东北侧国家环保总局的小东门。

1. 凭证入场

莫道君行早，更有早来人。我们下车后，发现小东门外已经人头攒动，既有前来参加听证会的代表，也有参加报道的各路媒体同行。有记者已经在门外摆好摄像机、拿出笔记本，采访听证会代表。从受访者激动的神情中，不难看出他们对此次听证会的热望。

参加听证会的市民代表在接受媒体采访

赵永新/摄

除了受到邀请的首都代表，还有不请自来的外地群众。我在旁边仔细听了一会儿，发现有一些人是从南京、大连等地自费赶来的。因为没有代表证、进不了听证会会场，他们围住门口的工作人员，恳请“关照”。最后的结果是：这些热心群众被请到环保总局的四楼，在那里看听证会的电视直播。

环保总局宣教办的工作人员在小东门一侧摆了两张桌子，来采访的记者排队登记、领采访证后方可进入。这种情形，在环保总局的历史上，恐怕也是“大姑娘出嫁——头一回”。

我们三个不敢耽搁，领了采访证，直奔设在环保总局二楼西侧会议室的听证会会场。

会场早已人满为患。好在昨天下午我已和人民网的王京打过招呼，请她帮我们占个座儿。因为要直播，她和同事们早就到了，帮我们在媒体席的前排占了三个座位。

坐下后，我一边和相熟的媒体同人打招呼，一边仔细打量着听证会会场：主席台正冲着门口，后边是一个电子屏幕，深蓝色的背景上打着醒目的黑体字——圆明园整治工程环境影响听证会。

2. 三老同框

主席台两侧各摆放着几排桌子，是听证会代表席。主席台右侧的前排桌前依次落座的三位代表，让记者们眼前一亮：清华大学建筑系教授吴良镛院士，清华大学环境工程系教授钱易院士，人民大学环境学院院长、中国生态学会前任理事长李文华院士。

这三位老院士德高望重，分别是我国建筑、环保和生态学界泰山北斗式的人物。年过八旬的吴良镛院士，近年来已很少在公众场合露面，今天他和另外两位院士集体亮相，让人们掂出了这次听证会的分量。

除了三位院士之外，还有记者们熟悉的面孔：俞孔坚、崔海亭、张正春、李皓、李小溪，以及地球村负责人廖晓义、自然之友总干事薛野等。

3. 又见李景奇

坐在吴良镛他们对面的代表，我大部分不认识。蓦地，一个熟悉的面孔进入我的视野——圆明园管理处主任李景奇。

自3月26日到圆明园采访他至今，已经半个多月了。3月28日我采写的第一篇报道刊发后，他就很少在媒体上露面；代表圆明园管理处发言的，是副主任朱红女士。

不知怎的，看见他我居然有些心慌。转念一想，我又平静下来：采访、报道是记者的职责所在，自己的报道实事求是、对事不对人，心慌什么呢？

想到这里，我决定过去跟他打个招呼。

“李主任您好！”

“哎呀，赵记者！你好你好！”李景奇马上认出了我。他满脸笑容，热情地和我握手。

“李主任，真不好意思……”

“哪里哪里，客气了，”他打断我的话，“采访报道嘛，只要实事求是就行了。”

听他这么说，我一块石头落地：“李主任，如果我们的报道有什么不妥当的地方，还请您批评指正。”

“没有没有，”他说，“你们的报道还是很客观的。”

说着，他转过身，向我介绍他的副手：“这是管理处副主任朱红。”

“朱主任好！”

“赵记者你好。”朱红站起身，淡淡地跟我握了一下手。

这时，距离开场还有10多分钟，我回到自己的座位上坐下。与会代表基本到齐，有的在认真看自己的发言材料，有的与相识的朋友微笑致意，有的则与旁边的代表小声交谈。我回头看了一下媒体席，同行们有的坐着，有的站着，都已准备好笔记本、照相机、摄影机等，静候听证会开始。

看着看着，我心里生出莫名的紧张。

4. 潘岳致辞

上午 8 点 55 分，环保总局副局长潘岳和环评司司长祝兴祥、调研员牟广丰等步入会场，在主席台落座。

赵永新／摄

听证会现场，国家环保总局副局长潘岳（中）、环评司调研员牟广丰（左二）、环评司司长祝兴祥（右二）

会场立时静了下来，偶尔的一两声咳嗽也听得格外清楚。

大约差 5 分钟不到 9 点，主持人祝兴祥先请听证员宣读注意事项，之后请潘副局长讲话。

这是 3 月 31 日环保总局叫停防渗工程以来，潘岳第一次与相关各方“面对面”。他向大家微微欠了欠身，然后看着手中的稿子，照本宣科——

我这儿也是一个简短的说明。首先我要代表国家环保总局对参加听证会的各位代表表示衷心的感谢！

参加本次听证会的各界人士中，年龄最小的只有 11 岁，是一位小记者；年龄最大的有 80 多岁，吴院士 83 岁了。参加的单位有 8 个行政机关、12 家社会团体，现场采访的有 40 多家新闻单位。由于我们场地所限，我们不可能满足所有申请来参加听证人员的要求；由于这个项目的专业性很强，所以我们这次邀请的代表主要以专家为主。

今天人民网和新华网在这里进行现场直播，也使关心本次听证会的各界热心人士能够通过两大网站随时了解听证会的全过程。

这是我们环保总局首次举办的一个环境影响的评估会，我们的目的主要是以下四点——

赵永新/摄

人民网现场在直播听证会，右二为人民网环保频道主编王京

第一，为了落实中央科学发展观和构建社会主义和谐社会各项要求，按照《中共中央关于加强党的执政能力建设的决定》，要通过各种渠道和形式广泛集中民智，使决策真正建立在科学、民主的基础上，对同群众利益密切相关的重大事务举行公证、听证等制度，扩大公众的参与度。

第二，为了贯彻《环境影响评价法》和《环境保护行政许可听证暂行办法》的有关规定，对环境影响存在重大意见分歧或者严重影响居民生活质量的开发建设活动，环保部门在审批之前，可以举行听证会去征求群众的意见。

第三，为了进一步规范公众参与。公众参与不是政府部门的施舍，而是法律赋予的权利。环保领域内的许多重大事务都与社会各个领域群体密切相关，也最容易达成我们的社会共识、实现共赢，也是社会主义民主的最佳切入点。

第四，为了进一步推动环境决策的民主化。我们的决策如何才能更加合理、科学？对政府而言，不能够拍脑袋定项目，而要多听听专家和公众的意见；对公众而言，不能总是指责政府的哪些决策不对，而是要多提一些可操作的实质性的建议，去完善和修改我们政府的决策。这样才能形成政府和社会之间的良性互动关系。

他最后说："由于这是国家环保总局首次举办听证会，有很多不妥和不周到的地方，希望社会各界给予坦率的批评和实质的建议。今后我们将继续举办类似的听证会，并将继续把听证会的全过程和我们最后的行政复议决定，完全向社会公开。"

之后，祝兴祥宣布了本次听证会的五点事项——

第一，圆明园遗址公园的定位问题。圆明园遗址公园应以什么功能为主？是以进行爱国主义教育为主还是以旅游、娱乐为主？

第二，北京普遍缺水的情况下，应该如何介入？是否需要恢复山形水系，是否要搞 1800 亩水面，保持 1.2 ~ 1.5 米的水深，开设游船等水上娱乐项目？

第三，防渗工程、铺膜是否是唯一的或者最佳的选择？对土壤和地下水生态是否有影响？

第四，湖边、湖底铺膜对水生生态与周边陆生生态能否造成影响，影响的程度和范围如何？

第五，作为国家级文物保护单位和历史文化遗产，在这一特定的地域范围内，是否应该进行人工铺膜，让旧日的水景园重现迤逦的山水风光？

他特别强调道：因为时间有限，申请发言者太多，请发言者简明扼要，先表明观点，再陈述理由。"一定要记住，听证会不是辩论会，我们是听证，大家有理有据，摆道理、讲事实就可以了。"

是非利弊之辩

祝兴祥讲完后，听证会正式开始。在四个半小时的听证中，共有 29 人发言；大多数发言者情绪激动，中间甚至出现失控的场面。

针对本次听证会的焦点内容——防渗的是非利弊，正反两方展开了自由、热烈的辩论。尽管是“公说公有理，婆说婆有理”，但反对防渗的人数明显多于支持防渗的，可以说是“压倒性优势”。我粗略统计了一下，在 29 名发言者中，反对防渗的有 16 人，均与圆明园无直接利益关系；支持防渗的有 7 人，包括圆明园的员工 2 人、参与环境整治的 1 人；其余 6 人，或对防渗不置可否，或顾左右而言他。

29 名发言的代表，大部分围绕主题、有的放矢，但也有少数代表，或离题万里，或信口开河，无助于评判防渗的是非利弊。为不浪费读者的时间，在此只摘录部分发言内容，供大家参考。

1. 反对者说

1.1 张正春：彻底性的破坏

第一个发言的代表，是被称为“质疑防渗工程第一人”的张正春。

张正春依然留着浓黑的小胡子，穿着我第一次见他时穿的黑西服。不过，他今天稍修边幅，衣服、头发齐整了许多。

张正春的发言内容，大部分与他之前跟媒体的表述大同小异，只有两点颇有新意。

一是关于论争的立足点。他说——

按照我个人看法，圆明园所有的争论都是立足点问题，是立足于整体考虑圆明园保护还是从局部或者从各自的利益来考虑。今天既然是公众听证会，就应该从公众的利益角度来考虑。如果从每个人各自的利益来考虑，公说公有理，婆说婆有理，一万个专家也说不清楚。所以希望用一个整体的长远的眼光来考虑。

二是关于圆明园的“山水交界面”，他说——

中国古典园林的山水交界面，山水形态有特殊的审美景观和美学风貌。目前，水陆交界面的自然景观被防渗工程破坏了，被人工景观代替了。古代园林中天人合一、自然而然的美学境界，许多就体现在水陆交界面上。所以，我认为这次工程，无论对圆明园的生态整体功能还是对它的美学景观，都是一个彻底性的破坏，与原来的园林设计思想是背道而驰的。希望圆明园管理处能够认真考虑这个问题。

1.2 李皓：违背了古人的设计思想

李皓不愧是受过严格科学训练的博士，她一边播放 PPT 一边讲，堪称有理有据、细致严谨——

古人设计圆明园的思想中，有一个是平地挖湖凿溪——是溪流而不是河流，以及人工垒石堆山，共有 200 多个土山。人工堆的土山怎么养活？就是“山因水活”，水是灌溉的系统。这是圆明园最重要的设计，是目前国际上公认的很有智慧的生态设计。

3 月 25 日，我接到电话以后到圆明园去看。这是我当时看到的圆明园的总体情况：岸体的石缝全被水泥封死了。为了全面调查，我和“地球纵观”的工作人员到圆明园去了 5 次，跑遍了湖区与水道，看到的是：所有的岸体都封死了。只有一块 2003 年实验铺防渗膜的湿地，就那一片水体的驳岸没有用水泥勾缝。但今年的做法与实验不一样，大家可以去实地考察。

驳岸整修。古圆明园水系有多深呢？我们可以通过古画中的湿地植物来大致判断。这是《圆明园四十景咏》图，是 1744 年画的画，我们可以看到：圆明

工人在做侧防渗

赵永新／摄

园的水体区域中有石滩、荷花、芦苇、稻田，因此可估计古圆明园水体的深度平均在 0.2 ~ 0.8 米。古代圆明园中的水体虽能行船，但从古人建造的驳岸高度在 0.8 ~ 1 米来看，水位不可能超过 1.5 米，而现在要改成 1.5 米，是不可能的，而且也是违背古人的设计。

这是我拍摄到的圆明园公园向参观者展示的圆明园全景模型展，为的是要"恢复山形水系"。这里有一个问题，那就是模型没有按照真实的比例去做。古人设计的山丘的高度差不多 10 米，水深约 0.8 米。但这个模型向我们展示的是：圆明园的水深比山还高——这是一个比例严重失衡的山形水系。现在要按照这

圆明园西区的草坪

赵永新／摄

个模型来恢复水系，得把溪挖深了、把湖挖深了。这不是恢复，而是在破坏古人的做法。

关于绿化改造的考察。2005 年被改造后的绿地，大面积种了国外的冷季型草坪，这会增加耗水量。园中原有的“上乔下灌”的植被区被外来植物——黄杨与叉子圆柏所取代。这样改造还是圆明园吗？圆明园改造后的区域，没有了任何原有历史的痕迹。在圆明园进门处，我们看到用材豪华的硬化地面、树坑池和马路牙子。这些设计都是不利于雨洪利用的，也是违背古人的做法的。

经过考察，圆明园的环境整治工程目前存在的问题如下：彻底破坏了古人原创的“水滋养山”的生态设计；会极大地增加圆明园的需水量；原生、乡土和节水型绿化模式受到严重破坏。

关于防渗膜的应用和可能带来的问题。我看过国外防渗的做法，他们主要是建雨水收集池，也就是在花园中挖一个坑，铺上防渗膜后，再放上土、放些石头，雨水流到这样的池中，不会下渗，因此能为花园提供灌溉用水。这样的水池一般面积都较小，像我们这样大规模防渗的，世界上还没有哪个国家能做或者说敢做。

防渗膜埋在湿润的泥土中可能产生的危害。危害湿地植物根系发育，因而使植物生长不良，甚至不能生长，这对水质净化极为不利；减少湿润地区中的有氧环境，使微生物菌群发生厌氧反应，产生甲烷、硫化氢、氨气；防渗膜在水域环境中的老化碎裂，给湿地土壤带来难以清除的塑料污染。

圆明园湿地到底需要多少水量？现有水域面积是 123 万平方米，丰水时的水深是 0.8 米，总需水量合计为 98.4 万立方米。现在水务局能提供的水量是 150 万立方米。

结束发言时，李皓大声说：顺应自然才能重现圆明园美的魂魄！

1.3 崔海亭：破坏了人工湿地

轮到北京大学崔海亭教授发言时，他不紧不慢、娓娓道来——

圆明园防渗的问题出在哪里呢？我认为出在定位上。

崔海亭近照

本人供图

圆明园文化定位是遗址，如果在这方面认识上有所偏离，经营方向就会错位。圆明园还有一个定位，生态上的人工湿地。刚才有专家说圆明园已经不成其为湿地了，但我们认为，正是出于对圆明园整体的保护，应该呼吁国家环保总局和北京市，保护北京市这么重要的人工湿地。

然后，他一边放照片，一边解说——

这是 1983 年 5 月北京市航空摄影。大家可以看到，即使在圆明园荒废、变成农田以后，它仍然维持着湿地的功能，成为城市里面的人工湿地的一个组成部分。通过这一张，大家可以看圆明园对北京市生态保护的重要性：从西山过来，这边是万寿山和昆明湖，最大的一片是圆明园人工湿地，包括清华、北大校园里面的人工湿地。它形成一个向城区突进的半岛，对北京市的生物多样性的保护是有很重要的功能的。

关于“防渗工程的危害”，崔海亭谈了自己的看法——

第一，伤害了湿地生态系统的生物多样性。圆明园有水生草本植物 36 种，湿地草丛植物 36 种，两栖爬行动物 12 种，鸟类 38 种……防渗以后，有的受点儿伤害，有的可能是毁灭性的。

第二，损害了湿地生态系统的水文生态功能。天然降水的一部分水形成径流，汇到湖塘里面去；另一部分渗入土中，滋润草木。河湖水系也浸润着岸上的植被。

湖水有来水补给，同时也不能否认丰水时也有地下水补给。这一过程又随地下水和地表水的丰歉而互动。

修建了防渗工程以后，我认为它的失误主要是：第一是为了加深水体，挖去1米左右的淤泥层，把翻上来的沙砾石与土的混合物盖在塑料膜上，改变了湖泊的底质条件，有些植物、有些动物，是不能适应的；底衬、侧堵，阻断了地表水与地下水、壤中水的正常联系，湖泊的水文调节功能受到了影响。我认为水质、水环境也会受影响，对水生的生物和近岸植物是有灾难性的影响的。

他指着一张整修驳岸的照片说：这样做我不敢说它破坏了文物，但是我认为一些不合理的对山形水系的改造，会降低遗址的文化和生态价值，损害了教育和启智的功能。我认为有些地方还是过分地把它修缮一新，整修的驳岸就起不到原来驳岸的作用了。我觉得我们还是要科学地去设计，合理地保留一些历史的原貌。

最后，崔海亭说：圆明园是生态型的遗址公园，它有重要的自然生态功能，虽然是人造的，但是它融入了很多自然的东西。如果把它的这些东西都改换了，变化太多了，生态完整性遭受破坏以后，动植物减少了，水也不活了，青少年到那儿找不到生态的感觉，就会失去教育的功能。

1.4 王红旗：有机物污染不堪设想

北师大环境学院教授王红旗，重点谈了防渗膜对环境的影响——

第一，聚乙烯土工膜的拉伸力和破碎性的问题。防渗膜中有增塑剂，可以增加柔软性，但在紫外线照射下，能够很快转移释放，使得塑料薄膜老化，失去防渗的功能。即使在地下，紫外线也能够照射到。2004年，波兰通过自然状况的实验发现，通过紫外线照射3个月后，防渗膜的拉伸力会降低97%；1995年1月，美国得克萨斯州经过26个月的实验，聚丙烯的拉伸力降低了25%。这些数据表明一个问题：这些防渗膜在一定时间以后，它很难再通过人力的方式把它拉出来。破碎在地底下以后，就会埋藏在底泥里面了。

第二，一般认为聚乙烯膜不容易降解，在水下时间比较长，有的时候可能有几十年。事实上，由于真菌的增长和热氧化、光氧化作用，以及太阳紫外线的作用，在一定时间内，土工膜就可能产生一些有机污染物，其后果是不堪设想的。

1.5 陈鸿汉：地下水和地表水不可分割

北京地质大学教授陈鸿汉，重点阐述了防渗对地表水、地下水循环产生的不利影响——

我想谈一个观点：地下水和地表水不可分割。

圆明园防渗工程我想有利有弊。我们看一下它的利，无非是防渗节约了所谓的渗漏量。根据圆明园管理处和其他几个单位共同所做的《圆明园的水资源规划》最后测算的结论，是年渗漏量不超过 250 万方，也就是说每天渗透量不超过 1 万方。这是防渗利的方面。

而它的弊呢？第一，把地表水与地下水完全隔绝，这对水底的生态和湖边的生态都有严重影响；第二，它阻断了对地下水的补给。圆明园位于山前的地下水补给区，适当的渗漏对地下水有好处。前面有专家说，北京的地上水补给不在于圆明园这一块，那我们要问：北京哪一块才能够补给地下水？本来，我们城区的硬化已经对地下水的补给造成了严重影响。圆明园这个地表水体，应该说本身就是一个重要的补给水源。北京现在地下水供应了北京供水水源的三分之二，所以圆明园是一个重要的补水源。

圆明园的渗漏量一天不到 1 万方。这个地区周边的土壤防渗透很好，地下有含水层，只要打 20 到 25 眼井抽水，就可以很好地解决这个问题。这样做有个好处，就是加速了循环、补给。如果从水务角度来说，一减一等于零——我并没有夺取其他水源，而是我自身的一个循环。这是一个很简单的道理。

再有，北京现在缺水，肯定需要外来补给，如果这个湖没有外来的水，它肯定不行。因此，它的水源，除了刚才我们说的地下水的补给，还可以利用肖家河污水处理厂的再生水。再加一部分雨洪，这样完全可以使圆明园的湿地生存下去。

1.6 姜文来：防渗使圆明园整体价值受到贬损

中国农业科学院研究员姜文来，开门见山——

我的总体意见是拆除防渗材料，打通湖底与地下水联系的通道，提高用水效率，采取特殊的政策，保障圆明园最低生态需水量，维护和提升圆明园整体价值。

第一，湖底的防渗，降低了圆明园的生态价值，圆明园的整体价值被贬损。圆明园作为国家重点文物保护单位和世界著名的遗址公园，它的价值是多层次的，生态价值对其他价值有重要影响。目前圆明园的生态价值究竟有多大？现在没有一个权威的评估数据。我在查资料的时候找到一篇博士论文，说 1996 年圆明园的服务价值是 1.17 亿元，实际上圆明园的生态价值远远高于这个价值。圆明园的湖底防渗不仅切断了湖底与地下水的通道，而且对生物多样性产生不良的影响，生态价值肯定受到损害。因此，防渗使圆明园整体价值受到贬值。

第二，环境影响评估不能仅仅评估自然影响。对于本工程来讲，涉及更多的社会环境影响。圆明园已经被国家定为爱国主义教育基地，作为爱国主义教育基地，圆明园曾有过的荣辱背景是难以替代的，它能够成为激发国人奋发图强的活教材。圆明园防渗事件发生后，社会上产生了巨大反响，引发了极大的关注和思考，有关圆明园防渗的网页多达十万多个，其影响之大是可见的。应充分利用这次影响，扩展爱国主义教育基地的内涵，增添人与自然和谐的教育内容，强化科学发展观；通过拆除湖底塑料，树立人与自然和谐的理念，具有很大的教育和示范效应。要充分估计这种社会效应，其价值是巨大的，要将不良影响转为积极的效益。

1.7 李迪华：对环境的破坏就是对文物的破坏

北大景观设计学研究院的李迪华老师，在发言中说——

为了参加今天的论证会，我去圆明园调查了三次，累计调查时间超过 12 个小时。我的发言分两部分，前一部分是说问题。在今天这样的会议上本不应该讨论这三个问题，但是非常遗憾，我们不得不讨论这样三个问题——

第一，圆明园是什么？刚才大家的答案已经非常明确了，它是一个遗址公园，是一个国家级的重要文物保护单位，而不是一个可以任意改变的公园和游乐园。

大家看看这些照片：这是在圆明园的湖里面同时在新建 5 个游船码头；这是已

圆明园内的“世界原始图腾荟萃展”

李迪华供图

经建成的游乐设施，和与圆明园遗址公园性质毫无关系的南方水景诗词，以及图腾的展览。

第二个问题，圆明园的价值何在？圆明园是我们开展爱国主义教育和国民教育的基地，

圆明园内的游乐园

李迪华供图

其定位在同类遗产保护地中不可替代。早在 1988 年国家科委就拨专款对圆明园生态价值进行专项研究，并且得出了非常可贵的科研成果。非常遗憾，我们今天在破坏它。

第三个问题，圆明园的整治工程是否造成了文物和生态破坏？这些是我在三次圆明园的调查中的事实，我下面只说结论——

1. 经过上百年淀积形成的，具有良好的保水性能和一定透水性的河湖底部的淤泥层遭受毁灭性破坏，已经很难恢复。

2. 河湖湿地生态系统被工程严重损坏，恢复将需要相当长的时间。当我看到这些湿地植物的根系被清除，我感到非常的心痛！

3. 经过严密的水泥勾缝、用土工塑料包裹的红砖防水墙或“挡水”驳岸，阻隔河湖与陆地的水循环，将使干旱季节环湖树木得不到必要的生命水源，雨季又会因排水不畅而使植物生长受阻。

圆明园残存的驳岸

李迪华供图

4. 园内经过上百年自然演替形成的、包含丰富的乡土生物多样性的近自然林，近二十年来遭受了多次毁灭性的清除，以及被人工草坪与观赏性树木所代替，重新恢复需要相当长的时间。

5. 清淤后施入河湖的有机肥料在水体循环更新困难、湿地植物系统遭受严重破坏的情况下，将加速水体水质恶化。

6. 经过清淤和挖深的河湖，水深扩大，可储水量大大增加，制造了一个巨大的“用水假想”，不利于公众正确认识“北京是一个严重缺水的城市、中国北方城乡正面临严重缺水”的事实。

7. 文物和其共生的环境是一个整体，对环境的破坏就是对文物的破坏。更何况，这一系列的工程过程已经对文物造成了直接破坏。当我看到这个精美的石雕被毁坏成这个样子的时候，我的心在流血！

1.8 钱易：有好些做法是不对的

除了以上几位发言者，原海淀区人大代表李小溪、自然之友总干事薛野、地球村负责人廖晓义、社科院研究员叶廷芳、北京理工附小学生高梦雯、工程院院士钱易、社科院社会学所教授李楯，都明确表示反对防渗。

钱易女士
邓佳/摄

特别值得一提的，是清华大学环境工程系教授、中国工程院院士钱易女士。她是国学大师钱穆的女儿，堪称我国环境学界的权威人士。此前因为工作关系，我曾多次与她接触，聆听她的讲话。在日常交谈中，钱教授有说有笑、平易近人，但一涉及工作，特别是涉及一些有争议的敏感话题时，她则不苟言笑、不随大流、不讲情面，敢于直抒己见。

在本次听证会上，钱易从头坐到尾，听得极其认真。她在发言中，除表述自己的“用水、节水三原则”外（下面还会提及），还毫不客气地亮明了自己的观点——

圆明园在处理水的问题上有好些做法是不对的。首先一个，我刚才知道，砍伐那么多乔木、灌木，想改建成人工的草坪，这个不符合“节约用水”的要求。把节约水的植物改造成浪费水的植物，这个做法是不对的。

第二个，把原有的天然湿地，或者说是人工湿地、半人工的湿地，改造来游船、养鱼，修建这么多码头，我认为这样做也不符合水资源可持续利用的方针。刚才大家讲到圆明园死了好多鱼，我想原来的湿地不见得有这么多鱼，这个鱼是人工养的。

第三个，用塑料薄膜来防渗，我觉得这个做法也是不对的，这隔绝了天然水的循环途径。

2. 支持者说

可能是出于平衡的考虑，代表们发言的顺序，大致是正方—反方依次循环。前面说过，在 29 位发言者中，支持防渗的有 8 位代表，他们的发言同样值得倾听。

2.1 朱红：依照规划实施整治

张正春发言结束后，由圆明园管理处副主任朱红发言。

她长达 15 分钟的发言中，先介绍了圆明园环境整治的依据：圆明园整治工程是为了贯彻落实《圆明园遗址公园规划》、《北京市历史文化名城规划》及《北京奥运行动规划》，三个规划的要求是实施圆明园环境整治工作的基本工作原则和依据。

朱红在发言

邓佳／摄

关于圆明园遗址公园的功能定位，她说——

在 2000 年 9 月 29 日和 2001 年 12 月 13 日，国家文物局、北京市政府正式批复了《圆明园遗址公园规划》，明确了圆明园的性质为遗址公园。遗址公园的性质决定了它具有以下功能：1. 具有参观凭吊、教育后人、不忘国耻、爱好世界和平、国际友好交往的教育功能；2. 具有历史研究、造园艺术科学考察和借鉴功能；3. 具有东西方文化交流功能；4. 具有游览休息功能。

圆明园遗址石碑

赵永新／摄

她认为，通过对遗址的整体保护，对山形水系、园林植被的整体恢复和建筑遗址的清整，使人们能够感觉到过去皇家园林的环境风貌。

然后，朱红重点介绍了圆明园遗址公园规划近期实施的方案，包括 8 项内容：拆迁三园内 27 个村点和 14 个单位；清除三园林内垃圾，清除所有地上物，恢复地形地貌；调整三园内经营项目及其内容，使其符合圆明园遗址的内涵和氛围；整体恢复圆明园遗址公园的山形水系，逐步调整植被、整修驳岸；等等。

她特别强调了一点："圆明园经费困难"——

圆明园为差额拨款单位，日常保护、养护人员负担很重。全园面积 5200 亩，1700 多名职工。区政府历年对圆明园大量地投资，以去年为例，总收入 5000 万元，包括财政拨款 2900 万元、经营收入 2100 万元。

关于环境整治，朱红介绍说——

2003 年，圆明园环境整治工程列入海淀区的重点环境整治项目。2004 年 1 月 7 日、1 月 17 日，圆明园环境整治得到国家文物局和市文物局的正式批复，并成为北京市 2004 年直接关系群众生活方面必办的十件实事之一。

圆明园管理处依据《圆明园总体规划》，提出了"围绕三个性质，突出三个特色，落实三个规划，实现一个目标"的基本指导思想。按照"西部整治、东部调整、突出特色、三园分治"的基本工作思路，开始着手进行环境整治工作。从 2003 年 8 月至今，完成了前期考古、清运渣土、遗址保护、整修驳岸、整理山形、湖底防渗、管线预埋、整体绿化等多项工程，投入资金共约 8200 万元。

在整治过程中，工程指挥部采取依据规划，靠各行专家论证、领导决策、联合小组设计、专业监理监督、管理处组织实施的工作模式，合理有效组织了工程。聘请了专家顾问组，成立由相关专业组成的联合设计组，邀请著名专家、学者、院士，数次召开专家论证会，对文物保护、道路、桥涵、水电、植物、水资源规划等各项工程进行论证。

不过，对于"哪些专家、学者、院士参与了论证"，朱红只字未提。

之后，她重点讲防渗工程。首先，她强调了"防渗工程的必要性"——

一、圆明园没有水。历史上的圆明园是一座水景园，以水为纲、以木为本。

二、圆明园的缺水现状：缺水成为妨碍圆明园生态系统的主要矛盾，供水的严重不足和圆明园自身的渗漏，近几年来使湖面干枯时间最长达 7 个月，威胁到圆明园的整个生态系统，生态环境逐年恶化，依山傍水的自然景观遭到严重破坏，大量的动植物消失灭亡，动植物品种逐年减少，缺水成为影响圆明园生态系统各种矛盾中的主要矛盾——

1. 数月的干涸缺水，使大量水生植物、鱼类、蚌类等水生生物因失去了生存的条件而大量死亡；长春园荷花区严重缺水，使大面积荷花生产期缩短甚至枯死；由于缺水，2002 年曾发生湖内近 7 万斤鱼类死亡的现象；由于缺水，成群的水鸟、野鸭，也失去了繁衍栖息地。

2. 缺水使圆明园陆地和岸边的大量植物死亡，如包括柳树在内的树木近些年干枯致死近千株。

3. 圆明园园内的水文系统处于封闭状态，缺乏流动，加上湖水深度不够，使绮春园、福海水华现象突出。

4. 由于缺水，开放区内游船经常无法正常营运，游客反应强烈，多次投诉。

圆明园内的游船售票处

李迪华供图

5. 北京多风、沙，湖底因干枯而暴露，土壤退化厉害。

京密引水渠 2001 年开始停止向海淀区农业供水，使海淀区失去了一个宝贵的供水源。

关于圆明园湖底防渗漏问题，朱红说——

在地下10.3米深度范围内，渗漏系数较大，渗水性较强。经初步测算，如果圆明园开放区要想常年保持1.5米深的水面，每年蓄水量约900万方，湖底渗漏量近700万方。多年来，圆明园每年的环境生态用水经过多方的努力争取而来，由于数量有限，不能满足圆明园的用水需求，每年给水量为200万方。

接着，朱红讲了“防渗工程的实施情况”——

根据北京市和圆明园的缺水的现实情况，圆明园管理处经过一年的努力，组织相关单位深入研究、论证，制定了《圆明园水资源可持续利用规划》，以及圆明园节水灌溉工程、雨洪利用工程，东部湖底防渗工程，内湖补水工程等项目，以及可行性研究报告。《圆明园水资源可持续利用规划》指出：圆明园的土壤质地多砂、渗漏严重，因此必须有选择地对湖底进行防渗处理。

2004年11月，圆明园环境整治工程湖底防渗工程开始着手进行。圆明园总面积近352万平方米，水面面积约123万平方米，圆明园湖堤防渗工程总共投入资金3000万元人民币，包括土工膜铺设、维修码头、种植水生植物、电管线的铺设等工程。其中铺设工程总面积计划为75.5万平方米，单方综合造价为28.86元/平方米。

防渗工程采用复合土工膜材料，上面能留有0.5到1.5米的覆土，可以栽植水生植物，以保持良好的水生生态环境。另外，保留了部分的侧防渗。

郭黛姮教授在发言

邓佳/摄

2.2 郭黛姮：不得已而为之

在发言中支持防渗的代表中，最权威的专家，当数清华大学建筑系教授郭黛姮女士。她的发言思维缜密、环环相扣，学术性和严谨性明显高人一筹。

郭教授先对圆明园的性质作了界定：圆明园的性质是一个历史园林，又是国家级保护单位，又是进行爱国主义的教育基地，今天还是公众休闲的场所。

然后，她引用国际古迹遗址理事会与国际历史园林委员会制定的《佛罗伦萨宪章》说——

《佛罗伦萨宪章》第二条指出，历史园林是主要由植物组成的建筑构造，因此它是具有生命力的，即有死有生。因此，其面貌反映着季节循环、自然生死与园林艺术。

第四条指出，历史园林的建筑构造包括：其平面和地形；其植物，包括品种、面积、配色、间隔以及各自高度；其结构和装饰特征；其映照天空的水面，死水或活水。

第五条说，这种园林作为文明与自然直接关系的表现，作为适合于思考和休息的娱乐场所，因而具有理想世界的巨大意义，用词源学的术语来表达就是“天堂”，并且也是一种文化、一种风格、一个时代的见证，而且常常还是具有创造力的艺术家的独创性的见证。

之后，郭教授简要回顾了雍正、乾隆营建圆明园三园的历史，认为——

历史上圆明园还是中国古典园林的杰作，由一个自然性较强的皇子花园，变成一座规模巨大的人工性较强的皇家园林。

其中水的面积占40%，是一座水景园林。但水的供给并不是像大家所想象的那样，是需要补给的。其中的山、水、植物、建筑遗迹所构成的是一个和谐的整体，它的每一部分是不可分割的。今天圆明园已经成为一座历史园林，尽管它的建筑已被烧毁，山水也发生了许多变化，但它还是300年前中国园林风格的见证，也是那个时期文化的见证。

《佛罗伦萨宪章》第十条指出，在对历史园林或其中任何一部分的维护、保护、修复和重建工作中，必须同时处理其所有的构成特征。把各种处理孤立开来将会损坏其整体性。

做了上述介绍后，郭教授亮出她的第一个观点——

在圆明园的保护工作中，山形水系是圆明园的基本骨架；如果反映水系的河湖水面得不到保护，也将破坏圆明园的整体性。所以，满足圆明园中水的存在，是历史园林保护所必需的，园中的水是保护圆明园不可分割的一部分。

防渗膜的办法是保持有水的一种不得已而为之的措施。虽然历史上圆明园所处的地段水源丰沛，但还是需要外面补给的。外部来水包括万泉河和玉泉山两大水系。所以，圆明园不是一个纯粹的天然的水池子，还是需要外来水源补给。

目前北京处在非常缺水的情况之下，中心部位地下水埋深已达负 40 米，出现了 1600 平方公里的漏斗，圆明园处在 1600 平方公里当中。可是圆明园又需要大量水的供给。由于圆明园所处地段的地质条件不好，渗漏严重，要想留住水，是要采取措施的。

如何保证圆明园水体的存在？郭教授说——

外部给予充足的水已经不可能了。圆明园已经在探讨各种有关水的问题，如节水灌溉的研究、雨洪利用的研究，以及湖底防渗的研究，等等。防止漏水应属于节水措施。我觉得用防渗膜的办法是保持有水的一种不得已而为之的措施，否则河湖都会干涸。

那么，该如何应对防渗产生的后果？她认为“这可以解决”：比如可以利用人为的办法使水流动，避免水体变质。另外，利用防渗膜上面覆盖的泥土，让水生植物生长和动物栖息。

郭教授的结论是：我觉得防渗的办法没有违背文物保护原则，不影响历史园林的保护。

然后，她又采用反证法，论述防渗的必要性——

对湖底不进行防渗处理，是否可以保证湖底栖息动植物的生存？能否保证湿地环境？如果湖水都干了，水生动植物的生存环境就会受到破坏，湖周围的草木也会干枯，影响生态；周围小气候也受到影响，景观很差。这样就不能达到保护历史园林的效果，导致社会效益差。

至于“防渗对湖底下部泥土中栖息动植物的破坏”，郭教授说——

防渗后湖底栖息的动植物是闷死了，但防渗膜上面的回填土中不是种了植物吗？植物还能生存嘛。防渗后有这么大的湖面，湖水蒸发后对于小气候改善还是很好嘛，可以净化空气，可以缓解热岛效应，可以改善圆明园周围的小气候，起码我们清华大学、北京大学都是受益的单位嘛。所以从我的角度想，我就觉得防渗膜做了对我们没有什么坏处。如果防渗能取得好的景观，从整体上保护历史园林，社会效益还是很好的。这样不管是我们中国的老百姓还是外国的专家学者来看圆明园，都会很好。圆明园不该是那样荒凉的样子。

郭教授还出示了几组照片，对圆明园的历史与现状、有水和没水的情形进行对比，认为“恢复山形水系”的规划是正确的——

我觉得过去在做总体规划中提出“恢复山形水系”的原则，这个事情是正确的。因为圆明园是一个独一无二的文化遗产。如果这个遗产的某一部分消失，都会构成一个绝对的损失。所以我感觉如果圆明园的水没有了，植物都死亡了，这个享誉世界的文化遗产也就处在一个非常危险的消失的边缘。我觉得应该千方百计解决这个矛盾。

因此，她认为——

圆明园保护的目的，是要使文化和自然遗产在社会生活中发挥积极作用，并且把当代的成就、昔日的价值和自然之美，纳入一个整体的政策。我觉得这个政策应该包括文物得到保护、水务管理具有相应措施、生态少受影响、满足百姓的休闲要求；也可以解决很多人的就业问题，保证国家安定。

郭教授对“空谈生态理论”不以为然——

我觉得目前圆明园水的保护，要谈理论吧，说“破坏生态”好像还有点太远，我觉得应该具体问题能够具体解决。铺了膜之后还可以想办法，使一部分漏水一部分不漏水，满足用水的需求。湖底防渗是否影响北京市总体的生态问题？我觉得目前可能还得不出这样的结论。所以不能从单方面的认识出发，毁掉这个膜。彻底拿掉这个膜就能解决北京市的生态问题？我觉得这个推理不能成立。

郭教授最后说——

北京缺水是一个大的问题，是一个更广阔的问题，而圆明园是一个很具体的小的问题，当然这个小的问题引出来一个大问题……我希望把水的问题变成一个中心问题来讨论，而不是圆明园这个具体问题。

2.3 檀馨：铺防渗膜是必需的

明确支持防渗的还有两位园林专家，其一是檀馨女士。

有知情人告诉我：檀馨曾在北京市园林设计研究院工作，后来下海搞了一家绿化公司——北京创新景观园林设计有限责任公司，担任董事长。

戴眼镜的檀女士看上去 50 岁左右，抹着淡淡的口红，红色的衬衣格外显眼，一口地道的北京腔——

我自己参加了圆明园的规划设计、山形水系修复，还有植被调整，总之是一直在现场调查研究设计，没有离开过现场。

今天给我 5 分钟时间，我想说两件事：第一，我这两年在那儿有什么体会；第二，当前这样一个小的具体问题，我也有些看法。

我有什么体会呢？就是觉得圆明园是一个极其复杂的事情，而且圆明园建了150年、毁了150年，圆明园的《规划》从1985年开始，大家争啊、讨论啊，征求意见，经过15年，到2000年才把这个《规划》定下来，可见这件事是复杂的。谁在这里面做工作，都是踩着石头过河，或者站在刀刃上往前走。但是我们有责任，也不能不干呢。

檀馨女士 邓佳/摄

所以，我们在这两年里就是一点一点往前走。我不着急，为什么？这个事都毁了150年，讨论一个规划都要15年，我们这一年、半年、两年，能做什么？搞搞卫生、拆迁、把垃圾弄走，一点一点做，我从来主张“不着急”。恐怕我们要经过几代人，才能把这个事情作出一点模样。但是今天这个会议我也是非常愿意来参加，也希望听到各种不同的意见，把这个工作确实做到对历史负责、对我们国家负责。所以，我们一路做一路总结经验，现在我们按照这样一条线来工作。

我们现在，第一，要依法。为了这个我们学文物法、学园林法，学有关的法。环保法这次提出来，我觉得也应该学。

第二，要遵守《规划》。政府定了，要你这么做，你今天就得执行，有意见仍然要拿到政府去解释。

另外，一定要有专家专题论证、领导决策，然后才可能实施。这一系列东西急不得，也快不得。

今天大家提的这件事，其实有些事也是讨论了多少次了，比如防渗。防渗的工作，我搞园林设计几十年了，防渗的事儿也做了几十个，为什么圆明园的防渗就下不了决心？就是因为，圆明园是遗址公园，是咱们全国、全世界关注的事。

这次决定有两点我心里是踏实的：第一，圆明园防渗用土工膜是必需的。（他们）给我一个圆明园的地质资料，我一看全是沙子，6米、8米、12米，全是沙子！哎呀，圆明园怎么建在这样一块地方呢？这要不防水，可就兜不住了！第二个呢，我们就横向相比，类似的情况，海淀公园啊，北京植物园啊，党校啊，差不多的地方防渗也做了，而且有的做了十多年。我们考察了考察，反正反应还是不错的，植物、鸟、水，群众的态度，都很不错。

2.4 徐志长：不容置疑的探索

另一位支持防渗的园林专家，是天坛公园的原总工程师徐志长。他说——

我搞了四十年的园林管理工作，我很关心这个事。我谈谈我的看法。

第一，我觉得这个事在实施过程中，公园提出是节水、保水的措施，我认为应该看作一个有益的探索，这个探索是不容置疑的探索。当然它不是科学的顶峰。如果对这个探索有一定意见，还可以讨论，还可以提出来怎么改进。但是我感觉讨论可以进行下去，可以无限期讨论下去，但是节水必须马上执行。

第二，现在已经全面停工了，停工也未尝不可，但绿化植树不能停工，因为北京一年只有一两个月的绿化季节。如果这批树苗死了、作废了，将给生态带来多大的损失？原产地减少了绿地，然后栽植地没有增加植被，这个损失就是生态损失。

第三，既然提到《圆明园遗址公园规划》，既然北京市政府和国家文物局批准了这个《规划》，《规划》就有它的权威性。我这些年工作的体会，就是依法保护，依有关的法、依已经批准的《规划》。

我个人认为，不能把荒凉一片、垃圾成山、蚊蝇成堆的环境视为“原生态”，我觉得这样的说法不符合圆明园遗址公园的要求。同时呢，作为现代的北京，也不能拿这么一种生态作为我们居住的环境。它既然是遗址公园，就有公园的要求，不能说有那么多垃圾、死鱼，说这就是我们的保护了，我觉得不应该这样。作为公园的工作者，首先就要落实《规划》。

2.5 刘玉栋：为了鸟语花香的美景

北京市公安局海淀区分局圆明园派出所的民警刘玉栋，在字正腔圆的发言中一个字也没有说“防渗”，但却是“不着一字，尽得风流”——

我每天工作在圆明园公园里，我的感受：一、心痛。1860 年英法联军掠夺圆明园，造成圆明园的今天；我工作在圆明园，行走在圆明园，看着圆明园，心痛！我的感受跟不在圆明园工作的人员是不一样的。所以说圆明园定位为遗址公园，作为爱国主义教育基地，这个功能我认为真是太好了！

作为遗址公园，它得有公园的功能。我今天看到的现状，我又心痛。心痛什么呀？圆明园没有水，看不到冬天的候鸟的嬉戏，看不到鸟语花香的情景，看不到圆明园千古荷花的美景。

圆明园遗址公园的整修、保护、发展，我认为，体现了物质文明的一个表现，给人民提供了一个精神文明活动的场所，代表了当前国家提出的政治文明的一个典范。

现在的人民群众到圆明园去，在没有水的情况下带着什么情绪呢？不满意，不高兴，甚至很生气，没有给人民群众提供一个良好的美景来进行爱国主义教育。我认为，水应该是当前亟须解决的问题，希望在座的关注圆明园的专家、同志们提出积极的建议，来解决圆明园的现状。

话讲完了。

在明确表示支持防渗的代表中，还有一位李开发先生，后面会提及。

如何处置防渗膜

本次听证会的另一个焦点，就是如何处置已经铺下去的近 80 万平方米的防渗膜，以及与此相关的如何解决圆明园的缺水问题。对此，代表们也给出了自己的建议。

1. 沈志良：不要轻易否认人民的劳动成果

沈志良是清华大学水利系干了一辈子水利工程的老教授。他给出的建议是——

沈志良教授在发言

邓佳／摄

现在防渗既然已经做了，花了大量的人民币，工程已经做得差不多了。既然已经做了，我的意思就是不要轻易地把它全部恢复原状，恢复原貌——我认为这样不好。为什么？因为这是人民的劳动成果，不要轻易否认掉。

应该怎么办呢？我有个指导思想，整个湖底下面已经做了防渗膜，我们可以铺设一下适当数量的垂直的排水井，这个排水井的数量是可以增加也可以减少，可以调节的。用这样一个办法，来解决湖底渗漏的问题。

我初步估计，大约有 1 米直径，周围有南方的竹篾围成一个圆桶，里面放入卵石，这样来控制水量的多少。铺防渗膜，它对环境有影响，我认为这个影响是局部的，不至于到这个地步。我的意思就是这个工程应该跟有关方面好好商量，进一步改善，而不是全部拆掉、重来。

至于岸边的防渗，我认为现在这个做法做得太过头了。用天然的石头砌起来就可以了，保留一定的漏水通道。

2. 李其军：需要进行环境评价

北京市水科所所长李其军，是《圆明园水资源可持续利用规划》研究课题的主要参与者之一。因此，他的发言引人注目。其发言共分五部分：当前北京水资源形势、圆明园水域定位、《圆明园水资源可持续利用规划》、土工膜的渗漏率、防渗工程处置——

当前，水资源紧缺已成为北京市经济社会发展和生态环境保护的第一瓶颈。

地下水从20世纪60年代的3米，降低到目前的19米。当前水资源的总量不足以支撑北京如此规模的用水。

圆明园水域定位。就现在供水水量、水温地质、气候条件，难以维持健康的湿地生态。

《圆明园水资源可持续利用规划》。该规划不包括遗址保护和环境影响评价方面的内容，替代不了文物保护和环境影响评价方面的专项研究报告。要维持圆明园常年有水的湿地生态，总需水量（水面蒸发220万方、渗漏和绿地灌溉用水550万方）约800万方，需要官厅水库放水1400万方（因为沿途要渗漏）；维持良好的生态环境总需水量约1200万方，需要官厅水库放水2100万方。2004年供水300万方（指标供水为150万方）。在目前的缺水状态下，不足以支撑这么大的环境用水量。

为此，《规划》提出，圆明园要实行节水灌溉、雨洪利用、中水回用。中水呢，就是从肖家河污水处理厂来，在保证清河用水2/3的流量下，调水1/3，进行深度处理后供给圆明园。同时，在保护遗址和湖底生态系统的前提下，制定不同防渗措施，进行科学防渗。

关于防渗膜的渗透率。实测情况表明，奥林匹克体育中心在5月到8月份的时候，每天渗透量是6毫米；中央党校是3毫米。因此，不是说铺上防渗膜后就一点都不漏的。

他最后说——

本着科学的态度和实事求是的精神，对防渗工程进行论证。不管如何处置，都需要进行环境评价。即使拆，也要有环境影响评价；即使不拆，也要有环境影响评价支撑。

3. 薛野：立即拆除，恢复原状

民间环保组织自然之友的会长梁从诫先生没有参加听证会，参会的是年轻的总干事薛野。他的发言如下——

作为一个环保社团，我们代表一部分的市民和公民来表达我们的建议。

第一，我们认为铺设防渗膜工程是违法和破坏生态的，应该立即拆除和恢复原状。拆除防渗膜存在损失和成本，但是维护法制的收益会大于拆膜的成本；而且立即拆膜可以避免将来不可估量的生态损失，避免支付更加高昂的账单。

第二，鉴于圆明园不可替代的历史文物遗产价值和重要的生态价值，我们呼吁借助本次事件，在保障公共参与的情况下，重新编修《圆明园遗址公园规划》，我们认为1999年的《规划》忽视了生态的内容。我们也呼吁北京市人大立法，确立和保证圆明园作为遗址公园的定位。不仅湖底铺设防渗膜是不当之举，圆明园的林灌植被、原有地貌也不应肆意砍伐和改变，以保持其历史形成的自然生态，使圆明园成为北京不可多得的生物多样性体验和教育场所。这样既能彰显圆明园的历史意义，满足公众情感，也可发掘其可持续的多元价值。

第三，鉴于圆明园湖水渗漏具有补给北京地下水的功能，对于北京地区生态有积极的意义，因此在定位准确、规划合理的情况下，应该考虑由上级财政给予弥补用水经费；甚至有必要组织听证会来探讨提高门票价格的可能性，由消费者来承担用水的部分成本。这样有利于提高公众节水意识，理解北京严重缺水的现状——这个前提是圆明园管理处的财务应该是公开的。

第四，鉴于本次事件凸显了管理体制条块分割的弊端，我们建议设立一个吸收有关政府部门——像文物、园林、水务、规划、环保和财政、区政府、市政府，以及相关领域专家、市民代表、环保部门参加的联合管理机制，负责协调和审议圆明园管理和运营的重要事项，以保障相关决策的科学和民主，防止类似错误的再次发生。

第五，鉴于本工程的违法和损失，我们想问：决策人是否要承担损失？呼吁将官员问责制引入环保领域，以保证环境保护的法制和善治。

4. 水务局代表：削减30%的湖面

参加这次听证会的北京市有关部门，有海淀区政府、环保局、文物局、园林局、水务局、规划局等。上述部门派出的代表都保持了沉默，只有市水务局例外。这位来自水务部门的代表，提的建议很有新意——

我就水的问题提一点个人想法。现在的湖面是123万平方米，每年渗水量400万方左右，蒸发量120万方左右，靠现在补给的水量，确实满足不了要求。我的设想，把现在的水面减少1/3，这1/3还是用来做湿地。这样的话，把湖面的面积变成80万平方米左右，这个范围内维持水面。即使是这个范围维持水面，也应该采取适当的保水措施，把渗水量再削减50%左右，这样渗透量大概是140万方；蒸发量也相应减少了，我算大概80万方。我的意见，就是在雨水充分利用的条件下，在年供水量200万方不变的情况下，削减30%的湖面改为绿地，再加上相应的保水措施，补充适当的再生水，这样能维持公园一般的用水平衡。

5. 李小溪：为何不使用中水

原海淀区人大代表、空军指挥学院退休教师李小溪，发出了这样的疑问：圆明园这么缺水，为什么不能使用中水？

她解释说——

因为据我所知，北京每年大量的污水得到治理，产生大量的中水，但是被利用的中水非常少。中水虽然不能饮用，但是用于生态用水完全可以，奥林匹克公园用的就是中水。而且有一个可靠的消息：今年年底，清河污水处理厂经过处理的中水的输水管道就铺到圆明园北墙外边的西北角。为什么不能使用中水？这是一个值得研究的问题。而且中水很便宜，一块钱一吨。

除了李小溪，提议使用中水（也称“再生水”）的，还有清华教授钱易、北大教授崔海亭、北京水科所所长李其军等。据了解，后来圆明园管理处采纳了这一建议。

“过激”的代表

在听证会正式开始之前，主持人祝兴祥司长就打了“预防针”：一定要记住，听证会不是辩论会，我们是听证，大家有理有据，摆道理、讲事实就可以了。换而言之，就是要求发言的代表要“理智”“理性”，不要“过激”。

尽管如此，在发言的过程中，有几位代表讲话时还是言辞激烈、不够理性。

值得玩味的是，这些“过激”的言论，却在与会者中引发了很大共鸣，赢得了阵阵掌声。

1. 叶廷芳：走出管理误区

来自中国社科院外文研究所的叶廷芳研究员，是国内外知名的翻译家、文艺理论家、文物保护专家。尽管他发言时基本上是照本宣科，但却感情充沛、绵里藏针、观点独到，令听者动容——

我的题目叫作《圆明园必须走出管理的误区》。大家知道，我们国家由于种种原因，文物保护意识是比较晚的，对大多数群众来讲，是80年代初的时候才有的。觉醒是一个好事，因为刚刚才开始觉醒，就面临一个危险，就是刚睡醒，知道要保护文物，但是不知道如何保护，好多问题从此产生，圆明园现象不过是一个比较突出的现象。

叶廷芳先生在发言

邓佳／摄

这些年圆明园一直在做一个梦：要修复圆明园，重现昔日的辉煌。为了实现这个梦，圆明园管理部门花了很多力气，搞得很辛苦，做了很多事情，管理的人员弄得越来越庞大，有一千七八百人之多。这样就出现一个问题：圆明园的生存与1700人的生存，到底谁应该服从谁？是圆明园这样一个世界罕见的文物单位，为1700人的生活而牺牲，还是应该为圆明园的生存作出更多贡献？

第二个问题，如何去保持圆明园的遗址性质？圆明园作为文化遗址，作为全国重要的爱国主义的教育基地，是国家通过文件的形式做了明确规定的，而这个规定是完全正确的。但现在圆明园管理处的工作依然在朝着重修圆明园的方向努力。今年3月3日下午，我去圆明园看了看，发现圆明园不是在“清理”山形水系，而是在“重现”当年的山形水系。他们除了把原来的水池子清除出来以外，还把好多石桥都重新造起来。圆明园的毁灭是一个悲剧，鲁迅讲，悲剧就是把美好的事物毁了给人看。帝国主义强盗们把这么好的东西毁掉了，我们要保持被毁坏的原貌，一直保留下去，作为人类的教训。

第三，由防渗工程引发的社会广泛忧虑不是偶然的，这是圆明园管理层在错误的理念、错误的观点和错误的动机的指导下，长期陷在保护文物的误区里乱爬，而不能自拔的结果。这样的结果，是与这些同志一意孤行、拒绝接受不同意见、不同呼声直接有关的。

针对“重修圆明园”的努力，社会上，特别是知识界反对的呼声越来越大。就我本人来讲，早在1987年，我就在《光明日报》发表一篇文章《废墟也是一种美》，就是针对圆明园而发的；1995年，我又在《人民日报》上发表了一篇文章《美是不可重复的》，点名批评圆明园的做法；2000年，针对北京市政协曾经有人要求“重修圆明园”的提案，我又在全国政协的会上写了一个提案，反对“重修圆明园”，结果就有49位委员签名；2001年，针对北京市既肯定圆明园遗址公园性质，同时却又批准“重修十分之一”的计划，我又写了一篇文章，认为“十分之一”在相对比例上是小数，但在绝对比例上却是很大的。重修的金碧辉煌的建筑物，势必破坏圆明园本来被毁的几乎荡然无存的悲凉气氛。对待圆明园这样一座遗址公园，我们要制作的，应该是一部黑白片，而不是搞成琳琅满目的彩色片。

我在文章的最后指出，既然目前两种意见分歧那么大、涉及人数那么多，那就不妨暂时冷一冷，放一放，不要急于上马，以免一失足成千古恨。显然，这些意见以及社会上类似的意见均未得到重视和采纳。

今天我在这里要重申这样一个要求：既然两种意见分歧那么大，涉及人数那么多，那就不妨暂时冷一冷，放一放，不要急于上马。

第四，不要小看圆明园的管理工作，它需要大文化的关照，而且需要多学科的参与、多部门的配合。因此，圆明园的现行管理机构需要重新调整。在这方面，我倒同意圆明园现主任李景奇先生的观点，应该有一些相关的部门分别出人，由一些文化视野较为广阔的专家学者组成一个委员会，下面再设一个办事机构。这个委员应该隶属于国家文物局来管理。

2. 俞孔坚：三有三缺

圆明园管理处原副主任杨振铎，在发言中多次强调要“实事求是”，特别是新闻媒体。他列举了一个不“实事求是”的例子：我从网上看到消息说，圆明园现在正在砍树。他们清理的是死树，别说是遗址园林，就是历史园林，有些死树就不管它了？我希望有关部门能够查一查。

让杨振铎没有料到的是，其后发言的北京大学景观设计学研究院院长俞孔坚教授，用大量触目惊心的现场图片反驳了他“清理的是死树”的说法，在会场引发很大震动。

西区砍树

俞孔坚供图

俞孔坚通过电脑向大家展示圆明园管理处大规模砍活树的图片之后，连发“三问”——

我要问三个问题。第一，我们有钱缺什么？有钱缺审美。第二，我们有技术缺什么？缺伦理，对土地的伦理。第三，我们有知识还缺什么？有知识现在还缺文化。

我希望把这三句话通过媒体传播出去。

他讲完后，台下掌声一片。

3. 廖晓义：三方面的博弈

民间环保组织北京地球村的负责人廖晓义的发言，一如她以往的风格，像柳叶刀一样纤细而锋利——

今天这个听证会听起来好像是公说公有理、婆说婆有理。其实不是这样，它是三方面的博弈：第一个是少数人的钱，要搞商业开发。为什么搞防渗？是因为要搞商业开发，是因为要搞游船。这是问题的本质。第二个，是大多数人的肾，因为圆明园是人工湿地。第三个方面，圆明园是全国人的根，因为它是一个文化的圣地。

那么，是要少数人的钱，还是要多数人的肾和全国人的根？在这个问题上，我们选择什么？答案是很清楚的。

我提三个建议——

第一，建立圆明园联席会。谁给了圆明园管理处这样的权力，可以在那样缺水的情况下砍掉原有植被、种上草坪？谁给你们这样的权力，可以事先不做环评，就有动作？我们公众现在需要了解，需要知情，需要参与！

第二，政府应该在水的问题上做大的工作。我去澳大利亚，所有的水，包括地下水和河水，40%必须用于生态用水，就是给荒野的，就是给那些枯树的。

我们只重视生活用水、生产用水，忽视了生态用水！如果我们拿40%做生态用水，就不会有这样的问题。

第三，应该搞一个全民节水活动，尤其是在北京。北京、中国，已经面临一个极度缺水的状况，但是我们对此的反应还不够。我们能不能做“节水保肾行动”，来保护我们的肾，来保住我们的根？

被劝下场的代表

有媒体在事后报道这次听证会时，用了“失控”一词。之所以这么说，恐怕除了几位代表的“过激”发言外，还与两位代表的被劝下场有关。

1.“水资源研究专家”李开发

第一位受此待遇的，是“水资源研究专家”李开发。

他一开始就亮明“支持防渗”的立场——

李开发先生在发言

邓佳/摄

我的主要观点是两个：第一，我从高度缺水的国情出发，赞成这样一个节水项目；第二，我对于圆明园防渗工程项目，一开头也是采取否定态度的，但是我经过深入调研以后，对它总体还是肯定的。

李开发如此直言不讳，令大家刮目相看，都准备洗耳恭听他下面的高见。谁承想，他其后的发言却离题万里、不着边际。

他先是滔滔不绝地大谈中国的缺水——

2001 年我曾经做过中国水资源课题。我之所以参加这个课题，而且多次在媒体上发表我的想法，主要原因是在 2001 年到 2002 年期间，我承担水资源研究课题，在此期间跟数十位水资源专家探讨，感觉到我们国家的缺水情况已经特别严重。我感觉有八个方面非常触目惊心，我感觉我们国家的缺水情况特别严重……

由于这次听证会的主题是“圆明园防渗工程环境影响评价”，加上发言者众多、时间极其宝贵。在这种场合大谈“中国缺水严重”这一妇孺皆知的常识，听众自然不买账。不仅台下的听众喝起了倒彩，连主持人也忍无可忍了：这些情况大家都知道，你就说圆明园吧！

不知是没听见还是怎的，李开发继续高谈阔论——

在缺水问题上要提高警觉，不要粉饰太平、讳疾忌医……中国水资源危机的八个方面令人触目惊心。第一，中国水情的总量与人均量之少，令人触目惊心……

听到这里，台下哗然，好几个人高喊起来：“下去！下去！”

李开发这才转入正题：我讲一个具体调研的情况，我到圆明园去进行实地考察，我感觉地下湖底的渗透，但是这个湖是一个蓄水池，湖里面的水是不断用来湖边绿化树林的浇灌，不断地从外围进水，然后把这个水浇灌到地面上去，这样还可以从地面渗透到地下……

他绕口令般的发言惹了众怒，“下去！”的呼声此起彼伏。最后，李开发讪讪地结束了发言，中途下场。

这次听证会过后，李开发还在另一个论坛上力挺铺防渗膜，容后面细表。

2. 下岗工人刘根旺

第二位被劝下场的，是下岗工人刘根旺。他早就站在会场一侧等着发言，听到主持人念到自己的名字，话筒也没拿，就迫不及待地说起来——

谢谢大家给我这个机会！我是一个下岗工人。我首先质疑这个听证会：这个听证有必要吗？他已经先斩后奏了，已经先做了。

第二，国家环保行政总局管理的权限是否全面可靠？文物的定义是什么？带着历史呢。刚才我听了，主要是环保方面的，生态方面的。文物是什么？带着历史呢。一个破帽子，一个破瓶子，如果是毛泽东用过的、拿破仑用过的，就是文物！一个金镶玉的工艺品，再好它也是工艺品，它不是文物！

他越说越激动、大声嚷嚷起来——

中华民族从哪儿毁的？就是被烧的，转折点就是耻辱的标志，是国耻！我们应该拜圆明园，不忘国耻！忘记耻辱的民族没有希望！知耻而后勇！……美国专家学者都说过，不向历史学习，将被迫重演历史。这个呢，只是一个缩影，圆明园的问题只是总体规划混乱的缩影……圆明园是国耻，勿忘国耻！你们知道《皇帝的新装》的故事吧？说真话得需要勇气！

这时主持人客气地打断了刘根旺的发言，但他还要继续说，会场的工作人员只好走上前去，把他劝离会场。

他一边往外走，嘴里还不停地嚷——

这是破坏式开发，可以找出种种合理的借口。一个家装修得再好，如果都是借钱来的，这个家有希望吗？这个民族有希望吗？！

圆明园之外

听证会上，包括三位院士在内的几位代表的发言，把大家的目光吸引到了更广阔的视野，为这次听证会增添了许多成色。

1. 甘成发：不要再出现第二个圆明园

北京铁路二中退休教师甘成发，在其简短有力的发言中，呼吁“不要再出现第二个圆明园”——

十多年来，北京城市发展、建设日新月异，让人欣喜；高楼林立，钢筋、水泥、石砖，全方位地硬化地表，发展到河湖水底铺防渗膜，雨水、雪水、河湖水不能随时补充地下水源，地下水源逐年下沉。天津、上海等城市已经出现城市整体下沉，北京地下水源已经出现漏斗形态。硬化地表、河湖水底，地下水得不到及时补充，生态环境失去了平衡发展。温室效应、水华现象、气温反常，逐年严重……

我们认为，为我们的子孙安全生存、生态持续平衡的发展，应决策科学化，强化生态环境理念，唤起国人的警醒。

今天的听证会，我们不只是听证圆明园这个事情，应该不要再出现第二个圆明园、第三个圆明园，甚至更多的类似圆明园的生态失衡的问题。

2. 吴良镛：这个问题必须解决

接着发言的，是清华大学教授吴良镛院士。

早在3月底接受《南方周末》记者刘鉴强的采访时，吴先生就连说：“不行不行不行不行，这不是什么难懂的事，这种做法早已被生态学所否定。不应该这样做。”

这一次，他在简要回顾了圆明园遗址公园概念形成的历史之后说——

吴良镛先生在发言 赵永新/摄

我认为保护遗址公园有科学问题，有艺术问题，有文物保护问题……这个方面我就不多讲了。

我就觉得驳岸，不仅是圆明园，现在一般的做法，做驳岸都是用大块石头。这是一个破坏，不仅仅是圆明园，包括全国都是这个样子。我看过日本京都的一个公园，那个河岸的处理，还是中国山水画的样子。中国的传统园林，基本上是这样子，现在拿石头垒墙做驳岸，不只是一个圆明园，在全国各地都有，有很多地方的驳岸都被这样破坏了。这是一个历史倒退。

之后，他重点谈了“大讨论的意义”——

我个人感觉，圆明园防渗严酷地亮出一个黄牌：就是北京水资源的危机，已经波及各个方面！北京西山的园林，都是在湿地基础上做的水景园。现在湿地消失了、退化了，是有个“怎么办”的问题，这个要多方面地来解决。一个很根本的问题，还要解决北京的水资源的问题，全面地解决。比如找水源，不可能只是调水；还应节约水、收取天然的雨水。黄万里同志早在50年代就提出来了，现在北京一下大雨，整个地面都淹水了；另外呢，雨水白白流失了。这个问题是一个很重大的问题，必须解决。

所以，在国外的城市设计中，80年代以后就提出来，城市的路面硬化都要跟湿地、跟渗透路面成个比例；不成个比例，是不科学的。我们现在没有这个概念。

所以，要宣传这个，要收取天然雨水，不能到处乱流。

我觉得有个不正常现象，就是怎么说呢？北京节水我觉得还没有达到应有的力度；污水的回收利用，也没有达到应有的力度。所以我觉得北京市要从现在起，全面地研究整体地治水和长效的管理机制。50年代没有这个经济条件，现在有这个经济条件了。

我对这个有兴趣，还不仅仅是圆明园本身的问题。我觉得北京市要全面推广污水利用，这个机制要全面地研究。

生态的问题，我就不讲了，因为有很多的专家，我就不班门弄斧了。

讲完后，吴先生又坐了一会儿，就站起身与大家拱手道别。

据《北京晨报》4月14日的报道，吴先生离开会场后，好几位记者跟出去，把他团团围住："现在工程已快完工，您认为该怎么解决这个摊子？"

"我对这件事是坚决反对的。"吴良镛先生就说了这么一句。

3. 李文华：圆明园仅仅是一个契机

下一个发言的，是中科院院士、中国人民大学教授李文华先生。他说——

这是国家环保总局组织的第一次听证会。我很受感动的，是很多生态学工作者和人民团体的热情参与，包括一些院士。今天早晨一位院士还给我打电话，出谋献策，说能不能使用中水。我觉得这次会议实际上起的作用，不只是针对圆明园，我觉得圆明园仅仅是一个契机。今天这个讨论会所能够起的作用和影响，也许比圆明园本身的讨论更重要。

今天会上我听到很多很好的建议。我第一个感觉，我们过去虽然做过规划，但是从我们整个国家和整个建设过程中，我总感觉到在过去的规划中间，对生态和环境的问题从来没有像今天这样引起人们的重视。

另外一个问题，我非常同意赶紧进行环评。这个环评，应该组织多学科的参加，既应该包括水文方面的专家，也应该包括生物方面、土壤方面的、景观方面的，特别是历史文化方面的。讨论的问题不只是这个，还要涉及关于组织管理体制和政策，有些问题不是我们管理处所能解决的。

现在看关键的问题是定位，要把历史遗迹、遗址公园的定位搞清楚，这方面应引起地方足够的重视。

另外，我们现在做的一些东西应该吸取国际上的教训。现在很多国家都在把一些硬化的路面，不光是把硬化的河底拆除掉，或者按照新的方式来做，加大透气度，保护生态系统。在这种形势下，我们还在铺防渗膜，特别是在圆明园这个地方。

我觉得更重要的，是在这个过程中间，可以更多方面地考虑解决水资源缺乏的问题。在这方面我们国家已经到了进退维谷的情况。大家实际上提出了很多方面的问题：如何开展节水型的社会、天然雨水利用、中水回用。包括圆明园本身的水深，应该有合理的指标。再有就是关于政策方面的，关于生态用水和生态补偿的问题。应该把这些问题综合地考虑，在环评中间提出具体的办法。我对环评寄予很大的期望，希望这个工作赶快进行。

我们应该更强调科学发展观，既要考虑发展，也要考虑保护。我们已经加入了《世界遗产公约》，在全球700多个世界遗产名录中，我们已经有30个，实际上中国还有很多历史遗迹，不等于说不在名录里面就达不到世界级的要求。我们应该自己爱护自己的遗产，在更高的层次做好。圆明园这样一个文化遗产，需要一个怎么样的机构来管理，需要什么层次的机构来管理？另外，建议成立一个专家咨询委员会。保护工作很重要的一点，就是必须做科学研究。

4. 钱易：缺水出路何在？

三位院士中最后一个发言的，是钱易教授。听到主持人请她发言后，她扶了扶眼镜，说——

圆明园的问题是由水的问题引起来的，我想就水的问题发表三个观点。

第一个，大家都知道中国缺水，北京缺水，严重缺水。那么，究竟出路何在？刚才一位先生说“我曾经说过北京有迁都的可能”。这个问题我已经声明过多次，这话不是我说的，但现在居然还有人以讹传讹。我当时是这样说的：曾经有一个日本朋友问我：北京这么缺水，你们要通过南水北调调水过来，支持北京增长的人口和工业、农业的需求。既然这样，你们为什么不把北京迁到南方去，迁到水多的地方去？这是他给我提的问题，我把这个问题在一次会上讲过，来唤起大家的重视。我自己的看法是：北京在现有的条件下，在自然、地理和人文的条件下，是有可能解决水资源短缺的问题的。

什么出路能够来解决北京市的水资源短缺？中国工程院做过好几个咨询项目，在钱正英副主席的领导下做的。最后的结论是说：中国的水资源短缺，北方地区水资源短缺，应该用三句话来解决，这也是水资源可持续管理、可持续利用的方针。三句话是什么？节水优先，治污为本，多渠道开源。

首先要节水，不能够以需定供，而要以供定需，有多少水用多少水。要尽量减少用水量，包括我们大家每个人节约用水，采用节水设备；包括工业、农业用水结构的调整。这方面北京做了几件好事：一个是逐步减少稻田，减少农业的需水量；另外一个大家都知道，首钢快要搬迁了，这也是为了削减工业的用水量。这是节水方面。

第二句话是治污为本。水用了以后就会有污染，如果不治理，就造成很严重的危害；而治理以后它就可以变成水资源。

第三句话是多渠道开源，包括开发再生的污水资源、开发海水资源等等。

我认为，如果利用这三句话真正认真地做，北京水资源短缺的问题是可以解决的。

在批评防渗、植被调整、修码头等做法后，钱易又说——

这次事件给我们所带来的启示远远不仅一个圆明园。比如，有两个重要的值得吸收的启示：一个就是关于用水的问题，到底怎么考虑水？另外一个就是关于环境影响评价。

刚才那位在圆明园工作多年的女士说认真地学法，却偏偏不知道有《环境影响评价法》。这部法律已经在2003年就颁布实施了，所有的建设工程、所有建设的规划，都要进行环境影响评价。所以，我觉得这是环境影响评价方面得到的启示，也超过了圆明园，而圆明园本身也应该补上这一课。

最后的陈述

听证会的前半段已经够激烈了，但是大家谁也没料到，更为激烈的还在后面。

钱易教授讲话结束时，已过了下午1点。主持人宣布：因为时间的关系，听证会的发言阶段就到这里，实际上还有两位想发言。现在进入陈述阶段。

在陈述阶段，中国社科院社会学所教授李楯，像一挺“嗒嗒嗒”的机关枪，猛烈开火。本次听证会的重要当事人、圆明园管理处主任李景奇，则中途离席走人。

李楯的讲话虽然很长、很难听，但如果仔细阅读，就会发现：他眼里不揉沙子，也不是危言耸听。

1. 李景奇：防渗合法合规

根据主持人的提议，先由李景奇主任做陈述。他在表示“感谢”之后，表达了如下意见——

第一，圆明园环境整治工程，是在《圆明园遗址公园规划》的指导下开展的。市、区政府予以大力支持，投入了大量的资金，各级政府的相关部门和社会各界也给予了大力支持。至今为止，环境整治工程取得了显著的成效。当然，下一步我们还要更广泛听取各方面专家的意见，更加完善这个方案，把我们的工作做好。

第二，根据《规划》的精神，山形水系作为圆明园遗址公园的有机组成部分，应该加以整体的恢复和保护。因为我们作为一个具体的执行部门，只能按照《规划》的精神开展工作。对于不同意见，也可以研究、可以讨论。

第三，由于供水不足和自身渗漏严重，圆明园的生态环境逐步恶化，缺水已成为妨碍圆明园生态系统正常运转的主要矛盾。

第四，我们采用土工布膜防渗的方法，符合国家相关法律的规定和技术的规范；湖底防渗能够缓解圆明园水的危机，有利于维持、保护圆明园的生态系统，对调节周边小气候有积极作用。

李景奇主任在作陈述

邓佳／摄

第五，继续研究圆明园水资源的综合利用问题，包括雨洪利用、节水工程、中水利用。我们也将与相关部门合作。这个我们已经有意向，对圆明园生态和保护的课题进行研究。

第六，我们将按照国家环保总局的要求，积极组织环境影响评价，进行科学评估。也欢迎各方面的专家和社会各界，积极地参与到这个过程当中来，提出意见和建议。

第七，圆明园的工作应该坚持依法办事、科学决策，坚定不移地按照有关法规和《圆明园遗址公园规划》的要求，推动圆明园各项工作的开展。

第八，圆明园的保护利用是综合的、多学科的，需要方方面面的专家共同参与。刚才有很多专家提到这个问题，它不仅仅是环境问题，也不仅仅是文物问题，也不仅仅是一个社会学的问题，它是综合的、全方位的，包括考古的、园林的等等方面的问题。希望大家继续关注圆明园，为圆明园各项工作出谋划策，提出更好的意见和建议。

最后，李景奇如是表态——

我们希望与持不同观点的专家、学者进行沟通和交流。这里我发出邀请，包括李博士和张先生，咱们都可以交流。我希望各方面的专家都到圆明园去。圆明园是属于国家的，属于人民的，也是属于世界的，不是某个人的，也不是我自己的。大家的意见，我们带回去认真地学习研究。

2．李楯“兴师问罪”

李景奇讲完后，主持人宣布：由中国社科院社会学所教授李楯做陈述。

了解李楯的人都知道，他向来是仗义执言、不留情面。在这次听证会上，西装革履的他一直正襟危坐，表情严肃。

李楯如是开场：“我首先谈我的主张，然后谈我的理由和证据。”

没料想，他接下去的发言语气骤变——

就主张来说，我认为应该拆除圆明园管理处违法在圆明园湖中铺设的防渗膜，要求有关人员等赔偿因为这种违法行为而造成的在生态方面和经济方面的损失。同时，建议国家环保总局应该报请国务院启动官员问责，追究圆明园违法在湖底铺设防渗膜相关政府官员的责任。建议北京市海淀区人民政府针对海淀区环境保护局局长在职责范围内、在圆明园这个违法行为上的行政不作为，免去他局长的职务！

他刚说完，台下就响起热烈的掌声。

李楯继续说——

以下我谈我的理由和证据。

首先，我们面对的是一个什么性质的事？大家总在讲对环境有利、不利，但我觉着更重要的问题是，我们面对着一个违法行为！有人说《规划》怎么样，《规划》绝对没有让你铺防渗膜！《文物保护法》《环境保护法》《环境影响评价法》，都是远远高于你这个《规划》的高阶位法律！

我们首先说，圆明园是国家重点文物保护单位。根据《文物保护法》的规定，

李楯

邓佳／摄

“文物保护单位在保护范围内不得进行其他建设工程或者挖掘等作业”，“对文物保护单位进行修缮，应该根据级别报文物行政主管部门批准”——这是第21条第2款之规定。

在“圆明园环境综合整治工程”名下进行圆明园东部湖底防渗工程项目，和同时进行的河道湖底挖深、驳岸改建、码头修建，这些工程在实质上违反了前面这些法律规定，在程序上违反了报批规定，所以是违法行为！他不是按国家文物局的要求来维护，他是在改建！

在环保总局4月6日召开的座谈会上，当时北京市文物局和国家文物局都表示，他们没有批准圆明园管理处的上述工程。这也有当时在场人的证明，我们可以请国家环保总局调出当时的录像作证。

另外，根据《环境影响评价法》规定，“环境”包含了“天然的和经人工改造的自然因素，包括水、土地和人文遗迹等”——圆明园遗址正属于这种《环境保护法》所规定的应该保护的对象。《环境影响评价法》还规定，一切单位和个人都有保护环境的义务，政府尤其负有对人文遗迹保护的责任。

《环境影响评价法》规定：施工需要经过法定的审批程序。那么，在“圆明园环境综合治理工程”名下进行的圆明园湖底防渗工程项目这样一系列工程，包括修建大型的游船码头、改建驳岸这样一些工程，都是在没有履行法律规定的情况下违法进行的。

说到这里，李楯提高了声调——

前不久在国家环保总局召开的关于圆明园湖底防渗环境影响座谈会上，当时坐在我对面的领导说：他们对这样一些法律缺乏了解和认识，他们不知道。我们国家强调依法办事已经26年了，十五大报告中提出“建设法治国家”已经8年了——以法盲担任领导职务，这是能够容忍的吗？！

听到这里，我心头一惊：李楯老师这样说话，也太不给人留面子了。

果不其然。他的话音刚落，圆明园管理处主任李景奇就站起身，离开了会场。

3. 李楯：“圆明园的灵魂和主体”并不在水

李景奇的中途离席在会场引起一阵骚动，但是李楯并未因此打住，而是继续慷慨陈词——

第二，圆明园不仅是文化遗产，而且是北京市城市中仅存的与北京生态环境密切关联的湿地之一。圆明园管理处在以下几个方面破坏了生态环境和作为国家重点文物保护单位的遗址的整体风貌——

第一点，铺设防渗膜阻断水的自然循环，使主河道和支系统形成的，包括环境保护法所说的“各种天然和经人工改造的自然因素”在内的环境整体被破坏了；原有适于水生植物生长的湖底主土层，以及在它下面本身就具有防渗功能的硬土层，都被破坏了；原来的湖泊河道变成超大型底部封闭的人工水池和渠道后，水生动植物种的多样性会受到影响，能够生存下来的动植物种的生存状态也会有所改变；湖边的植物没有办法在原来的生态情况下从湖中吸取足够的水分；被封闭的水体的自净能力会下降，污染和富营养化会更严重。而且，一旦在北京遇有较大雨洪的时候，湖水会漫灌出来。

第二点，圆明园管理处在遗址范围内大面积砍伐、清除原有树木，种植非本土的高耗水的草坪、观赏植物，改变了土形地貌。这不但破坏遗址原有的风貌，而且人为地造成圆明园的供水紧张。

第三点，圆明园管理处在国家重点保护单位内擅自修造原来没有的、与遗址无关的大型游船码头、游乐场、图腾园，开展游船、快艇这样一些现代的商业运营活动，不但严重违反法律，而且破坏了遗址原有的景观和气氛。这些同样有现场拍摄的照片为证明。

第三，作为历史文化遗产的圆明园遗址，并不需要比过去更多的水。目前圆明园管理处在湖底铺设防渗膜的目的，在于在遗址范围内搞经营性的游船、快艇等商业活动，用于牟利。圆明园管理处铺设防渗膜的理由和铺防渗膜的行为带来的后果是相互矛盾的，或者似是而非，不足以支撑他的理论。

我们首先谈圆明园的定位，圆明园在法律上的定位。这将决定我们对待圆明园问题的基本方针，决定我们应该有什么样的圆明园环境整治工程。

圆明园遗址是《文物保护法》第一条所说的“历史文化遗产”；它同时作为古建筑和近现代史的重要见证地，而成为全国重点文物保护单位。它是国家所有的、不可移动的文物，它的所有权并不因为它依附的土地的使用权的改变而改变性质。这个有法律明文规定。

圆明园遗址，正像刚才圆明园负责人介绍的一样，我非常赞同他的观点：圆明园遗址是中国的，是中国全体人民的，甚至从某种意义上说它是全人类的！但是圆明园管理处却忘掉了它只不过是代人民管理的管家之一。它忘了自己的身份，忘记了自己是代人民管理，它自己不是圆明园的主人，不可以不受法律约束、为所欲为！

他停了停，继续说——

《文物保护法》规定，“文物是不可再生的文化资源”，“对历史文化遗产的保护，应是整体性保有和维护其遗存的原貌”。也就是说，对不可移动文物已经完全毁坏的，应当实施遗址保护，只能拆除不属于古建筑、古园林的后人修在古建筑、古园林遗址上的建筑，只能维护或在万不得已的情况下，在尽可能保有古建筑、古园林风貌的前提下维修古建筑、古园林，而不能以“恢复”为名仿建古建筑、古园林，或者是在古建筑、古园林遗址上另修新建筑物或者另造新园林，除非经国务院另行批准。

所以，即使《规划》规定了你要修，但比《规划》更大的法律制约了这个《规划》。圆明园管理处明知北京市文物局和国家文物局对它的环境整治请示报告中明文写着：整治的内容应该以遗址地表上以及原来水系中的垃圾渣土、修整驳岸为主，不得扩大修整范围。修整过程中，不得改变文物原状，不得对文物遗址造成破坏。特别是驳岸的保护，不是拆了建成防渗墙、夹一层防渗膜做假的驳岸。按照国家文物局和北京市文物局的要求，驳岸的保护以现状加固为主，在确保不破坏遗址的情况下，可以使用传统工艺进行适当补配，而不是拆了修砖墙！因此，圆明园管理处是故意违法，在“环境整治”的名义下在湖中铺设防渗膜和改建驳岸的。

我们可以请听证会的主持者调来国家文物局和北京市文物局的这些批示，这些批示足以证明我上面说的这些话。

圆明园遗址公园作为遗址需要体现的，不是圆明园管理处所强调的“圆明园盛时的基本风貌”，而应该是被强大的暴力毁坏了的中华民族历史上辉煌一时的古建筑、古园林的残存的风貌。由此，才能使人们在这里感悟和反思历史；由此，《文物保护法》中所明文规定的进行爱国主义教育的目的才有可能实现。

因此，即使圆明园在所谓“康乾盛世”的时候有比现在更多的水，也不等于说遗址的圆明园就必须有和当时同样多的水。任何遗址只要是遗址，就不是盛世的状况！这正是圆明园和颐和园的区别所在。

遗址、文物需要的是维护、保护，不是发展。圆明园管理处过于强调“以水为纲”，我不是反对“以水为纲”，而是反对过于强调。他们提出“水是圆明园的主体，更是圆明园的灵魂”，我不赞同这个说法。

这时，主持人提醒李楯：李教授，你这个时间……

“我会尽快结束，好吧？”李楯继续说——

因为，“圆明园的灵魂和主体”并不在水，而是凝聚于其中的民族文化的精髓和历经沧桑之后的感悟。只有这样，中华民族才能自立于世界民族之林。圆明园管理处想要更多的水，他们的真实目的，不是再现这种盛世景象，而是开展在圆明园盛世根本不存在的现代的商业性的游船和快艇的经营活动！证明这一点的，是圆明园管理处的一系列文件。我不在这儿念了，他们在文件当中多次提出“游船的需要”。如果听证会主办者提调出这些文件，如果把这些文件按照国务院的规定向社会公示的话，大家就会知道是怎么回事。

…………

我觉得，我们可以尊重不同的主张，但是我们不能容忍谎言！

4. 希望国家环保总局严格执法，取信于民

李楯说到这里，主持人又试图打断他，却被台下热烈的掌声淹没了。

李楯接着说——

另外，圆明园管理处提出证明他们行为的很多理由都是值得质疑的，例如他说死了7万斤鱼，那么，这些鱼是人工放养的还是野生的？是观赏的还是食用的？

这时，主持人忍不住又提醒：李教授啊，你就是把大家的意见陈述一下就说完了。

李楯回答：好，我只讲最后一点。

可能听证会的主办者也不会想到，李楯最后居然把矛头指向了环境执法——

希望认真贯彻《国务院全面推行依法行政实施纲要》的规定。圆明园管理处违反环境影响评价法，在湖底铺设防渗膜，已经造成了对生态环境方面、经济方面的重大损失，并且对作为国家重点文物保护单位的圆明园遗址的原有风貌，及保护范围内包括水资源循环体系在内的环境构成了严重破坏。

圆明园管理处这种违法行为持续数月，竟然完全置于政府、环境、文物机关监督的视线之外，动用了数千万纳税人的钱，用于违法行为，公众毫无知觉。这可见我们环境执法和监督中确实存在问题。

同时，在观念上过时的与自然为敌、任意改造自然思想的延续，利益所致——有大工程就有利益，以及社会转型中制度的不完善，都是产生这种违法行为、产生这种少数人胆大妄为、违法决策、违法施工行为的深层原因。

《国务院全面推进依法行政实施纲要》规定：推进政府信息公开，除依法应当保密的，决策事项、依据和结果要公开，公众有权查阅；要建立健全公众参与、专家论证和政府决定相结合的行政决策机制，建立健全决策责任追究制度。建议国家环保总局从这件事开始严格执法，取信于民。

当然，我们也有很失望的一面。我们知道有些人拿法制当儿戏，我们知道要真正做一些事是非常难的。但圆明园虽小，它会影响全国，如果我们的法律就这样得不到执行，那么比圆明园更严重的事情就会跟在后面层出不穷。

最后，李楯大声说——

我们希望国家环保总局严格执法，取信于民。这样中国的环境保护才是有希望的，中国才是有希望的！谢谢大家！

他讲完后，台下响起了长时间的掌声。

5. 朱红补充陈述

“最后，由圆明园管理处的朱红副主任做陈述。”李楯讲完后，主持人说，“因为我们刚才已经说明了，请李楯教授就是陈述大家的意见，但他里面有自己的一些观点，所以圆明园管理处认为有必要作最后陈述。”

大家的目光一齐转向圆明园管理处副主任朱红。

她的陈述很简短——

谢谢主持人，谢谢环保总局。对刚才各位专家提出的照片、证据，大家说的砍伐树的问题，还有土工膜的环境评估问题，包括测渗量——这个我们也正在委托环评。我们希望有全面、科学、权衡利弊的评估报告来说话。

至于刚才大家提到的，包括驳岸的做法、包括冷季型草坪的问题、包括一些荷花区的问题，这里面确确实实有以偏概全的一些说法。这个我们会提交一个全面的、实事求是的报告，提交国家环保总局，来澄清一些事实。

朱红陈述完后，主持人祝兴祥说——

听证过程到此结束。对今天听证会上大家提出的意见，包括书面意见，我们将充分重视，认真研究，合理吸纳。对圆明园环境整治工程，我们将对当事人提出的环境报告书进行审查，依据法律法规和标准，以及今天听证的意见，做出行政许可决定。会后陈述了意见的，请留下签字。

现在我宣布：圆明园整治工程环境影响听证会到此结束，谢谢大家！

此时已接近下午一点半。尽管如此，前来采访的记者们还感觉意犹未尽。听证会议一结束，他们就一拥而上，围住潘岳、祝兴祥和一些参会代表，争先恐后地发问。

两个花絮

发生在本次听证会上的两个花絮，值得一提。

1. 解振华旁听听证会

听证会大约进行到 10 点钟的时候，我身后有一阵轻微的骚动，回头一看才知道：环保总局局长解振华悄然来到会场，坐到后排的椅子上凝神谛听。

这是在整个圆明园防渗事件中，解振华局长唯一一次在公开场合露面。

作为环保总局的一把手，解振华为何中途前来听会？他是如何看待这次听证会的？《新京报》记者马力的专访给出了答案——

《新京报》：这是环保总局在环评法实施后第一次召开公众听证会，为什么会选择圆明园这件事？

解振华（以下简称解）：大家关心啊。有不同意见，反映出来，最后到底怎么决策，找一个形式，多听大家的意见，决策就能更合理。

《新京报》：您怎么看待听证会这种形式？

解：这种形式说到根本上，就是一个政府依法办事。其实在法律上有规定，政府部门做出一些决策的时候，要听取群众的意见是依法行政的一个重要方面。圆明园的问题也就是听证、征求意见，最后怎么样进行环评，怎么样做出决策，实际上就是依法办事。在这个过程中，要进行民主决策，而听证和征求意见就是民主科学决策的过程。

《新京报》：这次听证会对解决圆明园问题将有什么作用？

解：我相信，这么多人参与、这么多人出主意，对这个问题的处理会是一个按客观规律和自然规律，考虑到各方面的因素，让大家都觉得是贯彻了科学发展观和促进人与自然和谐的结论。现在北京市、海淀区等各方面都很支持。

《新京报》：但这次听证会的意义远不止此啊。

解：超出了具体的圆明园事件，这个听证会的意义就很大了，这说明了社会的环保意识确实有了显著的提高。本来环保就是大家的事，大家都来关心，这件事就有了希望。

《新京报》：您今天是没打招呼悄悄来的，为什么要来听呢？

解：主要是想听听专家们两方面的意见，前几天有一个专家论证会，我也是悄悄进去听了一会儿，挺受启发的。双方面的意见都做了非常全面的阐述，大量的说理、数据、图片。听了以后，第一手的东西就有了，这对环保总局决策这件事有好处。特别是听一些不同的意见，对我们的决策有好处。

《新京报》：您已经听了一会儿了，您觉得今天的听证会怎么样？

解：很好，发言很踊跃，意见说得挺坦率，而且有些意见就是针锋相对的。既然听证，就不要一边倒，各方面意见都要听到。挺好的！将来一些重要的项目的决策将举办听证会，多听公众及各方面的意见，这对提高环保部门的管理水平也是有好处的。

2. 王如松异国看直播

另外一个花絮是：中科院生态所研究员、十届全国人大代表王如松院士，在万里之遥的维也纳，从网上看听证会的直播。

自打进入听证会场的那一刻起，我就心生疑问：看遍会场，一个本该来的学者怎么没有来呢？

这位学者，就是王如松。王老师是我在圆明园防渗事件中最先采访的四位学者之一，“圆明园防渗是一个外耻内愚的典型”这一说法就是他提的。后来，多家媒体也采访过他。所以，在听证会上没看到他的身影，我就很纳闷：如此关键的听证会，王老师怎么会缺席呢？

在回报社的路上，我拨通了他的手机。

“我在万里之外的维也纳开会啊，没法回去。”王如松的话语中透着兴奋，“不过，我从网上观看了听证会的全过程！”

原来，身为国际科联环境问题科学委员会第一副主席的王如松，当时正在欧洲参加一个重要的国际环境学会议，无法赶回北京。

“这次听证会开得真好！”他高兴地说，“大家都讲得很好，我看了后百感交集，兴奋得觉都睡不着了。”

“太好了，我正想听听您的感受呢。”

“我今天的日记写的就是我的感受，刚刚发给你。”他告诉我，“你回去查一下邮箱，看看有没有。”

回到报社后打开邮箱，看到了他发来的文章：《膜可揭，愚何移？——圆明园听证会有感》。我读后的感觉是：写得真痛快！

我赶紧把这篇文章转发给人民网环保频道的主编王京，她很快就刊发了——

圆明园湖底防渗工程公众听证会开得很好。这是有史以来我国环境保护领域最大规模、最大影响的环境问题听证会，也是一次生态知识普及的社会大讲堂。有人认为这是舆论炒作、小题大做。其实，这种舆论有利于生态知识的普及和全民族生态意识的提高，应大炒特炒；这类小题关系到规划管理、体制法规、山形水系、国计民生，越辩越清，越大越好。

在万里外的维也纳看直播，悲喜交加、百感涌集。高兴，是由于国家环保总局和有关部门对此事如此重视，全社会有这么多专家、公民如此关注和广泛参与。同时，听证会也很悲壮，让人感到外耻内愚的关键在愚。一个民族最怕的不是外耻而是内愚，愚就会虚弱，愚就会挨打，愚就会退化；知则兴旺，知可雪耻，知则进化。国人的内愚，是圆明园自然和人文生态遗产的焚毁和破坏延续 150 年的根本原因。

防渗砌岸工程的要害是破坏圆明园湿地生态系统赖以生存的山形水系。这里的山形不是自然山脉，而是地形地貌及维系其生命活力的土壤动植物和微生物区系；这里的水系也不是水池或鱼缸，而是上、中、下游一脉，地表、地下一统，生物、底泥与水一体的流域和水生生态系统。这一山水系统连接着过去、现在和未来，连接着西山、海淀与北京城市生态系统。防渗膜的铺设、水泥砖墙的砌岸和部分原有植被的清除，破坏了原地生态系统的形态、功能与活力，割裂了圆明园湿地与城市生态系统的联系。去除隔离层、保护生态服务功能的目的不是不让圆明园有水，而是让它有更多、更活、更持续的水。

值得深思的是，圆明园作为遗址公园，迫切需要的是如圆明园管理部门所说的“恢复皇家园林风貌”，还是城市湿地生态功能？显然，最迫切需要的是为大多数北京人和后人服务的后者，而非凭吊帝王将相的前者。

防渗砌岸工程暴露了我们的管理部门、企业界、科技界和普通市民生态意识的低下和法律意识的淡薄。问题的根源有三：

1. 认识上人类中心主义作怪：以人为本、全面、协调、可持续发展是要以最大多数人的根本和长远利益为本，协调好人与人、人与自然的辩证关系，其社会学基础是以民为本，而不是人定胜天的人类中心主义。在人与自然关系上，我们需要科学地认识自然、尊重自然，在不损害人与自然共生系统功能的前提下去合理开发、利用和建设生态环境。保护人居环境周边的湿地是任何一个稍有生态知识的中国村庄沿袭了几千年的风水规则，是中华民族的优良传统，绝不是什么环境主义回归自然的天方夜谭。

2. 体制条块分割：我们的管理部门职责分得很细，园林、环境、文物、旅游，但却缺乏统筹城乡发展、区域发展、经济社会发展、人与自然和谐发展的协调机制和综合管理部门。水利部门伤脑筋的是来水太少，而城建部门麻烦在污水太多。一方面圆明园湿地嗷嗷待哺，另一方面近在咫尺的清河污水处理厂每天 40 万吨处理后的污水以及肖家河污水处理厂每天 2 万至 4 万吨深度处理后的中水又难以售出，而生态工程师门却眼睁睁看着圆明园的湿地净化功能不能为净化中水、活化首都水系作贡献而望园兴叹。

各部门管理工作只围绕主要矛盾，头痛医头、脚痛医脚，环境与经济脱节、生产与消费脱节、厂矿与区域脱节、企业间横向耦合松散、废物制造与还原脱节。有法不依、执法不严、人治大于法治的现象还常常发生。由于对违反环境影响评价法的监督不到位，处罚不够严厉，只是“下不为例”，不足以警示后来的违法者。

3. 科学还原论主导：我们的科学技术是以工业革命以来发展起来的还原论和机械控制论为主导，将我们祖先天人合一的整体论如大禹治水的生态控制论方法置之度外。数理化，天地生，地矿水，社会、经济、自然，学科划分很细，但就是没有一个将各学科横向整合的可持续发展科学。处理问题将系统的外部关联完全切断，以至人们认为保持圆明园滴水不漏就是保护环境，让圆明园绿茵红墙、歌舞升平就是服务社会。听证会上一些领导和专家的线性思维方式正是这种还原论教育的必然结果。工程建设中物理方法至上，常常忽视系统的自调节、自适应的生态活力，环境整治以末端治理为主，单纯追求大型污水处理厂、大型单功能发电厂、大型垃圾焚烧厂，也是这种还原论方法的集中体现。

圆明园遗址公园的定位应包括自然生态遗址、文化生态遗址，以及外侮内愚的国耻遗址。圆明园防渗砌堤工程危害的不仅是山形水系的自然生态，也割断了城市生产—生活—还原环节间的循环经济联系，其生态、经济的损失和社会影响显而易见，除了作为一个外耻内愚的反例供人学习外益处不多。

亡羊补牢，犹未为晚。相信那层塑料防渗膜在通过科学论证后会找到合理的归属，相应的补水生态工程也会尽快上马。但那层思想上隔离人与自然联系的愚人膜如果不能揭开和去除，服务首都城市生态的涓涓流水就不会活起来。

生态学是人类认识环境、改造自然的一门世界观和方法论或自然哲学，是包括人在内的生物与环境关系的一门系统科学，是人类塑造环境、模拟自然的一门工程学和美学，是科学与社会的桥梁。让我们以这次圆明园风波为契机，在全社会掀起一场人人都来自觉地关心、保护、改造和建设我们赖以生存的生态环境的运动。关心生态就是关心人本，建设生态就是建设社会。

这篇思想深邃、文笔漂亮的文章，很快被许多网站转载，一些媒体在报道中也大段引用。

听证会只是听证会

环评听证会结束以后，社会各界最为关注的一个问题，就是铺在圆明园河道、湖底的防渗膜，当何去何从。

诚如《北京青年报》的“今日社评”所说的那样：听证会本身，并不能决定防渗膜的去留。

4 月 13 日的听证会结束时，我曾向祝兴祥司长问起这个问题，他回答说：“听证会只是听证会，它的作用只是广泛听取各方的意见，供领导决策参考。至于防渗膜怎么办，得看今后的环评报告结果。”

“那环评报告什么时候才能出来？”

“这就说不好了，”他说，“圆明园管理处正在寻找做环评的单位。环评需要一定的时间，报告出来至少在两个月之后吧。”

看来，防渗工程如何处理还得“好事多磨”。

九 西区发生了什么

在 4 月 13 日的听证会上，俞孔坚教授现场展示了西区大量砍伐树木的照片，让人触目惊心。

而此前，大家的目光一直集中在圆明园东区的防渗上，对于西区发生的事情一无所知。

东、西区之分

在前面已经提到，现在大家所说的圆明园由 3 个园子组成：绮春园、长春园和“圆明园”（加双引号的为小圆明园——笔者注）。其中，“圆明园”是三座园林中最早修建的，其前身是明代的一座私家园林。1709 年，康熙皇帝将其赐给皇四子胤禛（即后来的雍正皇帝），并亲题“圆明园”匾额。1725 年，即雍正即位后第三年，“圆明园”成为离宫型的皇家园林，大加扩建后成为他常年在此居住、理政的“夏宫”。雍正在位期间，“圆明园”面积已有 3000 多亩。据《日下旧闻考》记载，乾隆时命名的“圆明园四十景”中，有二十八景曾经雍正题署过。换言之，雍正时的“圆明园”至少有二十八处重要的建筑群组，包括正大光明、勤政亲贤、九洲清晏、镂月开云、天然图画、碧桐书院、慈云普护、上下天光、杏花春馆、坦坦荡荡、茹古涵今、长春仙馆、万方安和、武陵春色、汇芳书院、日天琳宇、淡泊宁静、多稼如云、濂溪乐处、鱼跃鸢飞、西峰秀色、四宜书屋、平湖秋月、蓬岛瑶台、接秀山房、夹镜鸣琴、廓然大公、

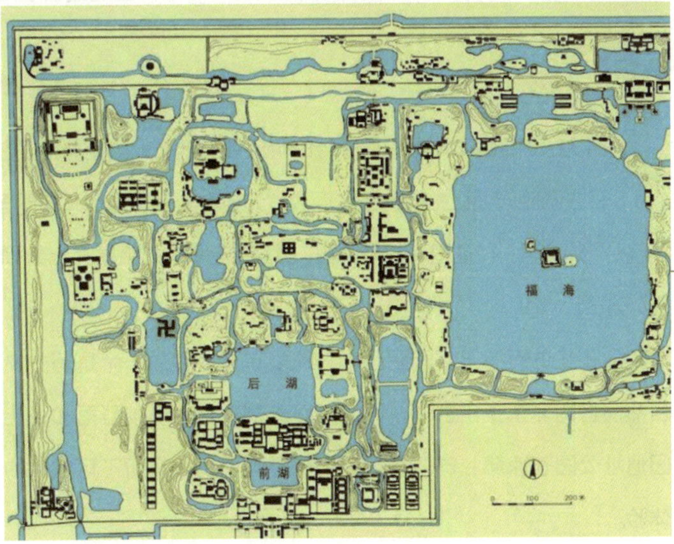

资料图片

洞天深处等。

乾隆继位后第三年（1738 年），开始驻跸“圆明园”。自此到大约 1744 年，自谓“园林之乐、不能忘怀”的乾隆皇帝，凭借当时雄厚的国力，在“圆明园”原来的范围内，增建了 12 处新建筑群组，如曲院风荷、坐石临流、北远山村、映水兰香、水木明瑟、鸿慈永祜、月地云居、山高水长、澡身浴德、别有洞天、涵虚朗鉴、方壶胜境等。

此后，乾隆在“圆明园”的东侧和东南侧，陆续修建了长春园和绮春园，其中绮春园在同治年间重修时改名为万春园。

回顾这段历史不难发现，在圆明园三园中，“圆明园”建成最早、面积最大、建筑最多、规模最宏伟、位置最显要，是圆明园三园的主园，面积 3000 多亩；长春园和绮春园是后建的附园，两者的面积加起来才 2000 多亩。

自 1976 年圆明园管理处成立以来，最先对公众开放的，是长春园、绮春园，以及属于“圆明园”的福海——也就是所谓的“东区”。而“西区”，也就是除去福海部分的“圆明园”，至今没有对外开放，大部分游客不但不识其“庐山真面目”，而且不知道此园的存在。也正是一直没有开放的缘故，大部分公众都有一个认识误区：把开放的“东区”当成了圆明园的全部；而其真正的主园，则被遗忘了。

那么，一直未对外开放的西区究竟是什么样子？圆明园管理处又在对它进行怎样的整修？

在 4 月 13 日国家环保总局举行的听证会上，北大教授俞孔坚在电脑上播放了他 4 月 8 日去圆明园西区拍摄的多张照片，让与会者深感震惊：圆明园管理处打着“环境整治”的旗号，在这里大规模砍树，并且采用的，几乎是乔、灌、草全部清除的“三光”方式。

俞孔坚进而指出，圆明园作为遗址有双重性：一个是历史文化遗产，一个是自然演替的北京乡土群落，两者不可分割。这些植物群落和乡土物种增加了圆明园遗址公园苍凉悲壮的内容，是进行爱国主义教育所不可或缺的一种独特的景观体验。

其实早在 4 月 8 日晚，俞孔坚就曾给我打过电话，讲了当天他在圆明园西区看到的情形。他还给我发了拍摄的现场照片，希望我能去现场采访一下。

后来，由于以下两个原因，西区的采访没有成行：一是此前两天我写的“圆明园防渗工程反思”一文未能在报纸上发表，让我意识到近期报纸很难再刊登圆明园的报道；二是我当时对“西区”的概念还很模糊，没有认识到保护原生植被的重要性。即便是在听证会上，尽管他出示的照片令人触目惊心，但由于当时我的注意力集中在铺防渗膜的是与非上，所以也没有太当回事儿。

4 月 11 日，俞孔坚在《新京报》上发表了署名文章《圆明园林灌被毁比防渗工程更具破坏性》。4 月 12 日，《新京报》又发表了该报记者采访的现场报道，并对俞孔坚进行了专访。

看完这些报道，我为自己前几天没去圆明园西区采访而万分懊恼。

因此，听证会结束后，我萌发了去西区采访的念头。

正好张正春也有此意。我俩约好：4 月 15 日上午再进圆明园。

初识西区真面目

这天天气晴好，阳光明媚。上午 10 点多，我和张正春再次来到圆明园。半月不见，园内已是万紫千红、春深似海，路边的柳树绿丝摇曳，远处的山坡上桃花绽红，真个是美不胜收！

张正春被眼前的美景陶醉了，一边不停地拍照，一边对我大发感慨：“永新你看，这三步一景、五步一色，真是步换景移！只有中国的古典园林才可能有这样变幻多姿的景观！”

我也被他感染了，不时按下相机快门。

但当我们的目光转移到一段整修一新、整齐划一的驳岸前时，兴致顿减。张正春连连叹息：“原来犬牙交错、错落有致的驳岸，被做成了整齐的防渗墙，真是悲哀！”

赵永新/摄

临时张挂的“施工现场 严禁入内”的告示牌

我俩沿着福海南岸的长堤向西，大约步行了二十分钟，来到福海的西南角。福海以西，就是尚未开放、挂着“施工现场 严禁入内”牌子的西区了。沿着福海西岸，一道南北走向的长长的铁丝网，把偌大的圆明园分隔成两部分：东面是对游人开放的东区，包括绮春园、长春园和福海；西面，就是未开放的“西区”，也就是除去福海部分的“圆明园”。

在福海的西南角，有一个垃圾堆，垃圾堆后面的铁丝网上，挂着一块醒目的牌子，上面用红漆刷着几个字：游人禁止入内。看来，我们只能“偷渡”了。

我和张正春由此往北，寻找能进去的缺口。走了百十来米，看到一位男子坐在桥栏上，悠闲地哼着什么。他脸色黑红，身材微胖，看上去50岁左右。从蓝色工作服判断，他应该是圆明园的职工。他身边竖着一把扫帚，大概是干完了活儿坐在那儿休息。

张正春与圆明园师傅聊天

赵永新/摄

我俩走过去和他闲聊起来。刚开始他还有些戒备，后来听说我们是“外地来的游客”，说话就随意了许多。

“铁丝网那边为什么不让进呢？”我问。

“铁丝网里面是圆明园西区，一直荒着，

所以不对外开放。现在里面正在施工。这些天因为防渗闹的，停下来了。”

“里面究竟什么样啊？”

“也没什么好看的，到处是乱树棵子，一个人走在里面瘆得慌。”那位职工说，“不过，里面有很多动物，鸟啦，蛇啦，獾啦，青蛙啦，还有狐狸。”

“是吗？”我听完很是诧异：没想到西区居然是野生动物的乐园。

“那是当然，我骗你干啥？”他认真地说，“不过，现在可能都跑光了。前一阵子里面搞整治，砍树、清理河道，动物都给吓跑了。”

说完，他扛起扫帚，嘴里哼着京戏，慢悠悠地走了。

这位师傅的话，更激发了我们进西区的欲望。

但是，福海岸边悬挂的铁丝网都很高，我和张正春只能“望网兴叹”。

我俩又折回来，继续寻找可进之处。从“游人禁止入内”的牌子向西走了 10 多米，终于发现了一个突破口：一处铁丝网的下面有一个豁口，大小刚好可以钻过去。看看四外无人，我俩小心翼翼地从这个豁口钻了进去。

穿过铁丝网后，我俩先爬到一座小山上，极目远眺，但见前面山丘绵延、高低起伏，看不到边际。

表层淤泥被挖掉后露出的驳岸和石头缝隙间的树根

赵永新／摄

为了不让圆明园的职工发现，我俩快步走下小山，往里走了一大段路，才停下来喘口气。由于之前我对西区的景点一无所知，再加上经过 150 多年的持续破坏，原有的建筑物差不多都被夷为平地，曾经的“圆明园四十景”已风光不再。置身其中，方向感本来就差的我，更不知道哪儿是哪儿了。

这时，我后悔没有带一张西区的平面图——如果带上它，说不定还能按图索骥、对号入座。悔亦无益，我俩只好大致辨别了一下方向，继续往里面走，边走边看。

与桃红柳绿、生机勃勃的东区相比，西区则显得异常空旷、荒凉。这时的西区，已经看不见俞孔坚教授提到的推土机、挖掘机，和“清理杂木”的人员，里面静悄悄、空荡荡，只有我和张正春两个人。

我俩边走边看，所见所闻让人心疼：山坡和岸边还残留了一些稀疏的槐树、榆树、白蜡、白杨等，嫩芽刚刚萌动；山坡、平地上的灌木杂草，早已清除殆尽，裸露的地面上除了耧耙过的痕迹，偶然还能看到残留的树根和树桩，以及新冒出来的草芽。

站在山上往下看，弯弯曲曲、宽窄不一、高低不平的河道都是干的，有些河道已被开挖过，还没来得及铺防渗膜。由于表层的淤泥被挖掉了，残存的驳岸显露出来，石头缝隙间满是或粗或细、纵横交错的树根。

这一幕让我想起李皓博士的话：岸上的树木，可以通过地下的树根、透过驳岸的缝隙吸收河水；所谓“山水相连”“浑然一体”，也是通过驳岸来连接、实现的。

一名工人在维修挖掘机，周边是“三光”后的树根、树桩

赵永新／摄

我和张正春又往里走了半个多小时，在一片宽阔的空地上，意外地看到一台红色挖掘机。挖掘机背后，是一堵高大厚实的土墙。后来经过查阅资料才知道，这段土墙应该是舍卫城的城墙遗址。舍卫城建于雍正六年，俗称“佛城”，是清朝皇室的拜佛祈福之地，原来规模很是宏大，里面的庙宇中供着三世佛、弥勒佛、

城隍神和关帝爷等，地位之重要可以想见。

如今人去城无，能看到的，只有这段覆满荒草的土墙，以及眼前这个扎眼的挖掘机了。挖掘机周围的地上，满是杂乱的树根；一段被劈开的树桩，露出新鲜的白茬子。如果我的判断没有错，这台挖掘机应该就是此前“清理杂木”的主力军之一。

等我们走近了，才发现挖掘机后面还有一个人，正蹲在履带旁修理着什么。他抬头看见我们时，脸上掠过一丝惊慌。

我走上前，和他搭讪起来：“师傅，今天怎么没有上班？”

“上面不让干了。”说完，他就埋头去干自己的活儿，不理我们了。

如此“三光”

这时艳阳当空，我和张正春在圆明园里已经走了两个多小时，有些累了。但是，我们还是没有找到想看的东西——俞孔坚老师照片中展示的“三光”现场。

离开舍卫城，我们继续前行。

终于，上午11点左右，在西区的北端——大概是“西峰秀色”一带，我们看到了“三光”后的现场。伤痕累累的砍伐迹地上，砍树的民工、运树的车辆以及挖掘机等已难觅其踪，但所见所闻，用“三光”来形容并不为过：地上的杂草、灌木全被铲光、割光，乔木也所剩无几；两山之间的河道被碾压得平坦、结实，挖掘机的履带印痕纵横交错，清晰可辨，地面上的植被已经荡然无存；两边的山坡上，多数地方已经被平整一新，杂乱地堆放着横七竖八的树根，以及成堆的干草；开阔的平地上，残留着密密麻麻的灌木茬子。

从“三光”后的痕迹不难看出，这一带原有的灌木林和杂草，非常浓密茂盛。

「三光」后的情形 赵永新/摄

乔木树桩

赵永新／摄

此外，地上还有不少直径数十厘米的乔木树桩。从砍后的树桩判断，有杨树、榆树、椿树等；唯一幸免于难的，是苍翠的松树。

不仅平地、山坡上的大量草木被砍伐殆尽，就连多处石山上的乔木、灌木，也在劫难逃。在两处乱石横卧的小山上，我们发现了百余个乔木树桩，直径从几厘米到十几厘米不等。这些树桩，有的长在石头缝里，有的从巨石下面旁逸斜出。从新鲜的树桩剖面来看，这些被砍的树不可能是死树。

山石中的树桩

赵永新／摄

眼前的惨象让张正春倍感心痛。他叹息着说："石山上的这些树，人工栽种都很难种活！它们长这么大，需要几年、十几年甚至是几十年的时间。我真不明白，为什么要毁掉它们？它们碍谁的事啦？”

他对我说：“石山上生树，石、树相映成趣，是中国古典园林特有的意境，入诗入画，具有很高的美学价值。你看看宋元明清的那些山水画，许多就是石、林相映成趣。被毁掉的，不仅仅是树，还有绝佳的风景啊！”

树生石上，别有一种美感

赵永新／摄

还好，在一处石山上，还保留着十几棵枝柯纵横的松树。从下面望去，松青石白、动静结合，非常有意境。我忍不住端起相机，从不同的角度拍照。

赵永新/摄

石山上被保留下来的松树，以及被砍伐后的小树桩

拍完照后，我们继续在这一带搜寻。忽然，几个用碎石片和小石块堆的小“坟头”引起了我的好奇：这些小“坟头”是干什么用的？

我弯下腰，用手扒开一个小“坟头”，下面掩盖的，居然是粗细不一的树桩。向周围看去，这样的“坟头”随处可见。

赵永新/摄

此外，我还注意到一个令人瞠目的现象：不少树桩被人用斧头劈碎、砸烂了，周围是细碎的树渣，有白色的，有褐色的。

把树桩如此“粉身碎骨”，到底是为了什么？我想了一下，恍然大悟：这样一来，树桩的直径就无法测量了。

这样做的用意何在？张正春一语道破天机："看来砍树的人是做贼心虚，怕被人追查，所以要毁桩灭迹。"

粉身碎骨的树桩

赵永新/摄

我们边看边走，来到最北端东西走向的低山，再往北就是圆明园的北院墙；墙的外边，就是车流滚滚的西五环了。这一带山上，所见都是苍翠的松树，原来的杂木、灌丛、野草，都已被"清理"掉了；"清理"后的山坡上，挖掘机的履带印痕清晰可辨、交错纵横——挖掘机这一现代发明，可真是无所不能，凡是能开上去的地方都碾压了一遍。

"还好，这些松树都保留了下来。"我自言自语。

"在圆明园管理处眼里，可能只有松树才配得上皇家园林。"张正春说了一句。

这时已时近中午，我俩的肚子开始咕咕叫。告别惨不忍睹的"三光"现场，我们开始往回返。在多处岸边、山坡上，我俩又看到了更大的粗圆的树桩，直径都在 20 厘米以上。从树桩的颜色看，应该

粗圆的树桩

赵永新/摄

是槐树、杨树，或是榆树，树龄应该都在几十年以上。

“他们为什么要如此大规模地砍树呢？”这个问题一直萦绕在我心头。

“大搞绿化工程啊！”张正春提醒我，“你忘了那天在听证会上，管理处的人说，‘绿化’是圆明园环境整治工程的一部分。”

“搞绿化也没必要砍这么多树、铲这么多草啊。”我还是不明白。

“这些‘杂树野草’，可能根本入不了管理处的法眼。”他说，“清理掉之后，他们好种‘漂亮’的花草树木。”

正说着，张正春像发现了什么新大陆，指着正前方让我看。

我沿着他手指的方向看了半天，也没看出特别之处。

“哎呀！”张老师急了，“你看前面这个新开出来的通道——这里本来是一段完整的山脉，中间没有路——肯定是施工人员为了进出方便，把山挖断，辟出了一条路！”

我这才看明白，前面的小路穿山而过——原来的土山被挖成了两段。

从土山中间开辟的新路
赵永新／摄

“这帮家伙，简直是胡闹！”张正春恨恨地说，“古人营造园林时，掇山理水都是非常讲究的，哪儿该堆山，山要多高、多长，什么走向，都是经过精心设计、测算的，哪能随便乱来？这帮人为了图方便，把山挖断了，原来的气韵、景致就被破坏了。真是愚蠢透顶！”

我心中暗自叹息着，继续前行。这一次我俩的运气不错，没遇到什么麻烦，顺利地从福海的西北角走出，回到叶绿花红的东区。

“砍伐的树不知道运到哪里去了，要是能找到就好了。”

“恐怕是找不到了，”张正春半开玩笑地说，“圆明园管理处这次反应很积极啊，听证会一结束，就立马‘停工’了，而且还把‘战场’都打扫了一遍。”

阳奉阴违

经过这次暗访，我意识到，在北京打造绿色奥运的大背景下，在圆明园这一国家重点文保单位内如此大规模地“环境整治”，应当不是一件小事。当天晚上，我把此行的所见所闻和拍摄的图片整理了一下，决定写篇通讯，把这件事公开报道一下。

说来也巧，我刚整理完，就接到李小溪打来的电话。她说的刚好也是圆明园砍树的事儿。我看了一下表，是晚上 10 点 45 分。

“圆明园毁林不是今年的事，早在三年前就开始了。尽管许多专家强烈反对，可圆明园管理处就是听不进去，一意孤行。”她向我详细说了事情的来龙去脉——

我最早是 2001 年 8 月知道他们要砍树的，当时海淀区人大在圆明园开会，老主任魁宝善给我们看圆明园的环境整治方案，我问他：西区的大量树木怎么办？他用了一个词——“荡然无存”。我说那太可惜了，北京城里哪儿还能找到动植物这么丰富的地方。他说：没有办法，这个方案经过国家文物局批准了。我说我给文物局写信。

于是，我在 2002 年写了一份建议给海淀区人大，题目是《关于在圆明园整治工作中要重视保护生态环境的建议》。后来，我又把这份建议寄给了国家文物局局长单霁翔，没想到他很快就主动给我打来电话：我非常赞同你的意见，我们审查整治方案的时候，没有考虑到生态的问题，只考虑了文物保护本身的问题，这是一个很大的缺陷。我建议海淀区政府和圆明园管理处重新写一个整治方案，他们重报，我们重批。我听了他的话非常受鼓舞。单局长还说：你们可以就此事开一个专家座谈会，我可以参加。

2003年6月20日，在我的建议下开了一个座谈会，地点就在圆明园管理处办公的地方。当时请了单霁翔、北京市文物局局长梅宁华，圆明园的几位领导，以及几位人大代表和关心圆明园的专家，如北大教授俞孔坚、崔海亭等，还有梁从诫先生、《知识就是力量》的编辑付建平、《植物》杂志主编杨斧等。座谈会上，单局长讲得棒极了：以前我们只是重视保护文物本身，没有顾及文物周边的生态环境——其实两者是不可分割、相得益彰的。圆明园里，地上地下的文物都在说话，每棵树、每根草都会说话。在那里，可以听到人与历史、人和自然、人与动物、人与植物的对话，感受到自然和谐的统一。圆明园西区好就好在"荒"和"废"上，这是充满生机和活力的"荒"和"废"！

俞孔坚供图

2003年6月20日在圆明园管理处开的座谈会，发言者为俞孔坚，右侧前一为梁从诫，前二为李小溪

他还说：圆明园遗址如果进行刻意的重建，添加上许多人工雕琢的内容，遗址的历史真实性就会受到伤害。不注重历史遗迹保护与生态建设的和谐，只会是好心办坏事。我不赞成复建圆明园，也不赞成不注重历史遗迹保护与生态建设和谐的山形水系复建。

我当时真没想到，作为国家文物局的最高领导，单局长竟然对文物古迹内的生态环境那么重视，认识那么深刻！后来，他提议，在圆明园西区建立一个生态保护区，除了通行等需要必须砍伐少量树木外，其余的都要保存。因为这样茂密的植被来之不易，也与圆明园的遗址风格很匹配。单局长的建议得到了大家的一致赞成。

“小赵，你知道吗？会上李景奇说得特别好！”说到这儿，李小溪提高了声调：“他说：我是学林业的，非常注意生态保护。我要把每一棵树都用特定的标记标上，一棵树都不能砍！”

“李景奇讲得很真诚，我当时就相信了。我对他说，单霁翔是文物保护部门的最高领导。这可不是一般的领导，他的意见不是一般的意见，是具有指导性的意见。李景奇说，你放心，我们肯定注意。”

“那后来呢？”

“座谈会开后不到 3 个月，圆明园管理处就开始砍树了！”李小溪气呼呼地说，“他们阳奉阴违，当面一套、背后一套，完全在骗我们！ 2003 年 10 月，我就发现他们在西区砍树。我带着中央电视台的记者到西区，看见被砍的树用卡车一车一车地往外拉，都是很大很粗、枝叶繁茂的树！我进去找李景奇，他不在办公室，我就找到了朱红。她说：‘不会吧？他们砍的是枯死的树。我派人去查一查，调查完了给你答复。’但后来就没有下文了。我还是不甘心，打电话质问他们，你们为什么自欺欺人？得到的回答气死人：你们不让砍树，政府拨的钱怎么花出去？小赵，你说这叫什么事儿？！”

“李老师，没有砍树之前，西区的植被是怎样的？”

“简直就像原始森林，”她说，“2001 年一个偶然的机会，我进到西区，所见所闻让人既惊又喜：我从来没想到西区还有这么茂密的植被！走在里面感觉像进了原始森林，

李小溪在圆明园西区

本人供图

高大的乔木遮天蔽日，地上灌木杂草丛生，把地面盖得严严实实。人走在里面，就像进了迷宫一样，分不清东西南北，想走出来都很困难。”

李小溪接着说：“这么多的树林，这么茂密的植被，这在北京是非常难得的，千万不能再毁掉了！我对圆明园管理处的做法十分气愤。2004 年我已不是海淀区的人大代表，但我通过其他代表，向政府部门反映。我多少还存一点希望——连国家文物局长都那么重视，连圆明园自己的一名职工都说：这样子砍树太可恶了！但是，万万没有想到，我们的呼吁石沉大海，一点儿反馈都没有！”

“我意识到自己已经无能为力了。对圆明园，我是彻底失望了。为避免触景伤情，我以后干脆就不去圆明园了，它已成了我的伤心之地！”李小溪顿了顿，接着说：“前一阵子防渗膜的事被你们捅出来后，我就一直关注。反响之大，真是出乎我的意料！我意识到自己不该保持沉默，现在对自己当初‘破罐子破摔’的态度很后悔。小赵，现在全国都在关注圆明园，你们要再接再厉！如果我们再不努力，圆明园就彻底没希望了！”

后来，热心的她又告诉我三个人的电话。他们是付建平女士、杨斧先生，以及曾在圆明园生活了 20 多年的园林工程师、原海淀区花卉研究会秘书长曹克定。

“他们对西区的植被情况都非常了解，会给你提供更多的资料。西区的砍树和东区的铺防渗膜一脉相承。圆明园管理处领导拍着胸脯说瞎话，没法让人相信。这件事一定不能放过，否则他们就更加无法无天了！”

接完李小溪的电话，我意识到，西区的植被问题也是一篇大文章。

给市领导的信

又是一个双休日。在三周前的那个双休日，我到圆明园采访李景奇，赶写铺防渗膜的稿子；这个双休日，则是采访、赶写圆明园西区砍树的稿子。

4 月 16 日上午 10 点多，我赶到办公室，电话采访了曹克定、付建平两位老师。

从 1978 年算起，曹克定在圆明园工作了 20 多年，对里面的情况非常熟悉。他在电话里告诉我：他从在圆明园工作的一位老同事那里得知，从前年 10 月开始到今年 4 月，西区就一直在断断续续地砍树，多的时候每天有三四十号人，一天砍掉几百棵高大的乔木。九洲清晏一带，原来有一片 5 公顷的毛白杨、油松，少说也有 7000 棵，现在已经砍得所剩无几了。

“您知道砍后的树运到哪里去了吗？”

“这我就说不清了，应该是卖掉了。圆明园的一位工人告诉我，自 4 月 13 日听证会开完后，管理处就发动园里的职工，连夜突击清运树干、树枝子，搞了两三天才弄完。”

“赵记者，这些树毁得太可惜了，你一定要好好反映一下！”曹工对我说，“另外，哪天我们见个面，我还有重要的情况告诉你。”

采访完曹克定后，我又拨通了付建平的电话。她说起话来细声慢语、平静柔和。尽管如此，我还是能从那平静的诉说中，感受到掩抑不住的激愤——

砍伐前的圆明园西区，真是北京的一块风水宝地。2002 年 8 月的一天，为了观鸟，我进到西区，当时就被眼前的景象吸引住了：成片成片的乔木，密密麻麻的灌木，郁郁葱葱的水生植物……北京市内再也找不到这样好的野生植被了。此后，我们观鸟组的几个人每年都要去西区十多次，里面除了茂密繁盛的

2001 年李小溪偶入圆明园西区时拍的照片

李小溪供图

草木，还有各种各样的鸟儿、昆虫，到处洋溢着生命的气息。走在里面，那种感受是在北京其他任何现代公园所体验不到的。在春天，花草灌木一茬一茬地长出来，每次去看到的情形都不一样，总给人意想不到的惊喜：今天这样的鸟来了，明天那样的鸟走了；黄鹂在里面做窝，三宝鸟在里面鸣唱……大自然的奇妙你想都想不到！

听着付老师的讲述，我仿佛进入到一片片郁郁苍苍的原始植被群落，欣赏着婉转清亮的鸟鸣，体验着大自然的神奇。

可是，在一些园林工作者眼里，这些充满野趣和生机的自然植被却被视作难看的“野草杂木”，没有“资格”在“皇家园林”里生存，要统统清理掉，用洋草坪和“观赏花木”取而代之。

付建平继续说——

我们带着清华、北大的几个教授去看了，自然之友的常务理事、著名生态学者沈孝辉老师也去看了，还有自然之友植物组的朋友们。他们看后都很激动、很感慨：现在的城里人对自然生态系统了解得太少了，圆明园西区有这样好的天然植被，在北京市内可以说是独一份儿。管理处可以让市民来这里参观、体验，了解自然生态系统到底是怎么一回事儿，认识大自然的价值。

我们几个在2002年秋季做了50多天的实地调查，看到的鸟类有60种，其中有许多珍稀种类。联想集团销售部的一位经理退休后参加了我们的观鸟组，最开始他还说：“观什么鸟啊，那不是玩物丧志嘛！”可是，参加过我们的几次观鸟活动后，他的态度彻底转变过来了，现在成了观鸟小组的积极分子。他说：现在对我来讲，保护好环境是最重要的！赵记者你看，圆明园西区对市民的生态教育是多么有价值！

付建平

本人供图

真的，西区这么好的植被，绝对是北京市的无价之宝！连圆明园自己的一些员工都说：对那些草、那些树，不管就是最好的管理，它们自己长就长得挺好。

圆明园西区不仅是动植物的天堂，对北京西部的气候调节也很重要。夏天，在西区里走就感到很凉爽，一出来马上就热得不得了。碰上阴天，有时候北京市别的地方不下雨，圆明园西区就会下雨。这与那里有那么多的树、那么好的植被有很大关系。当然，我不是气象专家，相信他们会有更好的解释。

可是，好景不长。2002 年底，管理处就开始对西区前湖、后湖一带的植被进行“整治”。工人们用镰刀、铁锹、斧头，把茂密的野草、灌木和乔木清理掉，然后用拖拉机运走。

眼看着这些自然植被一天天减少，我们又心疼又着急。我们跟圆明园管理处交涉，可是他们却回答：我们是在砍不好看的杂木，砍完了要种最好的品种，这样才与圆明园的皇家园林地位相称。他们还说：圆明园西区的环境整治工程是奥运工程的一个子项目，是经过政府部门批准的。

跟他们讲不通，我们就想别的办法。几个人商量来商量去，决定把这件事告诉我们的会长梁从诫先生。梁先生很赞成我们的观点，说：你们给刘副市长写封信，他是北京奥组委副主任，我来转交，请他关注这件事。梁先生是北京奥组委的环境顾问，他自己还特意给刘敬民写了封短信，连同我们的信一起转交给他。

听到这里，我忍不住问：“你们的信还保留着吗？”

“当然保留着啊。”

“那后来有结果吗？”

“怎么说呢？刘副市长还算重视我们的呼吁，把信转给了海淀区政府，海淀区政府转给了圆明园管理处。但我们一直没得到反馈，直到半年之后，才接到了管理处的书面答复。”

“他们怎么说？”

“这样吧，赵记者，圆明园管理处的回复我们也保留着，我传真给你，也把我们的信用电子邮件给你，这样你会了解得更全面。”

梁从诫给刘副市长的信是这样写的——

尊敬的刘副市长：

民间环保组织自然之友的观鸟小组和植物小组，根据他们最近在圆明园进行的动植物调查，认为圆明园是北京现仅有的一处仍然保存着不少动植物的自然群落，也就是俗称所谓“野鸟”“野树”“野草”的公园。

现在全球生态、环境界都在大力呼吁，要在城市中尽可能保护野生动植物，反对一概以人工植被取代天然植被。根据这一原则，圆明园的现状是极其难得的。它好就好在一个世纪以来这座皇家园林由于被毁弃而无意中“野化”了，这种因灾祸而获得的结果，值得我们很好地加以利用。如果现在来一次大兴土木，搞一堆人造山水林泉之类的假古董，那就是我们的又一次损失！

为此，我特意将自然之友观鸟、植物小组给您的信转上，请您一阅，并希望在北京修整圆明园的工作中尽可能地采纳他们的建议。

下面是自然之友观鸟组、植物组写给刘副市长的信——

尊敬的北京市刘副市长并北京市奥组委各位领导：

我们是民间环保团体自然之友的会员。我们经常利用业余时间组织观鸟、辨认和观察植物等亲近自然、认知生态的活动。2002 年下半年，经与圆明园管理处协商，开始在圆明园做生物多样性的调查。参与调查的专家有首都师范大学生物系高武教授，中科院植物所的杨斧、万奔奔等。

2002 年 8 月，进行一次初步的调查；同年 10 月 12 日至 11 月 30 日正式进行秋季的调查（以鸟类为主）。共调查了 14 次，观察到鸟种近 60 种……

我们看到，东部旅游区基本按人工化处理，但与其他公园比较，自然生态仍较丰富，尤其在一些边缘地带，有着构树丛、小叶鼠李、荆条等灌丛和野生杂草。而占总面积一半的西部，由于撂荒而属于半自然生态群落。20 世纪五六十年代种植的树木已成林，灌丛、草本植物亦很丰富。人站在其中会被绿草掩映，当然昆虫、鸟类也明显多于其他地方。

我们的印象是：圆明园，尤其是西区，是目前北京市区公园中唯一基本保持自然状态的公园。自然植被的参差伴随着遗址，更显其沧桑。

调查中的感受：

我们的调查时间是在秋、冬季，正是候鸟迁徙过路的时间。动物迁徙是一件很辛苦的事，它们要在途中选择适合的地方歇息、补充食物和水。圆明园内因为有着相当多的生境——湿地、半湿地、撂荒地，为动物们提供了较为理想的栖息场所。

我们在50天的调查活动中，看到了近60种鸟，有喜欢在高大乔木间漂移的，有喜欢在低矮灌丛和草丛活动觅食的，有喜欢在高大乔木和灌丛交汇处活动栖息的，还有在深水、浅水、河塘中生活的……总之，随着草丛、灌丛、树木的丰富多样，鸟也是呈现立体分布。

然而，我们也看到了人为干扰给鸟类带来的影响。比如，十几只一群的黄喉鹀，随着一片灌丛的砍掉而不见踪影；啄木鸟的数量随着枯树的砍伐而明显减少。由此可见，栖息地生境的保护对于动物保护是多么重要。

一点想法及建议：

1. 圆明园是目前北京城近郊唯一一处自然植被的群落，保留至今实在不易。它的植物种类还未调查清楚，但至少应在300种，它的丰富多样性为北京发展生态绿化提供了基因库，而其中部分受病虫危害的植物，亦可真实反映生物竞争、进化的状态，为生态绿化乔灌草的搭配提供宝贵的借鉴。

2. 圆明园离城市较近，交通方便。如果保持着这个天然的标本园，把这里建成生态环境科普教育基地，那么中小学生甚至大学生都可以到这里上野外实践观察课。20年前的圆明园踏青是北京人春游的一项内容，在圆明园至少还有一半的天然植被，保护好这片自然之绿，会让更多的动物找到自己的“家”，会让置身其中的人们增添几分野趣，享受真正的鸟语花香。

3. 由于圆明园面积大，这块自然绿地对北京城区的空气净化、提供充足的氧气，调节温度、湿度等生态气候起一定的积极作用。

4. 圆明园是北方城市干旱地区少有的一块湿地，对园林的整修，应本着“因地制宜，尊重自然”的原则，这样不仅能保持生物的多样性，而且保持了适合北京地区环境气候特点的自然园林景观。它将会给城市经济、人文、科学等各方面带来效益。

人文奥运、绿色奥运是2008年北京奥运的主题，如果慎重开发圆明园，定能为实现这一主题创建一个示范。

2002年11月建设部下发了《关于加强城市生物多样性保护工作的通知》，其中提到要“充分发挥公园在生物多样性研究和保护方面的重要作用”“要高度重视和切实加强自然的生物群落和生态群落的保护”。希望市领导在圆明园即将开工恢复建设之前能够请生态学家、生物学家们进行考察调研并与之商榷，考虑进行生物多样性保护这一不容忽视的内容，而万万不可也像北京其他公园一样，千篇一律地用人工草坪、花坛和统一移栽的树种来取代原有的自然植被，使本市失去这一仅存的一处尚有大量野生动植物物种的公园。

自然之友观鸟组、植物组

2003年2月8日

圆明园管理处是怎么回应的呢？这是2003年8月12日经李景奇签发的《关于北京市海淀区政府转来自然之友写给刘敬民市长的信的答复》——

圆明园管理处保卫科“禁止采挖野生植被”的公告

赵永新/摄

自然之友梁先生及观鸟组、植物组的专家：

您写给刘副市长的关于圆明园生态环境保护的信收悉，现将办理情况报告如下：

根据《圆明园遗址公园规划》《圆明园遗址专项规划》的要求，在充分听取专家意见的基础上，我们对西部遗址保护整治方案作了相应调整。目前初步确定的西部整治的基本原则是：以《圆明园遗址公园规划》为依据，保护好现存遗址和历史文化信息；在考古勘察的基础上，依据历史原有风貌、意境和氛围，恢复西部景区的山形水系；保护和利用好现有的植被和生态环境，逐步进行绿化植被的调整更新，形成合理布局，详略得当且各具特色的园林景观。

植物配置要充分考虑原有树种，突出原有植被的特色，结合实际变化情况合理搭配。同时强化解读系统，让人们能够充分体会出古典园林文化的深邃。

为了切实做好圆明园遗址的保护工作，我处日前成立了圆明园保护整治工程指挥部，专门负责实施圆明园遗址保护整治工程，并决定邀请园林、文物、建筑、考古、生态环境的专家，组成顾问组，以指导我们的工作。

衷心感谢您对圆明园的关心，欢迎您提出有利于圆明园建设的意见、建议。

圆明园管理处

二〇〇三年八月十二日

看完这份答复，我问付建平："这就是最终的结果？"

"是啊，我们都很失望，圆明园管理处对我们的意见实际上根本没当回事。后来，梁先生为这个事在全国政协写了一个提案，建议把西区当作一个生态园保护下来，结果也是石沉大海。"

付建平叹了口气，接着说："自这以后，我们就感觉对圆明园实在是无能为力，所以就随它去了。防渗这件事其实我们很早就发现了，还跟一些朋友、学生讨论过，大家都觉得不应该这么做。但是考虑到管理处以前的态度，我们也就不再过问了。"

"如果我们一开始就向媒体反映，也许不至于像今天这样难以收拾。"付建平有些后悔地说，"我们不能再沉默了。"

西区的野餐

李小溪、付建平和曹克定三位老师的回忆，让我对"整治"前西区的原貌和价值有了大致的了解。在北京这座满是钢筋水泥建筑的大城市里，圆明园西区这样一个乔、灌、草繁茂，鸟、兽、虫聚集的野生动植物群落，不是一份弥足珍贵的自然遗产吗？令人惋惜的是，这样的一个野生动植物乐园，却在堂而皇之的“环境整治”名号下，被清理殆尽。

我心里还有一个疑问：西区的原有植被是如何形成的？

4月17日下午，我终于联系到了《植物》杂志原主编杨斧老师。他自小就住在圆明园附近，后来到中科院植物所工作。由于工作的关系，他几乎每年都要到圆明园考察几次，作了详细的调查。

他告诉我，西区里的植被主要有两类——

杨斧在拍野花

本人供图

一类是自己繁衍的。西区紧挨着北京西山，属于西山向东部平原的过渡带。这种天然的地缘关系，使得西区在被焚毁后的150多年里，自然繁衍了北京当地的许多乡土适生植被：一类是灌木，包括荆条、酸枣、小叶鼠李、枸杞等；另一类是地面植被，也就是通常所说的“杂草”“野草”，如二月兰、灰绿藜、葎草、鬼针草、罗布麻、羊胡子、紫花地丁、马蔺等。

一类是人工种植的，主要有两种途径：一种是圆明园荒废后，由于在很长一段时间处于无人看管的状态，陆陆续续地有许多农民进入，在里面盖房子、种稻子。他们在房前屋后栽植了大量经济树种，如柿树、核桃树、杏树、桑树、紫穗槐等。二是20世纪50年代以后，海淀区专门成立了专业的绿化队，种植了大量本地乔木，如杨树（包括银白杨）、柳树、元宝枫、槐树、白蜡树、椿树、油松、榆树等。

糙叶黄芪

杨斧供图

杨老师说，新中国成立后，北京市有关方面在圆明园组织了多次义务植树，植树者以北京市高校师生为主。他本人上学时，就曾经到圆明园种过树，种的多是杨、柳、枫、槐等本地乔木。圆明园本身就是人工湿地，二三十年前西区的地下水资源还非常丰富，许多地方还冒泉眼，所以植被非常茂密繁盛。

“在首都师范大学读书时，在杨岳、胡东两位老师带领下，我们对圆明园西区的植物做过专门调查，多达300多种，绝大部分是自然生长的。”杨斧告诉我，“经过150多年的自然演替和半个多世纪的人工栽植，圆明园西区形成了半自然、半人工的乡土植物群落，种类之多、植被之密，在全北京市内找不出第二块，堪称北京市的天然‘绿肺’。同时，丰富繁茂的植物系统，也为动物提供了天然的栖息、繁育场所，动物的多样性也是非常丰富的，像刺猬、狐狸、蛇、鸟、蛙、鹰等，其种类和数量也是北京市区内最多的。”

“在北京工作、居住的‘老外’，非常喜欢西区充满野趣的生态环境。”据杨斧回忆，“文革”刚结束那几年，每年的夏天、秋天，许多外国人，包括驻华使馆的工作人员，经常在节假日开着车，带着食品、帐篷，到西区野餐，一玩就是大半天，有的还在里面宿营。“我们当时觉得很稀奇、不理解，现在明白了，那就是亲近自然、回归自然啊。圆明园管理处成立后，老外去野餐的就逐渐少了。”

“即便到了前几年，西区的动物还很丰富，生态系统还保持得比较完整。”杨斧告诉我，2003年春天他进去过一次，里面草长莺飞、野花遍地，一派天然的自然风光。

听完他的介绍，我暗叫“可惜”：北京市内这样难得的生态系统，经过大规模的清理，已经万劫不复了。

一意孤行

接下来，我向杨斧老师请教了一个一直想不通的问题：既然西区的乡土植被这样难得，圆明园管理处为什么还不顾许多专家甚至是国家文物局局长的反对，一意孤行地大加“清理”呢？

“我想原因主要有两个，第一个是审美观的问题，或者说对乡土植被的认知问题。”杨斧认为。

他回忆说——

在 2003 年 6 月 20 日举行的那次研讨会上，国家文物局局长单霁翔和大部分专家赞同保留原有植被，认为乡土植物群落的自然美才是真美，并且与圆明园遗址的风格很匹配，两者互相映衬，更能烘托出圆明园作为文化遗址和国耻纪念地的氛围。

圆明园管理处主任李景奇，刚开始则持另外一种观点。他拿出《圆明园遗址保护规划》对大家说：西区“杂草丛生”，非常荒凉，简直不像个公园。要依照《规划》，把西区“改造”成“漂亮”的公园。后来他虽然表面上同意专家的观点，承诺说“一棵大树也不能砍”，但从后来大规模的清理树木判断，他很可能是口是心非、敷衍大家。

“经过多年的自然演替，圆明园西区的原有植被形成了乔、灌、草结合的立体生态系统，并且有种类、形态各不相同的植物群落，非常和谐、平衡、健康。”杨斧说，“其实，只要对里面的垃圾进行清理，在原有的基础上稍加整修，就是一个难得的野生动植物公园。这样的公园在北京市的所有公园中都是独一无二的，市民可以在节假日到里面亲近自然，学校的老师可以带领学生在里面搞科普教育，认识自然的生物多样性。到 2008 年举办奥运会时，如果我们能把这样的野生公园展示给外国客人，绝对会给奥运会加分。”

杨斧告诉我：“新中国成立以来，我们的园林绿化理念一直是排斥自然、崇尚人工，喜欢单一、讨厌混杂。经过几十年的‘清除杂草’运动，北京市内的许多杂草、灌木都被清理掉了。现在已经是 21 世纪了，国际上的潮流是回归自然、崇尚自然美，可是我们的绿化理念还没有转变过来。就说杂草、灌木吧，在许多园林工作者眼里，是杂乱无章、摆不上台面的。其实，杂草和灌木是自然生态系统中的重要组成部分，具有不可替代的生态价值：它们不仅对保障生态系统的健康、稳定非常有利，而且是许多动物的栖息之所，并且特别能保持水土，还不太需要人工浇灌。可惜的是，一些园林工作者特别是领导没有认识到这一点，依旧盲目地崇尚洋草坪，把原有的许多杂草、灌木都清除掉，铺草坪，种海棠、紫薇等所谓的‘高档观赏花木’。颐和园公园的后山，就是这样搞的，结果不仅失去了原来的自然美，还要花费大量资金和水，进行人工灌溉。国外引进的草坪是高耗水植物，一年得浇十几遍。圆明园一边声称‘防渗节水’，一边却大搞高耗水植物，岂不是自相矛盾？在非常缺水的北京地区，这样一意孤行地蛮干，真是让人想不通！”

“圆明园管理处是在往偏路上走，而且越走越偏。”杨斧叹息着说，“圆明园东区已经搞得不中不洋、不伦不类了，现在还要在西区继续犯同样的错误。现在连许多小学生都知道要保护生物多样性、要回归自然，那些受过很多教育的管理者的认识还不如小学生，实在是没道理！”

孰丑孰美

园林绿化，特别是古典园林的绿化，真的非要种植名贵花木、才能显示其“高档次、高品位”吗？对这个问题，我原来也搞不清楚。后来，在拜读当代园林大师陈从周先生的经典之作《说园》时，才恍然大悟。

陈先生在 1978 年发表的《说园》中这样写道——

中国园林的树木栽植，不仅为了绿化，还要具有画意。窗外花树一角，即

折枝尺幅；山间古树三五，幽篁一丛，乃模拟枯木竹石图。重姿态，不讲品种，和盆栽一样，能“入画”。拙政园的枫杨、网师园的古柏，都是一园之胜，左右大局，如果这些饶有画意的古木去了，一园景色顿减……

我总觉得一地方的园林应该有那个地方的植物特色，并且土生土长的树木存活率大，成长得快，几年可茂然成林。它与植物园有别，是以观赏为主，而非以种多斗奇……我们民族在欣赏艺术上存乎一种特性，花木重姿态，音乐重旋律，书画重笔意等，都表现了要用水磨功夫，才能达到耐看耐听……

在这篇名作中，陈先生还讲到了“郊园”与“宅园”的区别：郊园多野趣，宅园贵清新。野趣接近自然，清新不落俗套……

在采访圆明园防渗工程之前，孤陋寡闻的我不知陈从周为何人；后经张正春极力推荐，我买了两本书——一本是上海科学技术出版社出的《陈从周纪念文集》，一本是他写的《说园》，越读越有味，越读越对陈先生佩服敬仰，真是“高山仰止、景行行止”！特别是寥寥数千字的《说园》，可谓字字如金，把我国的古典园林艺术解析得出神入化。

为帮助大家更好地了解中国古典园林的妙处，我把陈先生的《说园》一文附在书后，供读者朋友参考。

所幸的是，近年来许多专家学者，特别是中青年专家学者，在园林绿化的“人工美”与“自然美”的问题上已有共识，并在不同的场合大声疾呼、大力倡导。俞孔坚教授就是其中的代表。他的观点，在他自己撰写的文章和接受《新京报》记者的专访中，有详尽的表述，在此不再赘述。

遭受破坏的，不仅是西区的“野草杂木”等乡土植被，还有圆明园作为古典园林集大成者的“曲折之美”，以及它作为国耻纪念地的遗址公园的“荒废之美”。

杨斧认为，对西区的原有植被进行大规模“清理”“调整”，除了毁掉原有的乡野特色和遗址风貌，花的钱也非常可观、可惜。如此大规模的“清理”需要一大笔钱，“清理”后铺草坪、种“高档”花木，要花的钱就更多。

4 月 16 日我电话采访曹克定时，曾就“圆明园管理处为何要毁掉原来的植被、重新大搞绿化”这一问题向他请教，他也持同样的观点。

他说，20 世纪 50 年代西区栽了 70 多万棵乔木，包括杨树、刺槐等；到 80 年代统计时还有 10 万多棵，现在则被砍得所剩无几了。1 棵 50 年生的杨树，能出材 1 立方米左右，目前市场上一方木材能卖 600 多元——那么多树被砍了，卖的钱进了谁的腰包？

他告诉我，园林绿化的成本非常高，无论是设计费，还是绿化用的花木，其价格可能非局外人所能想象。特别是北京，常用的绿化苗木普遍稀缺，尤其是元宝枫、塔松等。一棵 10 年生的塔松的绿化费用（包括苗木费、运输费等在内）就在 1 万元左右。此外，铺一平方米草坪的价格在 50 到 100 块之间，如果加上管护费，费用就更高了。他向我透露了一个“行规”：所谓的景观设计费，都是根据绿化面积和工程总造价“水涨船高”的。

曹克定认为，按照目前西区进行的“植被调整”，设计费肯定不低。西区的面积有 2000 多亩，而且是奥运会的子项目，其绿化投资肯定少不了。如果按照包括单霁翔在内的多位专家建议的那样，基本保留原有植被、只做必需的少量调整，设计费和绿化费肯定会少很多。

没有结果的调查

圆明园管理处如此大规模地“清理”植被，是否经过有关部门的批准？其行为是否违法？为搞清楚这些问题，我在 4 月 15 日（即到西区实地考察的当天）下午，电话采访了北京市园林局执法处的杨处长。

“圆明园管理处在砍伐树木之前，应该向我们报批，但我好像没看到有关文件。”

俞孔坚在 4 月 13 日听证会展示的圆明园西区砍伐的树

杨处长告诉我，“关于砍树的事，我们也是从 13 日的听证会上得知的。当天下午我们就到圆明园了解情况，并派出执法人员深入实地进行调查。由于砍树现场破坏得很厉害，取证工作十分困难，现在还没有具体结果。”

听到这里，我把自己看到的情况告诉了他，并说：如果需要，我愿意提供相关的图片资料。

“谢谢赵记者。我这两天再去看一下，我们将根据调查的具体情况，会同综合执法部门依法作出处理。”

“那我等你们的消息。”我说。

挂上电话后，我又根据他提供的线索，登录北京市园林局网站，查看相关政策法规。

其中，1992 年颁布实施的《城市绿化管理条例》有如下规定——

第二十一条：任何单位或个人都不得损坏城市树木花草和绿化设施；

砍伐城市树木，必须经过城市人民政府或市绿化行政主管部门批准，并按照国家有关规定补植树木或者采取其他补救措施；

第四十二条：城市绿化工程的设计，应当借鉴国内外先进经验，体现民族风格和地方特色……

建设部在 2003 年 2 月 3 日颁布的《关于加强公园管理工作的意见》中，则有如下规定——

第三条：要弘扬我国传统园林艺术，突出地方特色，不断提高公园设计水平；

历史名园应保持原有风貌和布局，对原有风貌和布局产生影响的建设方案，必须经过专家论证，并按要求规定程序审批。

按照上述条文，圆明园管理处在西区进行的“清理杂木”，以及砍伐之后进行的“植被调整”，都应该向相关部门报批。

等了两天之后，17 日上午，我又拨通了杨处长的手机，询问他们的调查结果。然而，他的回答让人费解：我昨天亲自去了一趟西区，现场取证。但是，现场破坏得太厉害了，取证的难度很大。“赵记者，这种事情必须有现场取证，并且光有园林一个部门还不行，必须有城管部门参加。再说了，我们也没有行政处罚权。”

我听后心中一凉：那么多残留的灌木茬子，以及粗细不一的树桩，不就是确凿的证明吗？

“赵记者，我们没有看到现场砍伐的场面，也没有看到砍倒后的树木，仅凭树茬或树桩，不能确定他们砍的就是活树。你知道，圆明园管理处有权对园内的枯树、死树进行清理。”

“就算砍伐的树中包括枯树、死树，圆明园管理处一下子砍掉这么多，是不是要先经过你们的批准呢？”我又问。

“这就不好说了。有时候为了防火，园林主管部门有权先斩后奏。”

“那么，圆明园管理处砍树之前向你们报批了吗？”

“是这样，赵记者，报批是另外一个处管的，我还没来得及查证。圆明园管理处说他们是报批了的。”

我明显感觉到，他今天说话的口风已经变了。

“那您能不能把你们最终的调查结果告诉我？”

“应该没问题，只是你要等几天。”

我等了几天，也没有等到这位处长的“调查结果”。他对圆明园管理处砍树前后态度的变化，同此前北京市文物局对防渗工程前后矛盾的表态，何其相似！

报道圆明园西区砍树的，还有多家兄弟媒体。其中，央视《经济半小时》采播的一期节目，对“是否报批”一事是这样报道的——

记者了解到，如果要砍伐树木必须经过市园林局的批准，但是园林局至今没有得到圆明园的相关申报。并且北京市园林局给我们提供了一份书面答复，答复中表示，“如果涉及古建土木工程，须报市园林局审批，此次圆明园的各项工程，均未报批；有关圆明园植物调整工程的具体情况，没有任何报批，所以北京市园林局不了解情况”。

按相关规定，城市园林绿化中如有砍伐树木计划的，1 ～ 10 棵由市园林局审批，10 棵以上的须报市政府批准。

严防死守

如此大规模的“清理”，圆明园管理处如何解释？4 月 15 日下午从圆明园回到报社后，我给李景奇主任打手机，他始终不接电话。后来，我又拨通了副主任朱红的手机。听我说明来意，她冷冷地说：“关于此事我们不想对媒体作任何解释。我们将把有关情况写成书面报告，送交有关部门。就这样吧！”

说完，她就挂了电话。

4 月 16 日，我又打电话向曹克定求教，他告诉我：11 号晚上，圆明园管理处以“预防火灾”为由，对西区加强防守，外人一律不得进入。

我当时还将信将疑：不至于这么如临大敌吧？

16日晚上，张正春打来电话，证实了曹老师的说法："圆明园管理处的反应真是快！今天上午我和中央电视台的记者想到西区采访，结果我们昨天上午进去的地方有6个人把守，说什么也不让进。"

跟张正春通完电话，已经很晚了。望着窗外的夜空，想着被"重兵把守"的西区，我不禁陷入沉思：里面还会发生什么？将来西区会被改造成什么样子？是不是会变成另一个朝阳公园？

茫茫夜色中，我不禁想起俞孔坚老师的话——

砍树所毁掉的，不仅仅是乔、灌、草，而是一个难得的生态系统，这样的生态系统，再经过100年也恢复不起来！

按照他们现在的做法，西区将彻底失去中国古典园林"山重水复、曲折有致"的特色，将不再是充满沧桑和荒凉感的文化遗址，而是像西方的现代公园一样，一览无余，光彩照人……

4月17日下午，我赶了一篇3000多字的稿件《圆明园：如此砍树为哪般》，连同有关图片，一起发给了人民网。

十 专家力挺

18日上午，《圆明园：如此砍树为哪般》发在人民网的首页上。但不知为何，这一事件并没有引起太大的反应。

我自己已经尽力，只能“由他去吧”。

时光在静默中流逝。就在社会各方等待听证会“下文”的时候，防渗膜事件又节外生枝：在4月20日，也就是环保总局举行听证会后的第七天，忽然冒出七名专家，异口同声地“反对停止圆明园防渗工程，支持防渗工程早日恢复”。

前途未卜的防渗事件，更加疑云密布。

半路杀出七个专家

4月20日，这七位专家在以“水资源、环保与圆明园防渗工程的再思考”为主题的“中国经济名家讲坛”上集体亮剑。此次论坛的主办者，是中国水利水电出版社、北京华商国际科学技术培训有限公司和TOM在线有限公司。

这个论坛有两点引人注目：一是发言的七位专家全部一边倒，异口同声地支持防渗膜；二是这次“再思考”来得非常神秘，之前没发布任何消息。不仅是我，就连此前一直参与报道防渗事件的媒体同人，也大都没有收到采访通知；到场采访的《中国青年报》《新京报》《华夏时报》等媒体的记者，此前大都没有参与防渗事件的报道。

我是当天从千龙网上看到的消息。从报道中看，这七位专家都大有来头——

国务院参事、全国政协常委、著名经济与城市管理专家任玉岭；

全国人大常委、政协河北省委员会副主席、著名水利专家王幼辉；

国家一级注册建筑师、中国紫禁城学会理事、中国建筑史学会理事、清华大学建筑学院博士生导师郭黛姮教授；

北京水利科学研究所所长、高级工程师、中国水利学会水利学专业委员、中国水利学会泥沙专业委员会委员李其军；

著名经济学家、水资源研究专家、中国管理科学院研究员李开发；

中国水利学会理事、水利学专业委员会主任、中国水利水电科学院教授级高工、博士生导师刘树坤教授；

著名生态研究专家、北京林业大学资源与环境学院生态学教授、博士生导师、中国林学会和森林学会副理事长、国家级自然保护区评选委员会委员罗菊春教授。

此外，还有著名水利防渗专家、早年毕业于北京大学地质地理系的高级工程师、现北京伟南科技开发公司总经理武补元先生等4位专家没有到场，只提交了书面材料。因此，也有媒体在报道时用了“11位专家”一说。

上述专家的共同观点，是“防渗有理”，甚至把土工膜防渗誉为“创新之举”。

请看《新京报》记者谢炜的报道——

观点1 防渗工程可充分利用水源

北京市严峻的水资源形势是昨天参会专家一致提及的问题，“脑袋都没有了，哭头发还有何用！湖面干涸，鱼死草枯，一片凄惨，这样哪还有历史面貌可谈”，国务院参事、全国政协常委任玉岭的话是这种观点的代表。

“任何反对防渗做法和主张拆掉防渗层并要求维持圆明园历史面貌的人，实际忘记了北京水情面临危机的现实，”任玉岭说，目前北京水严重紧缺，绝不可能无限制向圆明园供水，“前几年圆明园就呈现着湖水干涸、鱼死草枯的悲惨场面。”在湖底铺设防渗膜，并辅以一米土层的做法，既可以节省圆明园的用水开支，减轻北京对圆明园的供水负担，还可以使最有限的水源发挥最大作用，以保持园中以水为特色的风景。

观点2 圆明园已保不住湿地

对于有人提出的“保持圆明园湿地状况”的意见，清华大学建筑学院博士生导师郭黛姮昨天表示，目前圆明园的湿地状况早已不复存在。她认为，这个意见颠倒了事实。

郭黛姮说，圆明园是一个古河道，渗透性非常强，在目前补水量的情况下，圆明园基本上是每年有七到八个月是干枯状态，根本达不到湿地所要求的6米地下水域的要求，而且连湿地生态系统也保持不住。

观点3 防渗膜不会带来“一潭死水”

中国林业大学生态学教授、博士生导师罗菊春认为，铺防渗膜不会把圆明园变成“一潭死水”。他介绍，只要湖岸边不铺防渗膜（实际情况是，不仅岸边铺了防渗膜，就连被“整修”的驳岸中也夹有防渗膜——笔者注），水与土壤就仍然可以接触。而且圆明园整个水系是连通的，之间水位又是不均衡的，因此只要有水，平时（尤其是降雨时），水仍然会进行流动。

水资源研究专家、中国管理科学院研究员李开发也说，目前的措施不会形成“死水”。理由是湖里的水会源源不断作为岸边和园区树木与植被的绿化用水和生态用水，外来水不断补充湖里的水，形成水的流动和交换。另外，水面蒸发的方式、湖底投放的鱼类繁衍形成的生态体系，也可以保证水的自净。

观点 4 铺膜后水生植物仍可生存

北京水利科学研究所所长李其军介绍，圆明园在防渗膜上面还铺有大约一米厚的土壤，“浮水植物，湖底有 10 至 20 厘米土层就可以生长，沉水植物也只要有 50 厘米土壤就可以生长”。

“如果湖底不进行防渗处理，连水都不能保证，植物都干死了（实际情况是，没有铺膜之前，河湖中生长着大量植物，以至于圆明园每年夏秋都要投入大量人力割草——笔者注），而湖底铺防渗膜以后可以保证湖底那一部分泥土中还有动植物可以生存的环境”，清华大学建筑学院的郭黛姮也表示赞同。

这次论坛的现场气氛和精彩言论也非常有意思，从《中国青年报》记者董伟 4 月 22 日题为《部分专家指责听证会圆明园防渗工程非做不可？》的报道中，可见一斑——

这是一场对手缺席的“争论”。

4 月 20 日，在北京东方广场 3 楼，11 位专家一边倒地支持圆明园防渗工程，让此次名为“水资源、环保与圆明园防渗工程的再思考”论坛发出一个声音：圆明园搞经营有理、防渗无错。

论坛由中国水利水电出版社、北京华商国际公司和 TOM 在线有限公司主办，所请嘉宾皆为水利、水资源研究人士。

记者询问为什么在这个会场上只是单一方面的学者，主办者没有明确答复。

中国水利水电科学研究院教授刘树坤接过话来说，公众参与是好事，但是表达意见要分场合，什么阶段什么人参与要有个规矩。关于圆明园防渗工程的“公众参与”不但有失规范，而且浪费了“国家的管理资源”，“如果每件事情都用这种公众参与的方式，我们国家很多事情没办法做了”。他认为让更多的人表达意见，特别是非专业意见对事情的解决没有助益。

北京林业大学资源与环境学院生态学教授罗菊春也深表同意，“在听证会上，真正的生态学家的意见不太多，缺乏理性的思考”。他说，不但要铺膜，还要把圆明园的杨树尽数砍掉，理由是“杨树活30年就得枯梢，而且杨絮是非常不好的”。

北京缺水的事实说明圆明园防渗工程是无可奈何、无可避免的。“脑袋都没有了，哭头发还有何用！”国务院参事、全国政协常委任玉岭的话引来应和者一片。北京水利科学研究所所长李其军提出，“在大生态不改变的情况下，过分强调圆明园350万平方米的小生态是没有意义的”，目前地下水水深19米到20米，并且已经亏空56亿吨，“如果圆明园不防渗，对地下水的亏空(56个亿)也只是杯水车薪”。清华大学建筑学院郭黛姮教授说：“防渗工程是非做不可！”

这个意见一边倒的“再思考”，不禁让我联想起前两天看到的《北京青年报》记者王薇、石磊采写的一篇报道——

……昨天（4月17日——笔者注）来到圆明园游玩的李先生夫妇发现，几位自称是圆明园工作人员的人正在向游客发放调查问卷，征求关于铺设防渗膜的意见。

李先生告诉记者，上午11点半左右，他们来到圆明园，虽然湖里没有了水，可是桃花开得还挺鲜艳。他们顺着甬路向园里走，过了鉴碧亭，来到公园管理处附近，看见路边摆了两张桌子，上面放着厚厚的一摞纸，一男一女正在向路边的游客讲关于铺设防渗膜的知识，并说填一份调查表还可以得到一份小纪念品。园里的游客都围拢过来听了听。因为见解不同，一些人拒绝填写，有些人还想将调查表拿走，但遭到了工作人员的拒绝，拿走的表都被要了回来。填表的内容并没有限制，李先生他们只是粗粗看了一眼，上面大概写着填写人的职业、对于园内铺设防渗膜的建议等。他们看到一名十几岁的孩子填写了调查表，在建议一栏中写了建议拆掉防渗膜的意见。

记者赶到现场时，调查活动已经结束。记者试图采访圆明园管理处，但截至发稿时仍未能联系上有关方面。

圆明园管理处早不调查、晚不调查，偏偏在这个时候调查，葫芦里究竟卖的什么药？这件事和七专家“力挺”防渗膜，有没有什么联系？

内情究竟如何，局外人也只能猜测了。

要义无反顾

4 月 20 日晚上 8 点多，张正春和他北京的朋友李明，约我一起见个面。

我们三个都还没吃晚饭，就到报社附件的一家餐馆，点了几个菜，边吃边聊。

“小赵，听说圆明园要在‘五一’前放水。”张正春看着我说。

“听谁说的？”

“一个报社的朋友讲的，”他拿筷子轻轻敲着桌子，“说不准是真的。”

联想到今天七名专家的公开“力挺”，以及前两天圆明园管理处搞的“民调”，我有点相信这传闻的真实性了。

“防渗这个事社会反响如此强烈，真是出乎我的意料。这两天我一直琢磨：这到底是为什么？想来想去，至少有两个原因。”张正春说，“一个原因，是它集中了中国多年积攒的沉默与愤怒。这些年许多人利欲熏心，把祖国的大好河山弄得伤痕累累、遍体鳞伤！张家界乱搭乱建，泰山上修索道，南京明城墙要加装电梯……遭受破坏的，又岂止一个圆明园！”

他举了一个例子：“我前两天又去了趟圆明园，央视的《东方时空》栏目要给我做一期节目。采访完了，我一个人到长春园逛，在一个偏僻角落的石头上偶然发现了一首歪词，大概是一个游客写的。全文不记得了，但有一句印象深刻：‘国家事管他娘！’”

“这不是不爱国，不爱国怎么会想到‘国家事’？这是无奈、无望之后的愤激之言！”张正春说，“圆明园事件刺激了老百姓当家作主的参与意识。正像有人在听证会上说的：圆明园是国家的，不是管理处的，每一个中国人都有发言权。”

“虽然圆明园铺防渗膜这件事引发那么多人参与，但是就整体而言，中国人还是麻木，有时候麻木到令人发指的程度。沈阳一个阔人的狗让农民打了一下，居然让那个农民给他的狗磕头，而周围的看客居然无一人出来主持正义！你说麻木到了什么程度？！”

听着听着，我的心感到莫名的震颤。

“小赵啊，最近有个事不知道你注意到没有？”张正春喝了口茶，脸上露出一丝苦笑，“网上有几个学者，包括国外某个学者，盯住我的身份穷追猛打，简直是对我恨之入骨，恨不得置之死地而后快！”

这个我倒是听说过，不过没太在意。张正春看着我说：“我这个‘客座教授’，绝不是自封的。2004 年 4 月 3 日上午，在一个规模不小的正式会议上，兰州大学生命科学学院的曹和臣书记和安黎哲副院长，公开宣布聘我为兰州大学生命科学学院的客座教授。当然，后来他们没有给我发聘书，后来我自己也不想这回子事了。”

“为什么？”

“现在‘有教授之名、无教授之实’的人太多了。”眼睛看着桌上的茶杯，张正春向我讲起了往事，“我老家在甘肃酒泉，1986 年从西北师范大学生物系毕业后，就在酒泉教育学院当老师。后来，我考到兰州大学生命科学学院读博士。这几年，我对学术界的‘造假’听到的、看到的，实在是太多了。许多人论文找人代写、实验找人替做，甚至花钱买论文。所以，我不愿意和他们为伍，宁愿博士不毕业。2003 年，我的《中国生态学》一书出来后，决定不要博士帽子了。”

他停了停，接着说：“我在兰大的师母是博导。她本来要参加院士评选的，可后来她把自己的申报材料要回来了。前两天，她给我打电话，说‘你说话越来越得体了’。”

说到这里，张正春乐了。自相识以来，我很少看到他这么开心。

“你收到过骂你的短信没有？”他问我。

“短信有几个，不多。网上倒是比较多，骂得也很厉害。”

“我比你荣幸多了，骂我甚至是威胁我的短信，一大堆。网上的就更多，可以出一本小册子了。”他自嘲地说。

“我中学的语文老师张怀清先生，今年 80 岁了。他讲课从不按教科书讲，校领导不喜欢他，可学生喜欢他。他常对我们说：君子喻于义，小人喻于利。那时候还似懂非懂，现在明白了。我们好多年没联系了，但自从圆明园事件出来后，他给我打了 3 次电话，详细询问事情的进展，最后一次谈了一个多小时。”

“听我说了一些困难，他问：‘你是不是泄气了？’我只好实话相告：‘现在感到困难重重，不知道怎么办。’他说：你要义无反顾，哪怕是牺牲性命！我的第一反应就是：久违了！‘义无反顾’‘牺牲性命’，多少年没有听到这样的话了！”

沉默了一会儿，我问他：“你老在北京漂着，家里人不反对？”

“刚开始反对，但现在他们都鼓励我、支持我，包括我的弟弟、妹妹。”

时光流逝，圆明园防渗工程还是没有任何新的进展。

21 日中午，我到官园桥附近采访一个别的事情，刚好离环保总局很近，采访结束后顺便约总局的一个朋友吃饭，其间又说起圆明园的事。

“现在总局也很为难。”他告诉我，根据《环境影响评价法实施细则》，施工方要尽快拿出环评报告，但总局也无权决定由谁来做环评，而圆明园管理处称现在还没有找到做环评的单位。总局所能做的，就是要求管理处在 60 天内拿出环评报告。

此前潘岳副局长在接受《二十一世纪经济导报》记者采访时表示：如果环评报告通不过，专家再支持也得停；相反，如果环评报告通过，社会再反对也要继续施工。这是依法办事。

十一 再进西区

尽管4月15日已经和张正春去过一次圆明园西区，但我还是觉得应该再去看看。我俩上次去的，只是西区的一部分，看到的也只是原有植被“清理”后的场面。而早就被“清理”的南部，究竟被“调整”成了什么样子？

趁着这两天有空，我决定再去一趟西区。虽然西区已经被“重兵把守”，但说不定能侥幸混进去。

一直和专家对着干

鉴于上次去西区时难辨东西、不知所往的教训，这次去之前我想先做点功课。这时，我想到了曹克定，他曾在圆明园工作20多年，对西区的情况应该比较了解。

4月23日，我如约赶到北京郊区，和曹老师会面。当我坐了一个多小时的大巴赶到万科花园时，他已经在停站点等我了。曹老师看上去有60岁左右，从黝黑的脸色可以判定：他是长期在太阳底下工作的人。

曹克定

赵永新/摄

曹老师在附近找了一家快餐店，里面很安静，我俩到二楼找了个靠窗的角落坐下，要了两杯茶，边喝边谈。

“多年以来，圆明园管理处就一直和专家对着干。”曹老师告诉我，“在专家眼里，圆明园遗址是举世无双的文物，是独一无二的国宝；但在有些领导眼里，圆明园遗址就是一块废地，又荒凉又难看，其价值还不如北京的一个普通公园。两者的认识差距太大了，简直是一个天上、一个地上！”

说着，他从随身带的一个纸袋里掏出一沓材料放到桌上，找出一张白纸给我看。白纸上有他手抄的两段话。第一段是北京市文物古迹保护委员会主任、北大教授侯仁之院士讲的：圆明园虽然已经是一片废墟，但它的历史价值并不低于北京现存的任何一座古建筑。

“侯仁之是什么人？是和吴良镛院士同时代的专家，是研究圆明园的真专家！”

说到这里，曹老师摇了摇头，“可惜他老人家身体不好，近些年基本在家休养，不见外客。”

“不光是专家，就连圆明园里一位爱钻研的职工孙建华，都把圆明园当宝贝。”他告诉我，“孙建华是 20 世纪七八十年代圆明园一位年轻的解说员，特别爱看书。那么大的圆明园，全装在他肚子里，说起来头头是道。就连一块不起眼的石头，他都能讲出一大堆典故，半个小时不带打磕巴的。听他讲解，游客就好像回到清王朝时的圆明园，到处都是故事。现在的导游差太远了。”

“您能告诉我这位孙老师的电话吗？”

“恐怕很难找到他了。”曹老师遗憾地说，“他后来出国了，现在不知道人在哪里。”

“那圆明园管理处的领导里面有没有比较懂行的？”

“前几任主任好像都没进过大学，但还比较能沉下去，整理了一些资料。但再高深一点的，他们就不灵了。”曹老师告诉我，后来是一任不如一任，简直是土干部，“不信你去问问，他们哪一个学过古典园林？哪一个研究过清代历史？哪一个懂古建筑？”

“同样是清朝皇帝办公、生活的地方，同样属于国家重点文物保护单位，故宫的院长是副部级的专家，直接归文化部管，里面高手云集，古建、历史、书画……要什么样的专家有什么样的专家。”曹老师愤愤不平地说，“而圆明园管理处，只是海淀区政府下面的一个行政单位。里面养着 1700 多号人，原来大都是种地的农民，让他们管圆明园，能管好吗？”

这使我想起了 3 月 29 日国家文物局的一位领导在接受媒体采访时说的一句话：现在，无论是建设部门，还是园林部门，似乎谁也没有把圆明园当作文物。

曹老师喝了口茶，接着说：“圆明园保护最大的失误，就是一直没有设立专门的文物保护单位。对专家们真正有见地的意见、建议，圆明园管理处都是爱理不理，有时候甚至是当面答应、掉过屁股就忘了，该怎么干还怎么干。所以，原先关心圆明园的一些老专家，后来都灰心了，不愿意出面了。”

“20 多年前，一些老领导和专家提出来：重建圆明园。‘重建’的主张一提出来，立马儿遭到许多专家的反对。双方你来我往，争得不可开交。”说到这里，他让我看那张纸上的第二段话。这是清华大学建筑学院院长秦佑国教授说的：不能重建圆明园，否则会愧对后人……很难说重建圆明园到底是保护遗址，还是掩盖遗址。

我看完后，禁不住暗挑大指：这话说得实在精辟！

“但是，后来还是‘重建’派占了上风。为什么？因为有些领导要‘重建’，政府想‘重建’，管理处更想‘重建’。”

“2000 年，《圆明园遗址公园规划》在‘没有出现颠覆性的意见’的情况下，勉强获得通过。如此一来，管理处就开始‘清理’‘整修’了。结果呢，破坏得面目全非，一塌糊涂。”他告诉我，“就说‘清理’植被吧，他们说‘清理’的是杂草、杂木。哪里是什么‘杂草’‘杂木’？而是北京当地原生的野花野草、灌木乔木。西区九洲清晏原来可是圆明园最重要的古建筑群，就如同故宫的太和殿，是皇帝处理朝政、接见外国使臣的地方。我听说这一带已经‘清理’完了，新铺了草坪、种了花木，旧貌换新颜了。”

“曹老师，我正想到这一带看一看，去之前想听听您的建议。”

“值得去看看！”说着，曹工拿出 3 张复印的平面图：“这张是‘圆明园分区示意图’，这张是‘圆明园西北景区总平面’，这张是放大的‘西北景区总平面’，它们都出自清华大学的老师何重义、曾昭奋之手。”

这 3 张平面图，对我太有用了。有了它们，我就可以按图索骥、找寻旧迹了。

“你要去看，就集中看两个方面：一是植被是如何‘调整’的；二是驳岸是如何‘整修’的。”他接着说，“草坪是什么玩意儿？是外国的舶来品。在欧美的海洋性气候中，草坪自然能长得很好；可北京是什么气候？是温带大陆性气候，草坪如果不经常浇水，怎么能长好？大面积铺草坪，不但耗水费钱，而且破坏了原来的生物多样性。更要命的是，草坪这个洋玩意儿是展示型、敞开式的西方公园里用的；中国古典园林讲究师法自然，讲究野趣天然。所以说，铺草坪对圆明园的破坏是根本性的！现在许多外国人千方百计来找中国的乡土植物，中国人却千方百计用外国的东西。就是这样颠倒！”

他喝了口茶，继续说：“驳岸也是中国古典园林的重要组成部分，也讲究师法自然、错落有致、水岸合一。古代工匠是故意把驳岸做得犬牙交错，尽量让你看不出人工的痕迹。现在倒好，几乎全是按照水利工程的做法，做成了直立的挡土墙！圆明园有 1 万多延米的驳岸，现在全被改造成整齐划一的防渗墙，实在是可惜！”

“那还有没有原来的驳岸呢？”我着急地问。

“西区也许能找到。”他指着那张放大的西北景区平面图说，“曲院风荷一带，原来还保留了一部分，属于原汁原味的旧驳岸。但我好几年没去了，不知道现在还有没有。”

听完他的话，我半天没言语。

“对了，赵记者，还有样东西你要关注一下。”曹老师打破了沉默。

“什么东西？”

“柏木钉。”他重重地说了三个字。

“柏木钉是什么东西？”这个词我还是第一次听说。

“柏木钉可不简单，它可以说是圆明园内所有建筑物的基础。”他递给我一张白纸，上面是他手写的一篇短文，还附有自己画的草图，“你先看看这个。”

这篇短文的题目是《皇家园林的基础——柏木钉》，字迹有些潦草，个别字还是繁体。我认真看了起来——

久居北京西郊皇家园林遗址，经常惊叹古人竟在沼泽地上盖起巨大宫殿、高大宫墙。尤其是连绵不断的驳岸，数百年不塌、不变形，处于山形水系交接处，流水不断冲刷，固若金汤。这些驳岸分层码叠，看上去犬牙交错、错落有致，不仅具备外在的天然美，而且具有特殊的功能——不仅保护山形不毁，又有亲水濯足之能事，蜿蜒曲折，峰露于外独秀其形，丝丝垂柳轻拂，配成了中国山水园林独特景色。

……在近年的改造园林遗址的浩大工程中，原来埋在地下的柏木钉、柏木桩逐渐地露出了作为古典园林中基础的真相。原来在这些古墙、古建筑、古驳岸等底下，均有作为基础的柏木钉或柏木桩。经过大型挖掘机的开挖，这些独特的造园工艺已逐渐露出原貌。

古代工匠选用 6 尺长、3 ～ 4 寸直径的柏木（侧柏、桧柏），一端削尖，按排阵方式，每隔一尺钉入湿地中（一般 6 ～ 10 根为一排），再在柱子建卡以石头固定（卡钉石）。

在柏木钉阵上铺上青石板后，再根据石头的形状分层码放，第一层略高于水面，用其峰面伸向水面，然后逐层码放（一般为三层）。其码放的技巧，又有一绝：千米而不同形，利用每块石头的峰与面，巧妙地拼成流畅的造型。这种造型又绝不是现代工程中单纯的挡土墙。这种工艺在世界建筑史上是独特的、最简单的、最有效的，艺术效果更是没说的。

规模宏大的宫殿、宫墙下面，用的是柏木桩，其工艺与柏木钉一样。

极其可惜的是，这些数百年历史的真文物在遗址改造中，被拙劣的工艺给毁掉了。我们不禁要问：怎么向后人交代？那些现代的名别墅、名地产，与这古老的技艺相比，只能是虚名假货，其实是豆腐渣工程，其生态效益更无从谈起……这些新建的挡土墙彻底失掉了古韵古味，将会遗臭万年！

看完之后，我不禁对眼前这位脸色黝黑、双手粗糙的老园林工作者肃然起敬。

他告诉我，他之所以对圆明园的老古董这么关注，缘于自己的家庭背景：他父亲与作家冰心是燕京大学的同班同学，新中国成立前曾做过天津市的税务局局长，家中有不少古家具、老古董。新中国成立后，为了维持生计，把家产都变卖光了。

“现在想想真是可惜，那么多好东西，都贱卖了！”

“赵记者，你去西区时一定要去看看这些柏木钉！老祖宗留下来的这些好东西，在改造过程中有的被扔掉了，有的还裸露在外面，实在是可惜！”临别时，曹克定看着我，一字一句地说。

在回来的车上，回想着曹老师的话，一个吓人的念头闪过我的脑海：如果真如他所言，那么所谓“防渗节水”、所谓“整修驳岸”、所谓“调整植被”，不就是打着《圆明园遗址公园规划》的大旗、在“保护”的名义下，对圆明园遗迹进行的大破坏吗？

“怎么能这么想呢？！”我被这个不该有的想法吓出了一身冷汗，赶紧扭过头去，看窗外一排排的白杨树……

西区受阻

4月24日，吃过午饭，我和事先约好的张正春，坐着他朋友李明的车，五进圆明园。

李明看上去有50多岁，不怎么说话。坐在车里，我有点儿纳闷：他为什么对圆明园这么感兴趣？

听了我的疑问，李明笑了。他一边开车，一边讲起自己的圆明园情结："20多年前我还是个小伙子，是我们单位的团委副书记，负责组织团员活动。因为圆明园是爱国主义教育基地，从20世纪80年代起，我就开始与圆明园打交道，每年都要组织大家到里面接受爱国主义教育。当时有一位解说员叫孙建华，讲解起来滔滔不绝、如数家珍。园子里随便不起眼的一个什么东西，在孙老师眼里都是宝贝。他漂亮的讲解，让我对圆明园的历史、园林风格产生了浓厚的兴趣。后来，我下海做生意，再后来到了国外。1997年我回国后，带孩子第一个去看的地方，就是圆明园。"

"老李，我昨天从圆明园的一位退休职工那里也听到一个孙建华，和你说的孙建华是不是同一个人？"我问李明。

"应该是一个人吧。孙老师讲得可真好，都把圆明园讲活了。"他似乎沉浸在当年孙建华娓娓道来的讲解里。

我们赶到圆明园门口时，昨晚约好的李迪华老师已经站在那里等了。他背着旅行包，穿着牛仔裤，胸前挂着相机，俨然一个游客。

李迪华是北京大学景观设计学院俞孔坚教授的同事，在4月13日环保总局举行的听证会上，他平实、诚恳的发言，给我留下了很深的印象。

"听说圆明园西区现在严加看守，不知道今天我们能否进得去。"李迪华说出了大家的担心。

"西面的北京一零一中学和圆明园紧挨着，说不定从那里能进到西区。"李明提议道。

"学校的背后有一个小门，可以进到圆明园里面。我有一次就是从那里进去的。"张正春说。

于是，我们都上了车，向一零一中学驶去。

“一零一中学最初叫圆明园中学，校园就是圆明园的一部分。”李明一边开车一边介绍。

“没错，”张正春接话说，“我最近在看关于圆明园的书，这个学校建在圆明园遗址，还经过了周总理的签批。按照《圆明园遗址公园规划》，一零一中学也在搬迁之列。但不知何故，学校现在非但不搬，而且还在建新楼。”

从圆明园东门到一零一中学门口，开车大约一刻钟。李明在校门口找了个有树荫的地方停好车，我们步行进了学校。因为是星期天，校园里静悄悄的。在校门右侧的一片开阔地上，几个乱石堆格外醒目。

“这说不准是从圆明园里面清理出来的。”张正春说着，快步走过去查看。

乱石堆中，有断砖，有水泥块，但更多的是形状各异的石头：不规则的青石板、方形的白石块，有些还看得出明显的凿痕。在一个大石堆里，我们发现了两个石础。

“石础是古建筑中用来固定木柱的，底部有的呈四方形，有的是圆形，中间部位凿出一个圆孔，支撑建筑物的木柱就固定在这里面。”张正春解释说，“根据石础的大小、方位，可以判断原来建筑的规模、位置和形状，是不能随便移动的。这样搬来搬去，以后的文物考古就更难做了。”

不经意间，我在地上发现了半截石匾，上面赫然刻着“敕建”两个楷书大字。

“这两个字可有讲究！”张正春如获至宝，一边仔细查看一边向我们讲解，“敕

乱石堆里的石础

赵永新／摄

赵永新／摄

被弄断的刻有“敕建”字样的石匾

读‘chì’，就是帝王的诏书、命令；敕建就是‘经皇帝批准并出资建造’的意思。你们还记得吧，《红楼梦》中就有‘敕建荣国府’的说法。”

听着张正春的话，我心里暗想：这些不可多得的圆明园文物，现在被当成垃圾堆在这里，明天又不知被运到哪里……

整修后的驳岸

赵永新／摄

由此往北走几十米，是一段还未做完侧防渗的河道。里面挖得有两米多深，我从一段低矮处跳下去，仔细观察起来。这里侧防渗的做法，和我在绮春园内滴远门附近看到的如出一辙：贴着土岸砌两层砖墙，中间夹上防渗膜，再在砖墙外边堆石头。

“别拍了别拍了，领导不让拍！”我

正在拍照片，一位穿蓝色制服的男子从远处快步走来，边走边朝我嚷。

走到我跟前，他一边喘着粗气，一边用怀疑的眼光打量着我："我说你不是记者吧？"

"老师傅，你看我哪像记者？我是来北京玩的，顺便来一零一中学看看，这学校出过不少名人和领导，全国知名。我是偶尔看到这些，觉得新鲜，随便拍着玩。"我收起相机，赶紧笑着解释。

"我看你也不像记者。拍几张就得了，赶紧走人。要是让领导知道了，我要挨骂的！"

从河道里爬上岸，我和他攀谈起来："师傅您贵姓？为什么要把旧驳岸拆掉啊？"

"我姓陆。"他说，"原来的石头几百年了，都氧化了，再不加固就塌了。"

"加固的石头从哪里来的？"

"多半是用原来的石头，还有一些是从别的地方运来的。"

我走上前，递上一支烟："陆师傅，这些新的石头是从哪里运来的？"

"你问我，我问谁去？我原来在园子里面干活，这两天领导让我临时来看着点儿，说是怕有记者来。"

说话间，我无意中看到河堤对面有一片茂密的树林，其中一部分已被砍伐，地上有散乱的树根。

"陆师傅，那些树长得好好的，为什么要糟蹋呢？"

"不是糟蹋，是移栽。"他有些不耐烦了，"这些树长得不好看，所以要移到别的地方去，换新树种。你问这么多干吗？行了行了，你赶紧走吧！一会儿领导看见就麻烦了！"

告别这位陆师傅，我们三人继续前行。

刚才看到的那片树林就在路的右侧，我不由自主地拐了进去。林子里多是高大茂盛的白蜡树、杨树，抬头望去，遮天蔽日；地上荒草丛生、枯枝横斜，上面挂着各种颜色的塑料袋，偶尔还能看到几个矿泉水瓶子和易拉罐。我正四处看着，头顶飞过几只喜鹊，"喳喳"的叫声格外刺耳。

这时，我不由想起了李小溪老师的话：走在圆明园西区的树林里，就像走进了原始森林。

走出那片树林，张正春头前带路，领着我们沿一条小路转到学校后面。这里有一个围着铁丝网的方形操场，操场旁边有一个不起眼的小门，小门以里就是圆明园。

“就是这儿！”张正春指着没有上锁的小门说。

看看四周无人，我们四个赶紧打开门，溜了进去。

门里面就是圆明园三园中的绮春园，迎面是一段蜿蜒的土山；紧挨着土山，是一条较宽的弯弯曲曲的河道。这里的河道早已铺膜、固岸，干枯的河道里满是挖土机的履带印。我们顾不上细看，沿着河堤快步前行。走了十来分钟，眼前豁然开朗：这就是福海西南岸与西区的交界处了，上次我和张正春就是从这里进到西区的。

我们歇了口气，找到上次铁丝网上的那个豁口，刚要往里钻，猛听一声断喝：“站住！谁叫你们进去的？！”

我抬起头才发现，不知道从哪里冒出一个穿蓝色制服的中年人。

看来硬闯是不行了。我们只得停下来和他交涉：“为什么不让进去？”

“不为什么，现在不对外开放！”他面沉似水，眼睛直盯着张正春看。

“我们又不是小偷，进去看看就出来。”

“那也不行，外人一律不能进！”

真是“秀才遇着兵——有理讲不清”，我们只得离开铁丝网，站在福海岸边大眼瞪小眼，一时没了主意。

等那个人走远了，张正春小声说：“我可能被他认出来了，咱们兵分两路，我和老李就在这附近溜达，拖住他们；你们两个他们不认识，继续往前走，想办法进去。”

也只能如此了。张正春和老李在原地慢悠悠地溜达，假装四处拍照，吸引住那个中年人；我和李迪华沿着福海的西岸继续往北，一边走一边找能进去的缺口。

铁丝网里面的一棵大树下，有几位家庭妇女模样的人，坐在地上边聊天边做针线活，旁边放着两个暖水瓶。

赵永新／摄

我俩没想到她们也是看守，就继续往前走，边走边看。走了一段路，发现铁丝网上有一个小豁口，我俩赶紧猫着腰快速钻了进去。

没想到刚往里走了两步，一个妇女就从后面追上来。她一边跑一边大声喊："站住，不能往里走了！说你呢，听见没有？！"

我和李迪华假装没听见，继续往里走。没承想，刚才那位中年汉子闻声赶了上来。不仅如此，对面又跑来两个穿蓝上衣的小伙子，把我俩堵在中间。

这几个人气喘吁吁地站在我们前后，目光烁烁，表情严肃，像凛然不可侵犯的护法天神。无奈之下，我俩只得又从那个小豁口钻出来，和张正春会合。

不过我们还是不死心，就在附近盘桓起来，一边假装着拍照，一边瞅机会再进去。结果，这几个人干脆跟在我们后面，像看押囚犯一样寸步不离。

看来今天是没办法进西区了，我们只好往回返。这几位看守真是尽职，不仅目送我们离开福海西岸，还站在原地不动，继续观察我们的动向。

"没想到我们还能享受这种待遇。"张正春哭笑不得。

我们走出很远了，回头看看，那几个人还在那里盯着我们。看来，今天是彻底没戏了。

"真奇怪，圆明园西区为什么把得这么严，不让外人进去呢？"李迪华自言自语道。

“很简单嘛，西区的整改肯定有问题！如果再让人捅出来，工程就没法做了！”张正春说。

柏木钉

后来，我们沿福海西岸往回走。在一处新修的码头前，我们停住歇歇脚。这里的湖底挖得有两米多深，看样子是要搞个大码头。我忽然想起昨天曹克定老师跟我讲的“柏木钉”，就把这事跟大家讲了。

“我还是头一次听说‘柏木钉’，下去看看这里有没有！”李迪华又来了精神。

我们从码头边上一处较低的地方跳下去，仔细寻找起来。

“一根、两根、三根……这里有柏木钉！”李迪华一边撅着屁股拍照，一边兴奋地招呼我们三个。

果然，在李迪华前面的岸墙上，在驳岸下方一米左右的沙土中，露出一根根胳膊粗细的柏木钉。虽然埋在地下 300 余年，这些柏木钉还保存完好，长短粗细大致相仿。可惜的是，野蛮施工把原本排列整齐的柏木钉搞得歪歪斜斜，其中有几根还被挖折了。

望着这些深埋了数百年、默默支撑着驳岸的“地下英雄”，我惊叹不已。惊的是，老祖宗居然有这样高超的智慧！凭借这些柏木钉（桩）的支撑，在上面修建的驳岸和亭台楼阁，可以历经百年而不下陷、不倒塌。叹的是，无知者无畏的不肖子孙，有眼不识泰山，对这些“地下英雄”视而不见，根本没当一回事！

福海驳岸下面的柏木钉

赵永新/摄

更为可叹的是，在圆明园整治工程中，不知毁了多少这类珍贵的地下文物！

支撑驳岸的柏木钉

赵永新／摄

若不是曹克定老师的提醒，这些“无名英雄”也许就永远地从人们的视野中消失了。若干年后，我们拿什么来向后人交代？

而且，我们看到的，只是偌大的圆明园中的柏木钉中极少的一小部分。据曹克定讲，圆明园三园内前前后后被改造的驳岸多达1万多延米，驳岸下面的柏木钉肯定不是个小数目。在如此大规模的“整修”“加固”过程中，被工人们当作废木柴毁掉的，又有多少？

面对眼前这些残损的柏木钉，我只有默默叹息。

“一定要到西区去看一看！看看在那里在怎样‘改造’！”抱着这样的想法，我们四人又绕回到一零一中学，上了车，沿着圆明园的虎皮墙开开停停，试图找一个能进去的缺口。

圆明园的外围，是连片的棚户区，我们从几个小胡同钻进去，打听了好多人，都说没有能进西区的地方，最后只好再倒出来。我们花了一个多小时，从一零一中学绕着圆明园的西墙、北墙，转了一大圈，还是没有找到可以进去的地方。

“办法只有一个——就是圆明园环境工程指挥部那儿，有一个门口，我们去碰碰运气。”我提议说。

大家不说话，又上了车，开到达园宾馆那条胡同，找到了我第一次采访李景奇的那个门口。

大门上着锁，狭窄的偏门里边，有一个保安站岗。我们跟他商量：能否让我们进去看看。

结果，他面无表情地严词拒绝：领导有交代，外人一概不让进。

我只好使出最后的招数，掏出记者证，对他说："我们是报社的记者，你去找你们领导，就说我们想进去采访。"

那个保安瞅了一眼我的记者证："你们在这儿等着，我进去跟领导汇报。记住了，别乱动！"

说完，他跟传达室里的老头交代了几句，就进去了。

等了几分钟，那个保安回来了，把记者证还给我，冷冷地说："领导说了，现在一律不接受采访。"

我只好把记者证放回口袋，干生气，没办法。

这时，一个在附近玩耍的七八岁的小男孩凑上来，冲我扮个鬼脸，小声说："是记者都不让进！"

看来是彻底没戏了。但我们还不死心，就在附近转悠起来。忽然，传来"突突突"的拖拉机声。我们扭头一看，只见一辆小拖拉机从圆明园里面开出来，上面坐着七八个农民模样的人，男的戴着帽子，女的围着头巾，怀里抱着铁锹，看来是刚干完活儿回来。

"看样子他们是种树的，没准儿西区还在施工。"张正春小声咕哝着。

我心想：施工又怎么样呢？圆明园就像个独立王国，外人谁也奈何不得。

门口的保安看着我们，腰杆站得更直了。

万般无奈，我们只好败兴而归。

遗址是指哪一部分

暮春时节，白天变得明显长了。在返回的路上，大家都很郁闷，谁也不说话。

"你们说说看，圆明园遗址是指哪一部分？"李迪华打破了沉默。

这个问题还真把我问住了。

"当然是整个圆明园啊。"张正春说。

“没错，整个圆明园都应该是遗址。”李迪华说，“所谓‘国家重点文物保护单位’，应该是整个圆明园，而不是单指其中的哪一部分。但是，你们注意到没有，圆明园管理处好像不这样认为：他们的所谓遗址，可能就是西洋楼一带还残留着欧式建筑遗迹的部分。”

李迪华的话提醒了我：在长春园内，专门设有一个“遗址区售票处”，游客要想参观西洋楼、大水法等景区，必须在这里单独买门票。

遗址区售票处

赵永新／摄

“这个做法容易产生两个后果。”李迪华又说，“第一是误导游客，让大家误以为圆明园遗址就是里面的欧式建筑那一小部分。这样一来，圆明园最重要的中国古典园林的造园艺术，就无形中被忽略了。第二，管理处在改造过程中，就可以在‘遗址区’以外的地方为所欲为了。赵记者，这个问题很严重，必须向公众交代清楚，不能再这样以讹传讹了。”

“你讲得很有道理。不过，当初对圆明园的定位就有问题。”张正春接话说，“什么叫‘遗址公园’？这个名字本身就很模糊，容易造成混乱——到底是‘遗址’是重点，还是‘公园’是重点？不同的人会有不同的理解。回过头来看看发生的所有问题，都与这个‘遗址公园’的定位不无关系。”

听了他们两个人的分析，我暗自点头。估计目前大多数游客心中的“圆明园遗址”，就是被圈起来单独卖门票的大水法、西洋楼等“遗址区”了；其余更为广大的地方，只是普通的“公园”了。

泽兰堂

我们转到圆明园东门附近时，已近六点，太阳还没有落山，那些高大乔木的树冠上，涂上了一层金黄色的余晖。这时候，张正春提议：“再到圆明园看看！”

我和李明没有异议，李迪华因为有别的事，就先走了。

我们三个买了门票，从东门北侧的长春园门口进去。红日西斜，长长的甬道上，三三两两的游人陆续往外走。其中有两位外国游客，还在那里饶有兴致地东拍西照。在落日余晖的映照下，远处山坡上的桃花红得格外绚烂；近处干涸的河塘里，则苇芽遍地、残石横卧，别有一种凄凉之美。

夕阳下的古建遗存

赵永新/摄

我不禁想到：这凄凉之美，不正是圆明园这个文化遗址所特有的吗？可惜，作为大清帝国没落象征的圆明园遗址的废墟之美、荒凉之美，以及这种美所触发的意韵，又有多少人留意、在意呢？

“长春园是乾隆皇帝建的。”张正春一边走，一边给我和李明介绍，“他老人家六下江南，对江南的园林喜欢得不得了，就召集全国的能工巧匠，模仿江南名园，营造了长春园，其中的许多景点，如狮子林、如园、茜园等，从设计、景观到名字，都是照抄的南方园林。”

这时，我想起他前两天说的游客题写的“国家事管他娘”，提出来想去看看。于是，张正春领着我和李明离开大路，拐进旁边弯曲的小道，边看边找。

狮子林附近，山溪相间，高低有致；新生的青草中，横七竖八躺着残石断瓦，在余晖中凄楚动人。我们边走边看，目光被眼前两座残破的拱形石桥吸引住了。在其中的一座石桥前，张正春停下来，踮起脚尖、伸长脖子，仔细辨认桥上的石刻。看着看着，他像发现了新大陆，大声招呼我：“小赵，你过来看看，这里有乾隆皇帝的题诗！”

夕阳下的虹桥

赵永新/摄

乾隆题字

赵永新／摄

我走到近前，细细辨认：桥身正中的一侧刻有“虹桥”两个大字，两旁石刻的小字经过几百年的风雨侵蚀，大部分已经模糊了。尽管如此，张正春还是端着相机，不停地换着角度拍照，那专注的神情真让人感动。

拍完照，他又在荒草碎石间发现了一个宝贝：一块刻有“狮子林”的石匾，上面的篆书落款是“乾隆御笔”。

他蹲下身去看了半天，大发感慨：“这才是圆明园的真家伙！可惜啊，圆明园管理处不在挖掘整理这些宝贝上下功夫，却忙着铺防渗膜、搞划船，真不知道他们

乾隆题写的『狮子林』石匾

赵永新／摄

是咋想的！”

我们又走了一段，终于找到了那块题有“国家事管他娘”的石头。石头上歪歪扭扭地写着几行字——

一年春来日初长，有朋来话凄凉。且喝千杯中酒，打打麻将，国家事管他娘。幸樽前有红妆，但不能狂！

这首诗不是诗、词不是词的东西，估计是一个失意游客的酒后之作吧。

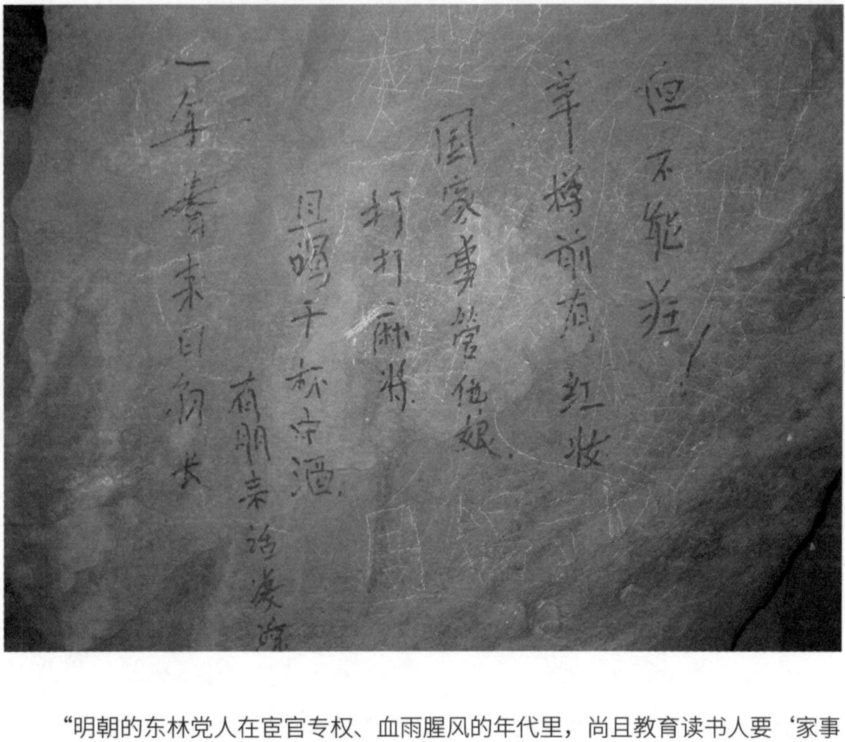

游客涂鸦

赵永新／摄

“明朝的东林党人在宦官专权、血雨腥风的年代里，尚且教育读书人要‘家事国事天下事，事事关心’。他们可能想不到，在几百年之后的今天，却成了这玩意儿。”张正春摇着头，“真是滑稽啊，滑天下之大稽！”

这时红日渐渐西沉。经过一下午的折腾，我又困又乏，真不想再走了。但张正春意犹未尽，依然继续前行。

在道旁一块刻有“泽兰堂”的石碑前，张正春说：“走，我们进去坐坐。”

他告诉我和李明：泽兰堂又称爱山楼，是长春园的景点之一，其叠石尤其有特色，值得一看。

沿着游客踩出的小径，我们走进树石相间的仄涧，各自找了块石头坐下。我和李明打量着四周昏暗的景物，都累得不想说话。张正春却打开了话匣子：“你们看看，这里的山、石、林，布置得多么随意自然、错落有致！坐在这里，真叫回归自然！圆明园上承两千多年的艺术源脉，集清朝全盛时期的国力和数千能工巧匠的智慧、汗水，历经 150 年营建，后经 150 多年国破家败、官抢民夺之沧桑。你们说说，全中国还有哪一个园林，能与之相提并论？”

“中国古典园林不是单纯地盖几座房子、堆几座山、种几棵树，而是把中国的

泽兰堂内错落有致的石头 赵永新／摄

传统文化、哲学和艺术巧妙地融合于一体！”他继续说道，“中国哲学的精髓是什么？很重要的一点就是师法自然、天人合一，讲求的是人与自然和谐。西方讲什么？讲人是万物的主宰，讲改造自然、战胜自然。伴随着西方工业文明的兴起，污染出来了，原子弹出来了，敌敌畏出来了！蕾切尔·卡森女士的《寂静的春天》，不就是对这种斗争哲学及其文明成果的控诉吗？现在，西方人醒悟过来了，开始保护地球、

回归自然。我们呢，却把自己老祖宗的好东西丢得一干二净，不择手段地向钱看，为了赚钱什么都不管了！整个是追名逐利、物欲横流、道德沦丧！”

静寂中，张正春的声音格外刺耳。暮色中已看不清他的脸，只听见他的慷慨陈词——

坐在这里，你觉得这是人工建造的地方吗？不是，是自然而然、宛若天成！亲近自然是人的本性，两三岁的娃娃为什么那么喜欢玩沙子、玩土、玩水？因为那是人的本性！人类再怎么发展，也是高级动物！人是自然的儿子，不是自然的主宰，不可以随意去改造她、破坏她！

老祖宗给我们留了这么大的一片园林，虽然已经屡经劫难、破败不堪，但其宏大的气魄和高妙的境界，依然能从残山剩水、残垣断壁中领略得到、享受得到。这是北京人的福气，也是全国人的福气！在到处是钢筋水泥的首都，有这样一处所在，是多大的福分！将来人们越有钱、生活越富裕，圆明园就越值钱！可惜啊可惜，我们却不知道爱护！

…………

不知不觉间，石块上的屁股觉得凉了。张正春大约也讲累了，不再说话。天色渐渐黑下来，我们站起身，走出仄涧。

离长春园东门不远，甬道的右侧便是线法画。如今，这里既无“线”也无“法”，只有一片长方形的苇塘。我从堤岸上走到苇塘底部，脚下的泥土又干又硬，但绿色的苇芽依旧不屈不挠地冒出来，笔直地坚挺着。脚踩在上面，明显地感觉到一种倔强的向上的力量。

走出圆明园，夜色已浓。马路上车流滚滚、尘雾浊浊。这车水马龙、灯红酒绿的繁华喧嚣，与圆明园院墙内的空旷宁静，形成鲜明的对比，俨然两个世界。

两相对比，我不禁心生困惑：现代化的巨轮，你将驶向何方？

沉默

重进圆明园西区受挫，让我体验到前所未有的无力感。

一则颇具戏剧性的报道，更让人感到莫名的重压。4 月 24 日，也就是我们硬闯西区而不得的那天，《京华时报》刊发了一篇报道称：中国生态学会下周将派出由知名专家组成的调查组亲赴圆明园，对铺膜事件进行全面调查，调查结果将形成科学报告递交环保总局，供决策者作为重要参考意见。

报道援引中国生态学会常务理事李皓博士的话说：当前圆明园湖底铺膜对生态可能造成的影响尚无一个权威的说法，环保总局 4 月 13 日组织的听证会也仅仅是听取了各方的意见和建议，真正用科学数据和科学报告来彻底地、系统地说明问题的讲话基本没有，而 4 月 20 日由中国水利水电出版社等部门主办的“水资源、环保与圆明园防渗工程的再思考”论坛比较片面，“与会的专家许多都是圆明园防渗工程的直接参与者，这根本不具权威性”。对此，中国生态学会决定启用学会庞大的人才资源，借助学会内部顶尖级的生态专家，专门针对铺膜事件进行调查取证。

由于这则消息是听证会结束之后一个多少有点突破性的事件，所以它刊发当天就被纷纷转载，引起了不大不小的轰动。当时防渗事件陷入无路可走的境地，而作为我国生态领域的权威学术组织，中国生态学会如能出面调查，有可能打破僵局。

看完这则报道，我将信将疑：可信的是，中国生态学会早在 4 月 19 日就圆明园事件举行过一次座谈会，前会长李文华院士、现任会长王如松研究员、常务理事李皓博士和知名生态学家徐凤翔女士等，都到会发言，我和《光明日报》《科学时报》的记者也参加了那次座谈会。座谈会上的意见非常一致：反对防渗工程。因此，中国生态学会不是没有进圆明园现场调查的可能。

但我心疑的是，这么重要的事情，李皓博士怎么没有提前告诉我呢？

果不其然，第二天《新京报》的一则报道就出现了反转：中国生态学会理事长王如松教授在接受记者采访时，对此说法明确予以否认……报道中提及的中国生态学会常务理事李皓博士称，她没有接受过媒体的正式采访。

这个短命的肥皂剧让我在啼笑皆非中，咀嚼出某种“黑云压城”的味道。尤其让人气闷的是，本应责无旁贷的文物、园林部门，此时就像从地球上消失了一样，不发一语、不置一词。就连那些让人敬仰的文物专家，也莫名其妙地集体沉默。

25日夜，联想到这两天的经历，我赶写了一篇“守望家园”——

圆明园，还能忍受多少沉默

自上月28日，圆明园防渗事件被媒体披露以来，时间已近一月。一月长于百年，积压了145年的愤怒，孕育了145年的觉悟，成长了145年的责任，在公元2005年冰消雪融、乍暖还寒的春天里，一齐迸发出来：专家们奔走呼吁、投书献言，普通民众上网上报、吐露心声，环保总局挺身而出、倾听民意、集纳民智……

越来越多的人知道了：圆明园不是娱乐嬉戏的普通公园，也不单是爱国主义的生动课堂，更是凝结了中国几千年智慧的园林艺术瑰宝。虽然她屡经劫难，但残山剩水、残垣断壁中的流风余韵依然可寻、宏大精巧的设计依然可辨。越来越多的人明白了：圆明园不是哪个人的私家庭院，也不是哪个单位的私有财产，她不仅属于北京，更属于全国人民。越来越多的人知晓了：虽然我不是圆明园管理处的职工，但我也可以表达观点、建言献策。因为，这是我作为一个公民的权利。

尽管如此，我们还是体味到莫大的遗憾。因为，圆明园是山、水、荷、苇、岸、林、草、石等诸多要素相伴共生的古典园林，牵一发而动全身。防渗工程影响所及，不仅是生态、水利，更有文物和园林。但是，迄今为止，我们却较少听到文物、园林专家的声音；迄今为止，我们没有看到文物和园林部门的行动。

其实，值得质疑的不仅是防渗工程，还有在未开放的西区，即圆明园三园之一的“圆明园”内悄悄进行的所谓“调整植被”和“整修驳岸”。而学者的举证和媒体的报道，已经揭示了确凿的事实和潜在的隐忧：漂亮的幌子下掩盖着对原有植被的大肆砍伐，以及对存在了数年之久的驳岸的掀翻重砌。这两大工程所造成的破坏和导致的后果，可能不亚于防渗工程。如果不能及时制止和纠正，圆明园将面目全非、旧迹难寻——“第四次浩劫”并非网民无中生有的愤慨之辞。

文物、园林专家的沉默，除了不知情，和曾经抗辩无效的伤心失望，我实在想不出别的正当的理由。难道历经劫难的圆明园，已经不值得我们关心、关注了吗？也许，文物和园林专家们忙，忙于自己的研究，忙于自己的设计，忙得无暇顾及琐碎的身外小事。但是，人们忍不住要问一句：专家们的良知何在？责任何在？

更让人不解的，是北京和国家两级文物、园林部门的沉默。难道那些被掀翻重砌的驳岸不是文物吗？难道那些被铲除的野草和砍掉的杂树和高大的乔木，不属于园林吗？难道那些被掀翻重砌的驳岸，难道那些砍伐林木的触目惊心的照片，还不足以引起你们的重视和关注吗？

如果说文物、园林专家的沉默尚可理解，那么，文物、园林部门的沉默，则已有不作为之嫌。而且，文物、园林部门的沉默，还容易被误解为"受到了不便公开的压力"。但是，应该不至于此，因为我们早已告别了官官相护的封建时代、跨入民主法制的社会主义国家。何况，北京是首善之区，比京城之外别的其他地方更加民主、更加开明。

沉默啊，沉默。除了麻木和不作为，人们还能找出别的合理的解释吗？

沉默啊，沉默。正在进行"整治"的圆明园西区已经被严密封锁，有专门人员严防死守，不但游客不能参观，连记者采访也被"防火"等理由拒之门外。除了圆明园的职工，人们无从知道里面正在发生什么。

沉默啊，沉默，不在沉默中灭亡，就在沉默中爆发。劫后余生、沉默无语的圆明园，还能忍受多少沉默？难道要到万劫不复的那一天，再来供人们凭吊与叹息、反思与忏悔吗？

这篇杂感在4月26日的人民网上发表后，我接到一位大学校友的电话："老赵，你那篇文章写得太棒了！我看了禁不住拍案而起！真是痛快！痛快！"

光"痛快"又有什么用呢？

同人的呐喊

让我略感欣慰的是，对园林、文物部门和相关专家集体沉默的不满，已经不是我一个人的"私愤"。4月26日，新华网发表了署名"端木"的文章：《文物部门的缺席与圆明园争议的错位》。

该文指出：圆明园的争议从发生到现在，始终被视为一个“环境问题”。争论中最活跃的角色当数国家环保部门，听证会也是国家环保总局组织的。与环保部门和环境学者的高调相比，文物监管部门和文物学者们要低调得多。整个事件中，至今很少听到文物部门的声音。似乎连文物部门也认为，圆明园事件首先是一个“环保问题”，然后才是“文物和遗产”问题……其实，这种看法完全颠倒了圆明园事件的主次。实质上，圆明园的问题，首先是一个文物和遗产的问题。退一步说，就算圆明园干涸到一滴水也没有，也不会伤及其历史文化遗产的地位与价值；但如果圆明园的历史文化价值荡然无存，那么再多的水、再好的环境也失去了意义。

实际上，“叫停”圆明园工程的应该是文物局，组织“听证会”的也应该是文物局。文物局是最没有理由缺席圆明园事件的政府部门。“防渗”或者还有科学上的争议，但文物和遗产的保护，已是法律板上钉钉的条文。仅凭一部《文物保护法》，文物部门就足可理直气壮地责令任何改变圆明园遗产现状的工程停工……

文章最后发出了这样的吁请：“环保风暴”刮了很久了，文物部门是不是也该刮一刮“文保风暴”“遗产保护风暴”呢？

同日，《中国青年报》发表署名“吴钩”的文章《圆明园问题须听听历史学家的意见》。文章说——

圆明园的最大价值在于其历史内涵。圆明园就如同我们民族的一道历史伤疤，浓缩着中国人的百年屈辱史……单纯为了捍卫民族的历史记忆，我们也有足够的理由抗议圆明园管理处破坏遗址现状的做法。我们期待历史学家也站出来说话。

两天之后，也就是 4 月 28 日，《新京报》又发表了一篇社评《圆明园事件不该让环保部门孤军奋战》——

大家对圆明园防渗工程以及改造山形地貌工程的担忧，出发点不仅在环境保护的角度，更在于文物价值的维护上。而评估这一系列工程对圆明园这一国宝级文物将产生怎么样的影响，环保部门没有能力做，也无权做，这时需要的是文物管理保护部门承担起责任。不过，至今未见文物保护部门有什么实质性的行动。

该社评指出：此外，圆明园防渗工程等一系列工程大幅度改变了圆明园的整体园林风貌，这样的改变从园林建设规划角度上讲是否科学，是否有必要，环保部门同样无法作出评估，这样的工作应该由园林管理部门来做，而我们至今也未见园林部门介入。

社评认为：圆明园防渗等工程是由圆明园的上级政府决策拍板的，而现在这一系列工程出现了种种问题，引来了媒体和公众的广泛质疑，这就需要圆明园的上级政府重新进行反思并进行调整。如果其上级政府并无动作，这就需要北京市乃至国家有关决策部门加以干预，这样的干预往往发生在上级与下级之间，比环保部门的干预更加有效快捷。

这篇社评最后呼吁说：收拾圆明园防渗工程的“乱摊子”，不应该由环保部门孤军奋战，环保这一个部门的管理职责有限，力量也毕竟有限，我们希望，更多的政府管理和决策部门能本着对圆明园负责的态度，本着对历史、民族负责的态度，尽快介入，早日给出一个令公众满意的交代。

看了这些文章，我想起那句很经典的话：群众的眼睛是雪亮的。

再进西区

尽管民意如此直白、强烈，但首都的文物、园林部门和相关专家，以及“圆明园管理处的上级政府”依然“我自岿然不动”，铁一般地沉默。

“沉默啊，沉默！不在沉默中爆发，就在沉默中灭亡”——我不由想到鲁迅先生 70 多年前的这句感叹。他老先生如有在天之灵，不知当作何感想？

就在这铁一般的沉寂中，圆明园防渗工程很快被另一个接踵而来的新闻大事淹没了：4 月 26 日，中国国民党主席连战访问北京。这一历史性的破冰之旅，迅速占领了各大媒体的主要版面。

“长江后浪推前浪”，世事皆然，新闻就更是如此。我意识到：圆明园防渗事件可能又要被无限期推迟了。

但我还是心有不甘。26 日晚上，我打电话给曹克定老师，告诉他无法进入西区的事情。他给我支了一着儿：每天早晨圆明园附近的很多中老年居民起大早到西区晨练，他们凭年票，从西便门绮春园宫门西侧的小门就可以直接进去。你不妨试试，看能否混进去。

“万一被挡驾怎么办？”我心里没底。

“不用怕，你大摇大摆地往里走就行了。”他这样给我打气。

眼前也只有这一个法子了。

当天晚上，我把相机、采访本和那张“圆明园西北景区平面图”，一起装到背包里；又找出自己跑步穿的运动鞋、运动衣——有这样一身行头，应该像个晨练的了。

4 月 27 日早晨四点半，酣睡中的我被闹钟叫醒。我赶紧起床、洗脸刷牙，穿戴齐整后，打了一辆出租车，七进圆明园。

这时天色微明，四环路上人稀车少，出租车开得飞快。从车窗向外望去，东方朝霞满天。我一边闭眼小憩，一边想着如何蒙混过关、进入圆明园西区。

半个小时之后，我赶到圆明园东门。大门还没有开，它的右侧不远处，就是曹克定所说的“西便门”，圆明园管理处的工作人员平时就从这里出入。

我稳稳心神，装作若无其事地向门口走去。门口边站着一个年轻的保安，我大大方方地向他说了声：“你好！”

那个睡眼惺忪的保安一边整理扎在衣服外边的皮带，一边向我努努嘴，那意思是“进去吧”。

“谢天谢地！”我按捺住窃喜，快步走了进去。

真没想到，圆明园的清晨如此美妙！空气清新、鸟鸣婉转，路边的野花、树上的嫩叶、山坡上的青草在晨曦中楚楚动人。

为避免被管理处的人发现，我不敢耽搁，沿着树木掩映的小径，快步向着西区的方向疾行。

在一处空旷的草坪上，我无意中看到三个张牙舞爪的人造恐龙。看着眼前这几个不伦不类的怪物，真让人匪夷所思。

“西区该不会有这样的‘主题公园’吧？”想到这里，我加快了脚步。

迤逦前行，大约走了 20 分钟，我来到绮春园的西北角，再往前走，就是通往西区的路了。我顺着这条路往前走了几分钟，眼前豁然开朗：这就是两天前我和张正春们欲进而不得的西区了。

宁要“资本主义的草”

我停住脚步、打开背包，取出“圆明园西北景区平面图”，跟眼前的景物比对了一下，感觉前方比较平坦的地方应该是“九洲清晏”景区。合上地图，我取出相机，从所站的地方先往南走。

这一带视野开阔，曹克定所说的乔木林早已不见了踪影，只剩下几棵孤零零的槐树、杨树。我往四周望了望，园子里只有一两个中年人在悠闲地散步，没有发现管理处的人。

『三一八』烈士纪念碑

赵永新／摄

往南走了一段，前方有一座用铁栏杆围起来的纪念碑——这就是“三一八”烈士纪念碑了。这座纪念碑，是 1926 年北京工业大学师生为追悼“三一八”惨案中牺牲的陈燮、江禹烈、刘葆彝三位同学而建的，20 世纪 70 年代因原址施工迁至此处。纪念碑周围，还保留着几棵较大的杨树、松树。

我顾不上瞻仰，继续往前走。纪念碑以南的空地上，是一大片平坦的草坪，稀稀疏疏的，看上去半青半黄，远没有杂草野花富有生机。

草坪上有几个高出地面一米左右的水龙头，应该是用来灌溉草坪的。果然，后来我在西区看到多个同样的水龙头，和正在浇水的工人。

半死不活的草坪

赵永新／摄

在铺草坪之前，这里是什么样子？是野草丛生，还是灌林茂密？我之前没有来过，所以无从判断。

“三一八”烈士纪念碑以北，就是圆明园原来最重要的建筑群——九洲清晏。它的南、北两侧，分别是前湖、后湖；西、东两面，分别是茹古涵今和镂月开云。原有的地上建筑物已被破坏得荡然无存，只剩下少量残缺不全的石基。

九洲清晏四周的土山比较低矮，山上除了少数几棵高大的槐树，就是新栽的油松、连翘、桃树、侧柏、柳树，还有紫薇、海棠、银杏之类；灌木有迎春和沙地柏；灌、乔之下，全是新铺的草坪。

山坡上新栽的沙地柏

赵永新／摄

不知是因为刚移栽不久还是水土不服，这些观赏花木大都长得很差。特别是较大的油松，看上去病恹恹的，有几棵已经枝枯叶黄。尽管树的四周都有竹竿撑扶着，恐怕也难以挽救它们死亡的命运了。草坪只有少部分比较浓密，大部分已经枯黄。倒是草坪中冒出的野草、野花，星星点点、叶绿花艳，与枯黄的草坪形成鲜明的对比。

正在拔草的工人和拔出来的野草

赵永新/摄

可惜的是，这些野花野草入不了圆明园管理处工作人员的法眼，非得斩尽杀绝不可。我往北走了一会儿，就看见好几个穿迷彩服的工人，正全神贯注地蹲在人工草坪上清除杂草：他们把中间新冒出来的野草，一棵一棵地拔掉；拔出来的花草堆在一起，像一个个小坟头。

看到这里，我不禁感慨：以前是“宁要社会主义的草，不要资本主义的苗”，现在则反过来了，“宁要资本主义的草，不要社会主义的苗”！

旧貌换新颜

“植被调整”是这样，“文物复建”又是如何进行的？在九洲清晏北侧的一处空地上，我看到一段新铺的曲曲折折的甬道。甬道大约宽两米，两侧最外边是竖立的高出地面的青砖沿子，最中间是约半米宽的青灰色的水泥面；夹在水泥面和青砖之间的，是略宽一点的鹅卵石路。我不知道圆明园中原来的甬道是怎样的，但有一点应该可以肯定，那就是雍正、乾隆年间，绝对不会有水泥路面。

红色木道

赵永新/摄

还有一点我当时没搞明白：与这段甬道相接的，是一段用刷了红漆的木板钉成的甬道。在另外两个地方——一处是顺着山脚，一处是沿着河边，我看到两段同样的木板甬道。也许，经过文物专家科学的考证，圆明园中原本就有这样的红色木道吧。

由此继续往北，来到一片河湖相连的空阔地。只不过，这里的河湖也是干涸的，底部是否做过防渗处理，从表面上看不出来；看得出来的，是四周的驳岸已经全都“整修”过，露在土外边的方形石块龇牙咧嘴，看上去真像曹克定所说的“满嘴金牙”。

新砌的驳岸
赵永新／摄

记得他那天告诉过我，在万方安和、曲院风荷等处，兴许还能找到保存较好的旧驳岸，让我特别留意。令人遗憾的是，我找寻了一路也没有看到。

还有一点出乎意料：在这一带也有大树被砍伐的痕迹。在一个土山下，我无意中看到一堆乱草绳，用手扒开一看，草绳下面盖着一个粗大的树桩。

用草绳盖起来的树桩
赵永新／摄

在另外一块空地上，有一个扎眼的小土堆，土堆的上面，

被土堆覆盖的树桩和周边冒出的树芽

赵永新/摄

冒出了簇新的树芽子；土堆的下面，应是树木被砍伐后留下的树桩。

与 10 多天前我和张正春在圆明园西北部看到的一样，管理处之所以要对树桩这样“精心处理”，除了毁尸灭迹、掩人耳目，还有什么呢？

归途遇蛇

这时天已大亮，我看了看手表，已经 8 点多了。此地不可久留，我快步向北，来到“坐石临流”“武陵春色”一带。“整修驳岸”还没有在这里展开，但植被已被“清理”了。在一片还幸存的杂木灌丛边上，我看到一堆还没来得及运走的松树枝，松针还绿绿的，砍断的树枝截面的颜色还是新的。

这一带的山脊上保留了部分乔木，山坡上则是光秃一片，地上推土机履带的痕迹清晰可辨。

与上一次我和张正春来时看到的光景不同，“清理”后的地面上，不时可见新冒出来的绿草芽；石山上残留的断桩残枝上，长出了绿黄的芽条，与那些树桩子“相映成趣”。

不知不觉，太阳已经老高了。上午 9 点多，我的肚子开始“咕咕”叫起来。我想：该回去了。

在一片空旷荒凉中，我有点不知所往。大致辨别了一下方向，我往福海那边走去。走着走着，不经意间，在地上看见一条小蛇，有一米多长，半黄半绿的，懒懒地卧在那里，挡住了我的去路。

我从小就怕蛇，老家把蛇称为“长虫”。七八岁的时候，我在一个夏天的午后去村后头的菜园子，经过一个水塘边时，遇见一条湿漉漉、滑溜溜的小蛇挡在路上。当时，我被吓得魂飞魄散、撒腿狂奔。

现在自己毕竟是三十多岁的人了，面对眼前的这条长虫，我没有童年时那么胆战心惊，而是小心翼翼地从一边绕过去——还好，它躺在那儿没动。

侥幸绕过长虫之后，我有一种不祥的预感：“今天可能会有小麻烦。”

果然如此。过了不久，后面就有一辆摩托车追上来，上面坐着两个男子。摩托车在我身边停下，其中一个表情严肃地问：“我们是圆明园保卫处的，你是干什么的？”

我当时有一点害怕，就掏出自己的记者证，递给他。他打开看了一下，还给我，客气地说：“我们就是干这一行的，还请你配合，不要再给我们添麻烦了。”

见他这么说，我也很客气：“我也想走了，但不知道怎么出去。”

“你上来吧，我送你出去。”

这下好了，我省得走路了。于是，我坐上摩托车，被“护送出境”。摩托车跑了不到 10 分钟，在西区南侧虎皮墙的一个小门前停下。说来也巧，出来给我开门的，就是前两天在福海西岸把守的那位中年保安。他也认出了我，死死地盯着我看了半天，鼻子都要气歪了。

回到家时，已经 10 点多了。我从冰箱里找了点东西吃，好好休息了一下。虽然这一次“偷渡”成功，但我还是觉得很遗憾：由于之前从没到九洲清晏一带去过，不知道“整修”以前是什么样子，新旧无从对比；加上自己走马观花，许多该看的东西没来得及看。西区如此重兵把守，恐怕以后再进去的希望很渺茫了。

正在我暗自叹息的时候，接到曹克定老师的电话：他中午到城里办事，想见见我。见面之后，我大致跟他讲了去西区的见闻，跟他提了一个请求：“您能不能再带我进去一趟？有您做向导，我就会对西区有更好的了解。”

他低头想了一阵子，说：“恐怕不行。你这次被发现了，管理处肯定会看得更紧了。我要是被认出来，也很麻烦。”

十二 三老说园

不知不觉间，圆明园防渗事件已经过去了快一个月。虽然至今防渗工程结果未定令人心焦，虽然几次连续无果而终的采访搞得我异常疲惫，但我还是从心底感谢上苍：圆明园向我打开了一扇大门，让我开始领略到此前不曾关注的中国古典园林的独特之美。尽管我在这一个月中七进圆明园，但面对这处饱经风霜、残损不堪的园林文化遗址，我知道自己还没有登堂入室。越是近距离接触圆明园，我越是感到迷惑：今天我们应当如何处置这个屡遭破坏而又面积广大的文化遗址？它对于华夏子孙的真正价值，究竟在哪里？

一个想法在我心中日渐清晰：尽管已经破坏得不成样子，尽管目前人们对许多问题莫衷一是，但这座人类文明史上独一无二的废墟，绝对是一座富饶的宝库，有必要对圆明园作进一步的了解。

感谢国民党主席连战的大陆之行：虽然这件事抢了公众的眼球，让媒体把圆明园防渗工程暂时搁置，但这也给了我比较充裕的时间，使我在接下来的10天里，接连拜访了三位园林界的老专家。他们在此前关于圆明园防渗的论争中，一直未露过面。

圆明园不是摇钱树

我拜访的第一位专家，是北京林业大学的教授孙晓翔（又名“孙筱祥”）先生。在 24 日去圆明园的时候，北大的李迪华老师曾郑重其事地向我推荐：你应该去拜访一下孙先生，他虽然性情孤傲，但却是一位值得尊敬的学者。

后来我才知道，这位孙晓翔先生，与已故的同济大学教授陈从周先生，被誉为中国当代园林界的两位大家，业界素有“南陈北孙”之说。

4 月 27 日晚，我拨通了孙先生家的电话。

“你是《人民日报》的记者？”电话里传来孙先生的声音，“找我干什么？”

当我说明意图，他说：“圆明园值得这么兴师动众吗？两句话就可以说清楚！你既然要来，就来吧。”

随后，我记下了他在北林大的住址，约好第二天去拜访他。

4 月 28 日是个大晴天，我赶到北林大后，问了好几个人，才找到孙先生的家。敲完门后，我等了一阵子，才听见有人出来开门。

眼前的孙先生中等身材，眉发皆白，宽大的前额上爬满皱纹，宽边眼镜后的大眼睛非常有神。

他上下打量了我一番，说了句“进来吧”，就回转身，慢慢地往屋里走。

我站在门边，换了拖鞋。客厅里的光线有些昏暗，靠南边窗子是一张宽大的书桌，上面铺着一张画毡，画毡后摆放着一个插满毛笔的笔筒，以及几件精致的玉器。

一阵风过，屋子里传来清脆的“叮咚”声。后来经仔细辨别，我才弄清楚这声音的来源：卫生间和客厅里，挂着几只颜色不一、玲珑剔透的玉镯和一串玉片。

这时候孙先生从里屋出来，递给我一张名片。

这张名片很别致，孙先生见我看得特别仔细，就把名片拿回去，指着名片下方的两行字——1989 年美国哈佛大学设计研究生院聘任客座教授，获红领带奖殊荣，问我：“你知道什么叫‘红领带奖’吗？”

我摇摇头。

“我拿给你看看。”说着，他又转回身，慢慢地走进里屋，出来时手里拿着几样东西：一个大大的相册、一条朱红色的领带，以及一个精美的聘书。

孙先生在沙发上坐下，示意我坐到他旁边，把相册放到桌上，然后拿起聘书和红领带给我看：“你看，这是聘书，这是红领带。目前全中国只有我一人获得‘红领带奖’，是哈佛大学设计研究生院大地规划系负责人卡尔·斯坦尼兹教授代表院长亲自给我颁发的。1986 年 3 月，哈佛大学设计研究生院受世界自然保护联盟及埃克森教育基金会委托，举办‘国际大地规划教育学术会议’，我作为全球 82 名学者之一，应邀到美国演讲。接到我提交的学术论文后，卡尔·斯坦尼兹教授亲自到机场接我。他是本次大会的主席，特意安排我最后出场，演讲不受时间限制，别人的发言都规定在 15 分钟之内。在商量怎么介绍我时，斯坦尼兹教授问：可不可以说你是‘中国园林之父’？我说：中国园林源远流长，‘中国园林之父’应该是陶渊明。他说：‘中国园林第一位教授’如何？我说，我目前还不是教授，就叫‘中国园林第一位教师’好了。当时，我用英语讲了一个半小时，讲完后被团团围住，连拍张个人纪念照都没顾上。在那次大会上，我被评为仅有的两名国际教育典范之一。

“后来，国际同行没有征求我的意见，就直接称我是‘中国现代 L.A.（大地与景观规划）之父’。这是别人这样叫我的，我自己认为应该是‘中国现代大地与景观规划的第一名学生和第一名教师’。

“你听说过‘IFLA’吗？这是‘International Federation of Landscape Architects’的缩写，翻译成中文是‘国际大地与景观园林设计规划师联合会’。这个联合会，是 1948 年 9 月在英国剑桥大学成立的。1983 年，在中国风景园林学会还不是它的团体会员的时候，我就被聘为总会的中国个人理事，多次应邀站在 IFLA 的讲台上，讲中国园林艺术，他们对中国古人设计园林的智慧佩服得五体投地！风景园林的祖师爷在中国，日本都是从中国学的；英国的皇家园林邱园，也能找到中国园林的影子。

现在有些年轻人，放着自己老祖宗的好东西不学习，却去拾人牙慧，大搞欧式园林，真是崇洋媚外、数典忘祖！”

孙晓翔

赵永新／摄

说到这里，孙先生表情激动、语气激愤。我没想到老先生这么大年纪了火气还这么大，略微有些吃惊。

他抹抹嘴角，接着说：“当然，这不是说中国的什么都好，国外的一无是处。我的态度是：传统之佳者，发扬之；传统之垂绝者，继承之；传统之腐朽丑恶者，去之；传统之不科学者，改革之；传统之迷信者，训斥之；外国之可取者，兼收之。”

我起身坐到孙先生对面，问：“孙先生，您今年高寿？”

“寿不高，八十四了！”

然后，他闭口不提圆明园的事，讲起了他的身世——

“我的老家在浙江萧山，家庭贫苦，小时候穿着草鞋去上学，吃不饱、穿不暖是家常便饭。尽管我是个穷娃娃，你猜我小时候的爱好是什么？什么中国乐器都爱！什么‘学海无涯苦作舟’，那是胡说八道！应该改成‘学海无涯乐作舟’，因为乐趣是最好的老师！

“后来，阴差阳错，我没有搞音乐，考了浙江大学，一年级学农学，二年级学化学，三年级学园艺，1946 年四年级毕业。1954—1955 年，我考到东南大学建筑系进修建筑设计一年。我在高中时，曾跟徐悲鸿先生的学生孙多慈学绘画。1947 年，在孙先生的资助、推介下，我历经千辛万苦，赶到重庆，投奔徐悲鸿先生。当时，他已不做中央大学美术系主任，但他特别喜欢我的画，提出要我做他的学生，学费由他来承担。当时他卧病在床，我不忍心再加重他的负担，就回到浙大当助教。后来，他给我写了一封信，建议我一边做老师、解决衣食问题，同时自己坚持作画，并把画的画寄给他，他给我指导。”

说到这里，他又从里屋拿出一本相册，里面全是他自己字画的照片。从这些照片上看，孙先生的画以写意画为主，画的题材主要是花鸟、风景。我只是一个业余爱好者，对孙先生的画不敢妄加评论，但有一点自己还有点把握：孙先生的画非常另类，可以说是自成一家。

我可以看懂的，是孙先生写的诗文。这里仅抄录他与夫人朱成洛教授游黄山时写的一首诗：*雄峰大壑迎面起，奇松怪石夹道迎。龙蛇虎豹都来听，谷响山鸣下笔声。*

从那桀骜不驯的行草笔法和想象奇异的诗句中，可见孙先生的才华和性情。

谈完书画，孙先生又回忆起他的园林从教生涯：从 20 世纪 50 年代起，先是担任浙江农业大学森林造园教研室主任；从 1957 年起，到北京林业大学教书，先后担任过园林设计教研室主任、风景园林系学术委员会主任等。他撰写的《园林艺术及园林设计》，从 1960 年至 1992 年，一直作为全国高校园林专业的唯一教材。北林大的孟兆祯院士、北林大的王向荣教授和清华大学的胡洁教授，都是他的学生。

"回顾我这一生，最大的毛病就是坚持真理、敢讲真话！但那个年代不允许你讲真话，凡事不管对错，都要'听领导的'！现在胡总书记、温总理强调'执政为民'，求贤若渴、关注民生，幸何如之！

"再后来就是'文革'，我自然成了'革命'的对象。1966 年，一名造反的学生要我交代自己的'反革命'思想。我当时的想法是：宁为玉碎、不为瓦全，士可杀不可辱！我反正不想活了，想自己置自己于死地，就跟他说了 10 条'反动言论'。

"如果这些'反动言论'传到北林大领导耳朵里，我肯定会被打成肉酱！回到学校，我一直等着被判死刑，但结果却没有——那位学生替我保了密。后来，军宣队把我'解放'了。在牛棚里，我多次寻死：吞安眠药、割大腿静脉、上吊……结果都没能'自绝于人民'！真是'老不死'！"

讲到这里，孙先生开怀大笑。

我说："您老是九死一生啊。"

"不是'九死一生'，是'万死一生'！"他马上纠正。

"后来，'文革'结束了，给我平了反，又可以讲课了。因为我总是讲真理、说真话。”说到这里，老人大摇其头。

停了一会儿，我问：“孙先生，您都规划设计过哪些园林作品？”

“那就多了！不光中国有，国外也有。”孙先生一一道来：杭州花港观鱼公园、杭州植物园规划及分类园、华南植物园、北京植物园、厦门万石植物公园、深圳仙湖植物园、青岛太平山中央公园、海口市万绿公园、美国爱达荷“诸葛亮草庐”园……

“这些东西，有的被毁了，有的还保留着。我最得意的，是快要完成的西双版纳热带植物园的规划设计！”

说着，孙先生站起身，从他的书房里抱出一卷图纸，放到茶几上。他依次打开图纸，一边介绍，一边兴致勃勃地给我讲解，从设计理念到每个小园的规划，从植物种类到傣族风情，从中国古典园林艺术到西方当代油画……讲到激动处，他情不自禁地手舞足蹈。

听着这位饱经风霜的老人如醉如痴的讲解，我不禁百感交集。

之后，我问起圆明园的事情。

“圆明园？圆明园是文化遗址，什么都不能动！搞什么游乐场，做什么防渗膜？简直是异想天开！”

我又跟他说起“恢复山形水系”的事。

“圆明园不可能恢复，也没必要恢复！”孙先生斩钉截铁地说，“圆明园被毁的惨状，应该留着向全人类控诉！”

“几年前在人民大会堂开会，有一些专家说：帝国主义能把圆明园毁了，我们就一定要把它恢复，让帝国主义看一下，我们中国人有志气、有本事！”讲到这里，孙先生站起来，怒不可遏，“这算什么狗屁本事？！就像一个流氓打破了你的脑壳，你不去抓流氓，让他带你到医院、找医生给你缝好，反而自己掏腰包治好，再去向流氓炫耀：‘你看，你把我的脑壳打破了，我自己又治好了，你看我多有本事！’中国人要是有本事，就让英国人、法国人把圆明园恢复原貌！”

“孙先生，直到现在，还有许多专家，包括文物专家，提出来要‘部分重建’圆明园。”

孙先生不屑地说：“那样他们就有事干、有钱花了！他们不是为了恢复圆明园，而是为了自己！圆明园不是摇钱树！”

坐在回报社的出租车里，我的心情难以平静。孙先生这样一位才气纵横、特立独行的学者，却一生坎坷、备受冷落。

我想，孙先生的遭际，除了时代的原因，恐怕还与他率真孤傲的个性有关吧。现实生活中，个性太强不仅领导不喜欢，恐怕大多数群众也不喜欢。中国的传统文化，崇尚的是“温良恭俭让”，喜欢的是“和为贵”。

这种优良传统，至今还在发扬光大。就拿绿化来说吧，栽树要大面积地种某一种树，不喜欢“乱七八糟”；种草要纯一色的大草坪，以至于野花杂草都恨不得全部拔掉。

难容人间不平，岂可同流合污——孙先生刻在印章上的这句座右铭，让人记忆深刻。

后来，我在网上搜索孙先生的有关资料时，看到他的一位学生说了这样一句话：**在中国难得先生，也难为先生了。**

圆明园学会

第一次听说“圆明园学会”，是在 4 月 13 日环保总局举行的听证会上。该学会的代表潘从贵，在听证会上的发言不长，却是要言不烦、切中要害。

他提了两点建议——

第一，尽快成立以北京市政府牵头，包括文化部、建设部、国家文物局等方面的行政领导和有关领域的专家学者，共同组成圆明园遗址公园的决策机构，讨论审定有关圆明园遗址的重大事项和审定年度计划。

第二，尽快落实已经国务院于2000年正式批复的《圆明园遗址公园规划》，抓紧研究制定《遗址公园详细规划》，为圆明园的保护和利用在实施过程当中贯彻“科学决策、民主决策、依法决策”提供支持和依据。

我当时听了就觉得这两点建议高屋建瓴，非常有见地。听证会结束后，我找到年轻的潘从贵，和他互换名片，约好以后找机会登门拜访。

4月29日上午，我来到花园桥附近中国圆明园学会的办公地点，就一些问题请教潘从贵。

据潘从贵介绍，中国圆明园学会是在宋庆龄先生倡议下，于1980年8月在北京成立的。当时，学会吸纳了中国园林、建筑、历史、文物等领域的许多知名专家，以及一些热心圆明园事务的老同志，定期召开研讨会，就圆明园的保护与利用建言献策，还出版了一个内部刊物——《圆明园》。20世纪80年代，学会发出“整修”倡议，引发了一场巨大争议。之后，是否“整修”的争议连绵不断。后来，由于各种原因，学会的活动几近中断，内部刊物也停了。直到90年代，学会才恢复活动，但已无当日的红火。

“你听说过‘圆学’这个词吗？”潘从贵问。

我摇摇头。

“大家都知道‘红学’，也就是关于《红楼梦》的研究。其实，圆明园的学术价值也是非常高的，学会的许多学者提出要创立‘圆学’。当然，现在‘圆学’没有‘红学’的影响那么大。”他说。

临走时，潘从贵送了我几本书，其中有一本非常有价值：上、下两册的《圆明园——历史·现状·争论》。该书1999年8月由北京出版社出版，主编是王道诚先生，副主编为方玉平先生。从本书的副题就可以看出，这是一本研究圆明园的必备之书。

同时，应我的要求，他还给我推荐了几位学者，以及他们的联系电话。

“爱国主义”不能只讲国耻

我接下去拜访的第二位老专家，是何重义教授。曹克定老师多次建议我去拜访一下何先生，说他对圆明园非常有研究。他还给我复印了何重义和曾昭奋老师在20世纪80年代合写的一篇关于圆明园的文章。该文资料翔实、文笔优美，读来有身临其境之感。

潘从贵送我的《圆明园——历史·现状·争论》一书，也收录了何重义和曾昭奋合写的几篇文章，以及“圆明·长春·绮春三园平面图”。这几篇文章包括《圆明园与北京西郊园林水系》《绮春园概貌》《长春园的复兴和西洋楼遗址整修》等。从中可以看出，他们对圆明园遗址的实地调查非常深入细致，文风扎实严谨。

经过一番周折，最后经何先生最后的工作单位——北京建工学院宣传部的高蕾女士帮忙，查到了他的电话。她没有直接告诉我电话，而是说：我先联系一下，看何先生是否愿意接受采访。你也知道这个事现在太敏感了。

联系的结果是：采访可以，但有一个条件：不要公开发表。

我说没问题。于是，我和高蕾约好，5 月 4 日上午到何先生家采访，她陪我一同去。

何先生的新家在北京西北郊的一个小区里。我和高蕾打了辆出租车，边走边问，花了半个多小时，才找到他的家。

何先生的新家布置得很雅致，家里只有他一个人，夫人上班去了。76 岁的他穿一件红色衬衣，面色红润，精神健朗。

在客厅里的沙发坐下，我们边喝茶边聊。

何先生 1929 年生于湖南沅陵，1953 年从天津大学建筑系毕业，后到清华大学建筑系任教。1983 年，他调到北京建工学院建筑系任教，现已退休。他是国家一级注册建筑师，中国圆明园学会常务理事。

说起与圆明园的缘分，何先生笑了："这得感谢'文化大革命'！"

原来，他 1953 年到清华教书后，就经常到附近的圆明园内画画写生。那时的圆明园异常荒凉，野草高得都能把人遮住，好多地方人都走不进去。"文革"开始后，学生都不上课了，何先生也"失业"了。苦恼之中，一位朋友提醒他：你可以研究圆明园啊。

何先生眼前一亮，从此就一头扎进了圆明园。"文革"那几年，他扛着自行车跑遍了圆明园的沟沟壑壑、角角落落。家人担心他的安全，他笑着说："这里面最安全！"

1979 年，他和曾昭奋绘制出"圆明·长春·绮春三园平面图"。这张来之不易的平面图，成为圆明园研究的珍贵资料。

说到这里，何先生走进书房，拿出一本图文并茂的大书《圆明园园林艺术》，以及一张"圆明·长春·绮春三园平面图"。

在茶几上打开这张平面图后，他向我们讲起了圆明园。

何先生先从海淀地区的水系讲起：海淀地区历史上分为南、北两区，永定河的古河道流经北海淀；处于南海淀的圆明园等地，位于永定河冲积扇边缘的泉水溢出地带。当年，这一带流泉遍地、泉水四涌，在低洼处汇成大大小小的湖泊塘沼。元明清时把这一带叫作“淀”，又称“丹棱片”。后来，这里形成两大水系：北部是源自玉泉山的玉泉山水系，向南是源自万泉庄的万泉河水系。这两大水系，曲曲折折、几经分合，最后殊途同归，在长春园东北部汇合，进入清河。

由于这一带有山有水、风光秀美，元明清三代，不少达官贵人、皇亲国戚纷纷在这里修建离宫别苑。到清朝时期，形成了五座著名的园林：畅春园（其前身是明代李伟修建的清华园）、清漪园、静明园、静宜园、圆明园。这五个园子，连同附近的香山、玉泉山、万寿山，合称为“三山五园”。

“无水不成园。”何先生说，“圆明园三园的来水，除了园内地下涌出的泉水外，就是靠这两大水系。”

直到 1960 年前后，圆明园一带还有许多泉水；清华大学内的荒岛等地，也还有许多泉眼。再后来，随着人口的大规模集聚和城市建设开发，地下水逐年下降，一直降到现在的地下 20 ～ 40 米，形成了巨大的地下漏斗。

说到这里，何先生叹息道：“现在开发得太厉害了！建筑太多、地面硬化太严重，地下水下降得这么厉害，再多的水也不够用！”

这时，我提出圆明园防渗膜的事。他对此避而不谈，换了个话题：圆明园作为遗址公园，其“爱国主义教育基地”的定位没有错，但目前的理解太狭隘了。

“‘爱国主义教育’应该是广义上的，不能只谈‘国耻’，还应包括圆明园的园林艺术，要从圆明园中领会中国古典园林文化的意蕴。现在，我们这方面的工作

何重义

赵永新／摄

做得太少了，游客也知道得太少了。”

接着，何先生讲到世界园林：“我个人认为，世界园林有四个分支，即东方（含日本）园林、欧洲大陆园林、英国园林和西班牙园林。

“这四个分支当中，历时最悠久、影响最深远的，当数中国古典园林。不只日本园林是从中国学的，就连英国著名的邱园中的一些设计，也能看到中国古典园林的影子。

“圆明园被称为‘万园之园’，是中国古典园林的集大成者，所蕴含的东西实在是太多了。”说到这里，何先生的情绪有些激动——

山、水、建筑、植被，构成了圆明园的四大要素。这四大要素经过无数能工巧匠的巧妙组合，在有限的空间内营造出无穷的意韵，个体的具象变幻出无尽的景观，其体现出来的哲学、文学和美学价值，真是说不尽、道不完！可以说，传统的中国哲学、文学、美学，在圆明园的景点中得到了生动体现！

譬如说哲学，圆明园内有山有水、山水相连，体现了“仁者乐山、智者乐水”的哲学思想，从中可以看出中国古人热爱自然、亲近自然的哲学传统。再比如，景点之一“淡泊宁静”，是从“淡泊以明志、宁静以致远”简化而来，说的是古人修身治学之道；“茹古涵今”，蕴含着“不薄今人爱古人”的理念；“濂溪乐处”取自周敦颐的《爱莲说》，让人很容易想到“出淤泥而不染，濯清涟而不妖”的士人品格。

说到文学，圆明园三园共有100多处景点，除了西洋景点，其余中国景点的名字都富有诗情画意：“水木明瑟”“映水香兰”“月地云居”……现代人想都想不出来！再比如，许多名字都能从古典诗文中找到出处：“上下天光”是从范仲淹的《岳阳楼记》中而来，“武陵春色”则源自陶渊明的《桃花源记》。

说到美学，圆明园更是泱泱大观，体现出鲜明的中国特色。最核心的，是师法自然、范山模水，“虽由人造、宛若天开”。此外，圆明园大园套小园，连绵不尽、彼此借景，呈现出步换景移、山重水复的美学效果。当年到圆明园考察的外国人，感觉像进了迷宫，难辨东西南北。

“所以我认为，‘遗址公园’的前面应加上‘皇家’两个字，只有这样才能让世人珍惜圆明园，才能让中外游人感觉到圆明园的伟大！”何先生激动地说，“‘无水不成园’，圆明园缺水的问题一定要解决！我们难道缺那么一点水吗？难道缺那么一点钱吗？”

接下来，我向他请教“整修”的问题。

“什么事都不能绝对化。”何先生认为，“圆明园目前破坏得非常严重，多数景点已经荡然无存，难觅其踪。它与西方园林遗址不同：西方的园林以石头建筑为主，圆明园的骨架则是山形水系，而且建筑多数是木头的，很容易毁坏；原来的殿台亭阁，现在几乎只剩下平地了。因此，对原来的建筑要选择一小部分进行整修，山形水系则尽可能恢复。”

“圆明园整修不在一砖一瓦，一草一木，而在于整体的山形水系。这样，中外游客才能领略我们的造园艺术。”他说，“当然，研究要透，做工要精，必须精心考察、精心设计、精心施工，不能粗制滥造——不是随便建个亭子就是园林。同时，不能只图简单地恢复原貌，要着眼于展现内涵，不能只追求表面的东西。”

听到这里，我又跟他请教驳岸的事情。

何先生说：“圆明园的驳岸是一门独特的艺术，非常讲究。现在的做法是‘砌石’，不是‘叠石’——‘砌石’和‘叠石’是两个完全不同的概念。‘叠石’讲究‘参差不齐、里进外出、虚实结合’，因地制宜、因景制宜，不能雷同化、程式化。古人‘叠石’，有‘土包石’与‘石包土’之说，意思是说：土、石融为一体，看上去非常自然，石头像是从土里长出来的，水像是从石头里流出来的。同时，还要达到‘亲水’的目的，游人蹲在驳岸边上能够接触到水面。”

说到这里，他补充说：“‘叠石’这门技艺并没有失传，现在还有传人。这件事情，民工是做不好的。”

讲到“堆山”，何先生说：“‘堆山’不能用挖掘机堆，要用人工，先设计好，哪里该突出、哪里该凹陷，要‘高其所高、低其所低’。当初我负责长春园修复设计，带着研究生一点一点测量、计算，需要多少土方量都算得一清二楚。后来，管理处没按照我的设计做，说是没钱，只好凑合了。他们对外人说‘是何重义设计的’，我不认可。”

“还有‘万花阵’的整修，我当初建议：只恢复一部分。可是后来全部恢复了，搞得不伦不类。”说到这里，何先生摊了摊双手，一脸无奈。

我又跟他讲了大面积砍树的事。何先生说：“圆明园现在的树，大部分是 20 世纪 50 年代中后期开始种的，当时没有规划，更谈不上设计，居然把柳树种到了山头上。树种也没有考虑，有什么种什么，与圆明园当初的植被不符。而且，杂树丛生，山都上不去。”

“树要砍，但要逐步来，砍一片恢复一片，逐步淘汰，一下子全砍光了也不行；错了的，要整改。”他补充说，“花木品种可以有所突破，不能局限于古人，可以栽种新的花木，如郁金香等。总之，植被要与皇家园林相匹配。”

说到“皇家园林”，何教授气不打一处来：“圆明园为什么被英法联军烧毁了？因为落后，落后就要挨打。为什么会落后？因为腐败。中华民族本来是一个历史悠久、充满智慧的民族，但到清朝晚期却落后了，导致了长达百年的屈辱史。这是为什么？我看主要有两个原因：一是老百姓无知贪婪，一是制度腐败。”

“你想想看，即使没有英法联军造孽，圆明园就保得住吗？我看不一定。”何先生说，“历史上毁坏文物的例子很多，比如项羽焚烧阿房宫，比如董卓放火烧洛阳皇宫，等等。就算英法联军不火烧圆明园，恐怕也很难保全。‘文革’中我们消灭了多少‘封建余孽’？即使到了‘文革’之后，全国有多少古建筑、古遗址，都被‘城市化’和房地产开发破坏了？这样的例子不胜枚举，令人痛心！

“1939 年日军侵占北京后，兵荒马乱，圆明园无人看管，破坏不断。特别是树木，砍得一塌糊涂！圆明园本来还剩下一棵老松树，上百年了，能保存到新中国很不容易，但后来却被管理人员砍掉了！

『文革』中被毁的太湖石

何重义供图

“新中国成立后，进到圆明园的人一年比一年多，圆明园三园都有，形成了多个村子。农民天天挖墙脚、盖房子，挖山、填湖、种水稻，原来的岗阜破坏得不成样子！后来，周总理指示：圆明园的土地不准外拨，将来有条件可以恢复。北京市政府也明确要求：圆明园的一草一木不能动。结果怎么样呢？照样破坏！我当年亲眼看到，为了争抢文源阁残存的一块太湖石，双方打得头破血流，最后谁也不让谁，居然把这块巨大的太湖石砸破了。真是造孽！

"'文革'期间，破坏得就更厉害了，挖防空洞、盖厂房，居然还在里面建了一个石料场。"

"圆明园整修是全国文物界的大事，为什么不在全国范围招标，选最优秀的专家、最高水平的设计院？"说到这里，何先生加重了语气，"你知道圆明园西区整修的规划，是谁设计的吗？是北京市文物局的下属部门设计的，因为别人的设计很难通过市文物局的评审！恢复山形水系，也是同一个设计单位搞的。你想想，自己搞设计、自己施工，怎么能保证不出问题？出了问题怎么办？还得说'好'！他能自己打自己的嘴巴吗？"

尽管说了一两个小时，何先生还意犹未尽。这时已近中午，他夫人下班回来了。

我们起身告辞时，何先生送了我一张"圆明·长春·绮春三园平面图"，语重心长地说："圆明园的事情很复杂，也很难，但工作还是要做。我的原则是：实事求是，与人为善，与世为善。"

北海团城的启示

5 月 6 日是周五。这天下午，我去拜访潘从贵推荐的李嘉乐先生。现年 81 岁的李先生曾任北京市园林局副总工、中国园林学会常务理事，也是圆明园学会的资深会员。

李嘉乐

赵永新／摄

李先生住在西二环官园桥西南的一片老房子里，家里布置得很简洁。身材高大的他须发皆白，思维清晰。

坐定之后，李先生先从他的经历讲起——

我 1946 年毕业于中央大学，毕业后到台湾，从事林浆造纸，与当地工友处得很好。后来国民党入台，局势飘摇不定，我在解放前回到大陆，先后在北京市建设局、园林局工作。20 世纪 50 年代市委成立都市规划委员会，我就被抽调到规委工作，开始接触圆明园。

“文革”期间，圆明园处于无人管理的状态。林副统帅命令挖防空洞，圆明园附近的许多单位都到园里挖石头，运回自己单位修筑防空洞。同时，陆续进入园子的流民开荒种田；还有驻到园里的部队，挖山填湖，造田种稻。

“圆明园起先是被英法联军破坏的，但‘桩子’却是我们自己拔的。”李先生不无遗憾地说。

“1972 年我下乡回来，张士翔找到我说：圆明园这样下去总不是个事儿，咱们得呼吁呼吁。于是，我们两个人，还有市文化局和海淀区的 4 位同志，联名给北京市市长吴德写信。吴德没有直接答复，由北京市建委出面处理。后来，几经周折，海淀区在 1976 年成立了圆明园管理处。”

听到这里，我跟李先生讲起圆明园铺防渗膜的事。他说：“这事儿我没有实地做过调查，所以没有发言权。但是，为什么要铺防渗膜？说到底还是一个如何利用水的问题。我给你讲一个故事，是关于北海团城的，对圆明园不无启示。”

下面是李先生的讲述——

北海的团城，你知道吧？800 多年前它还是湖中的一个土岛，元代时环岛围起城池，也就是团城。这大概是世界上最小的一个城堡，面积只有 4500 多平方米，高出地表 4.6 米，而且没有水源，但却从不干旱，里面长着许多郁郁葱葱的古树，其中最为珍贵的是一棵 800 多年的白皮松，被乾隆册封为“白袍将军”，是北京市古木的“大熊猫”。

曾经有一个时期，不知什么原因，“白袍将军”有两个枝杈枯萎了，这下可急坏了园林工人。最初，大伙儿想：是不是古树年代久远，缺少养分了呢？

白袍将军 赵永新／摄

当时北海公园的工作人员就琢磨着给古树施肥，在哪里施肥呢。按照一般的规律，吸收养分的树根都在树冠的靠边上这一圈，所以当时就选了几个地方把地下的砖拿开，想看看底下根的生长情况，在这个基础上好“对症下药”。结果工人把砖移开后，就发现，这里的砖与众不同。怎么个与众不同？团城的砖不像普通的砖那样方方正正，而是上大下小，砖跟砖之间的缝隙没有灰浆，所以砖跟砖之间纵横都有一些通道，松树的毛细根沿着砖缝向前生长。砖下面，是一层又松又软的衬砌材料，就像是一层海绵，雨小了能蓄水，雨大了也可以渗水。

你看看，几百年前我们的祖先设计团城时非常科学，充分地考虑到了树木的生长，希望能有更多的水渗到地下。团城地势北高南低，水往低处流，大部分倒梯形砖位于团城的南半区。倒梯形砖排列在一起，你会发现砖与砖之间形成一个三角形的缝隙，就是这样一个缝隙会很容易地将雨水引入地下。由于砖缝大，雨水不易在砖的表面形成径流，同时这个缝隙保证了土壤表层的通气和蒸发作用。难怪一个小小的团城能拥有如此众多的古松古柏，这是充分利用雨水的滋润的结果。

环绕团城 270 多米长的城墙居然一个泄水口也没有，城上却从不积水。下大雨的时候，城外已经是雨水遍地，在这个城池上，却只是雨过地皮湿，原来雨水都渗到地下了。

听到这里，我不解地问：“那白皮松为什么枯萎了呢？”

李先生笑了笑，继续说——

你别着急，我慢慢讲给你听。当时，我们都认为：植物对水的需求是有限的，会不会因为近一个时期降雨频繁，渗到地下的水太多，把根给沤坏了呢？于是，园林工作者们开始检查树根的状况，没想到，又揭开了另外一个秘密。什么秘密呢？“白袍将军”旁边有一眼古井，一直以来，园林工作者都认为它是用来渗排污水的。没想到打开井盖，里面竟然别有洞天，露出的竟是一条找不到尽头的涵洞。人在洞里只能爬行，洞的四周都是由青砖砌成的，地面上有一层厚厚的黑土。这条涵洞究竟有多长，是干什么用的呢？后来，北京景山公园园长沈方爬到洞中，拿着绳子和手电筒往前探。由于涵洞狭窄，始终也没有找到水口的方向；爬到地面上看，除了分布没有规律的井口以外，就再也找不出任何关于涵洞走向的迹象了。

为探明涵洞的走向，北海公园请来中国水利水电科学研究所的科研人员，采用地球物理勘测用的电磁法，对团城的雨洪灌排系统进行了探测，并将9个雨水口进行了标记。这样就描绘出一张涵洞的地下组成图：地面上井口所处的位置均是涵洞走向的转折点，整个系统形成了一个英文字母“C”的形状。专家们明白了：这是收集雨水用的，在下暴雨、大雨的时候，这个由涵洞组成的雨洪系统即会发挥作用，把水排掉。

“白袍将军”为什么出毛病了？原来，由于年久失修，涵洞有一部分坍塌了，团城的集水和排水都受到了阻碍，下渗的雨水不能很快地排下去，多余的水就会泡烂树根。

“我为什么要啰里啰唆地给你讲这个故事呢？”李先生看着我说，“那就是：要学习古人的智慧和设计方法，充分利用天然雨水。新中国成立以来，北京市对于如何用水，一直没有一个很好的系统规划，头痛医头、脚痛医脚，脑袋里只想着从外地调水，对于天然雨水的收集利用，一直没有引起重视。水是从哪儿来的？还不是从天上来的？地下水不也是从天上来的？天上的雨水你不要，你跟谁要去？我在80年代就觉察到城市大面积铺装、硬化的危害——阻断了雨水的渗漏，结果降在北京城里的雨水，90%以上从下水道排走了，这是很可惜的事情。每年全北京要白白流掉6亿到7亿吨雨水，而设计中的南水北调工程，一年也就能给北京带来12亿吨水。

“北海团城的事儿更加使我意识到利用雨水的重要性和可行性。后来，我做了大量的调查、计算，觉得要尽快改变大面积硬化地面的做法，多做能渗水的地面，好好利用雨水。这件事与园林绿化有关，但却不是园林部门的事儿，得由城建部门牵头来做。于是，我写信给北京市市长，呼吁城建部门改变大面积铺装的做法，可这位市长大人糊涂！他居然把信转给了市园林局，最后转了一圈儿，又回到我这里来了。这可把我气坏了，这事儿园林局根本管不着！”

说到这里，李先生摊开双手，一脸无奈。

我听了也是哭笑不得。随后，我给他讲了圆明园西区拔野草、铺草坪的事。

李先生听完，连连摆手：“这种做法要不得！大面积种草坪不仅耗水大，还有一层许多人没意识到：种草坪还把上面长的树害了！”

“这又怎么讲？”

李先生解释说：“土生土长的野花杂草密度一般来讲不是很大，但人工种的草坪就不一样了，草厚根密，水浇上去后，就形成一层厚厚的棉被，很难透气。树根也需要呼吸的，树根上面盖上这床厚被子，天长日久，树不憋死才怪呢。前些年天坛公园、中山公园的好些个松树，就是被后来种的草坪给活活捂死的！可是，许多人就是不觉悟，为了追求好看，到现在许多公园还在干拔杂草、铺草坪的傻事！”

不知不觉，两个多小时过去了。临别时，李先生一直把我送到胡同口，挥手道别：“有空来玩儿！”

我没有想到的是，这次见面竟成永别。2007 年春节，我从一位老师那里得知，李嘉乐先生在 2006 年驾鹤西归了。听到这个噩耗，我愣了半晌：身体那么好的李先生，怎么说走就走了呢？

让我更觉难受的是，李先生上述充分利用雨水、慎种草坪的真知灼见，以及他生前不遗余力的呼吁，至今还没有引起应有的重视。放眼全国，无论是城市还是乡村，盲目硬化路面和改种草坪、清除野草的愚蠢做法，还在许多地方被奉为时髦之举，大行其道。

北海团城

赵永新／摄

十三 烫手山芋

“五一”长假结束了，国民党主席连战圆满完成他的大陆之行，返回台湾。在日渐燥热的天气中，前一段时间沉寂的圆明园防渗事件，又重新回到公众视野。

自4月13日国家环保总局的听证会开完后，唯一能撬动防渗事件的，就是环境影响评价报告了。

然而，令人尴尬的是，自3月31日国家环保总局指示圆明园管理处“立即依法补办环境影响评价审批手续”一个多月来，居然没有一家单位敢接“环评”这个烫手山芋。

最后通牒

5 月 8 日，“五一”长假后上班第一天，就从环保总局传出一个坏消息：圆明园管理处至今还没有找到环评单位。

本来，早在 3 月 31 日，环保总局下发停工令的时候，就对圆明园管理处提出明确要求：立即依法补办环境影响评价审批手续。

环境影响评价审批手续，是指项目建设单位在开工之前，委托有资质的环评机构，对建设项目可能产生的环境影响进行评估，就可能出现的不良环境影响提出防范措施，拿出一套环评报告；然后，根据分类、分级原则，上交当地或上级环保部门进行审批。只有环评报告过关，该项目才能动工建设；如果没有做环评就上马，就属违法工程。因此，对于新建项目来说，环评是一个必过的关口。

我国的环评制度始自 20 世纪 70 年代末，是环保元老曲格平先生任国家环保局局长时，参考国外经验制定的，被视为控制污染项目的“撒手锏”。但是，由于严重的地方保护主义和制度设计本身的缺陷，“撒手锏”并没有发挥应有的威力。全国各地，绕过环评的有之，先上马、后环评的有之，环评作假的有之，只环评不落实的有之。一句话，这招“撒手锏”在很多时候沦为可有可无的“橡皮图章”。

为改变这种状况，同时也为了扩大环评范围、把单个的项目环评上升为区域性的规划环评，原先的《建设项目环评条例》升格为《环境影响评价法》，并于 2003 年 9 月 1 日起颁布实施。

尽管如此，全国范围内有法不依的情况还是大量存在，特别是一些大型建设项目，依然不把环评放在眼里，“先上车后买票”。为惩治这些违法行为，2005 年 1 月 18 日，环保总局副局长潘岳亲自出马，叫停了 30 个大型建设项目。这 30 个被叫停的建设项目多为电力工程，包括三峡总公司旗下的洛溪渡水电站，总投资超过 1179 亿元人民币。这次前所未有的环保执法行动，被媒体称为“环保风暴”。

起初，某些大企业集团根本没把这次“环保风暴”放在眼里。他们各施手段，通过各种方式给环保总局施加压力。有的公司老总甚至还通过媒体“鸣冤叫屈”，指责环保总局“不够审慎”，说什么“突然叫停这么多电力项目，将导致中国电力供应持续短缺，还由此导致‘严重的经济、社会问题’”。一时间，“环保风暴”如何收场，成为各方关注的焦点。

就在环保总局骑虎难下之际，国务院总理温家宝出马助阵。在一次国务院会议上，他当面给环保总局局长解振华打气：环保总局现在也动真格了，查处了一批违规上马的项目，非常好！

因为温总理的公开支持，那些不服气的大企业才开始低头服软，这次“环保风暴”得以侥幸“软着陆”。

自此，“环评”这一施行了 20 多年的环保制度才开始得到社会重视，放射出“撒手锏”的凛凛寒光。

从某种意义上讲，环保总局 3 月 31 日叫停圆明园防渗工程，可以说是 1 个半月前“环保风暴”的延续。如果不是环保总局祭起“环评”这把“撒手锏”，防渗事件很可能会不了了之。

与总投资超过 1179 亿元人民币的 30 个大型建设项目相比，圆明园防渗工程显然是个“小不点儿”。但人们没有想到的是，防渗工程被叫停 40 多天后，却无人敢接环评这个“烫手山芋”。

而根据《环境影响评价法》的有关规定，环评只能由业主单位自行选择有资质的机构，环保总局无权代劳。

可以想见，如果没有单位做环评，防渗工程将会无限期拖延下去。有道是“夜长梦多”，如果环评久拖不决，公众着急倒是小事，谁又敢保证，半路上不会杀出哪路神仙？

5 月 8 日，环保总局根据《环境影响评价法》的有关要求，给圆明园管理处下了最后通牒：在接到正式通知之日起 40 天内提交环境影响评价报告。在环境影响评价报告批准前，圆明园整治工程继续停工。

“限期环评”的消息一出，圆明园管理处很快做出回应。管理处副主任、新闻发言人朱红向媒体表示：由于一直没有找到愿为圆明园做环评的单位，所以不能保证按时交环评报告。

先接后辞

其实，所谓“一直没有找到愿为圆明园做环评的单位”，与实际情况并不相符。

5 月 11 日，环保总局副局长潘岳向媒体透露：防渗工程被叫停之后，圆明园管理处找到北京师范大学所属的一家环评单位，希望他们对该工程进行环境影响评价，并主动递交了委托书。但是，近一个月后，该环评单位却莫名其妙地“请辞”了。

对建设项目的环评先接后辞，在我国 20 多年的环评史上也不多见，其原因让人“丈二和尚——摸不着头脑”。要知道，给建设项目做环评并不是“白辛苦”，业主都会支付费用。一般而言，环评机构都会千方百计揽业务。

对于圆明园防渗工程，为什么北师大所属的环评单位先接后辞？其他环评单位为何不愿做这个项目？

最根本的原因，恐怕还是如潘岳所言：害怕承担责任。

当然，这里的“责任”，除了指要对防渗工程带来的环境影响做出实事求是的评估，更重要的，是得承受相关各方的压力。

当然，之所以出现上述尴尬局面，除了环评机构“缺乏担当”外，环评制度本身的缺陷也难辞其咎。李皓博士告诉我，应该对目前的业主出资自寻环评单位的制度进行改革，建立中立的第三方机构，托管环评资金，实行环评竞标制，以免除环评单位“拿人钱财、替人消灾”的流弊；同时，要杜绝环评和项目评审中的长官意志，矫正项目业主“环评只能帮忙、不能添乱”的错误心态，激励环评单位秉公办事，为环评的正常开展创造宽松的社会环境。

此时此刻，任何批评都于事无补。最最紧要的，是要有环评单位出手接招，打破僵局。

清华出山

在公众的苦苦期待中，时间又过去了一周。

谁来接圆明园防渗工程环评这个“烫手山芋”？

赵永新/摄

疾风知劲草。5 月 17 日，从国家环保总局传出消息：清华大学已承接圆明园整治工程的环评工作。据称，清华大学已经联合有关单位组织多学科专家成立环评工作组，并承诺在环保总局限定的时间内提交环境影响报告书。

清华大学环境科学与工程系负责人表示，将本着对社会、对环保事业负责的精神，以实事求是的科学态度，开展圆明园整治工程的环境影响评价。

此外，北京师范大学负责人也主动与环保总局进行了沟通，对未能及早答复、延误环评致歉，并表示：将积极协助清华大学，共同做好圆明园整治工程的环评工作。

获悉这一消息后，我心中暗念“阿弥陀佛”！

清华大学旗下的这家环评单位，名字叫北京国环清华环境工程设计研究院。该研究院成立于 1993 年，主要技术依托于清华大学环境科学与工程系，业务包括环境规划、环境影响评价，是北京拥有甲级证书的 40 多家环评机构之一。

虽然如此，此后的进展如何，仍难以预料。清华的这家环评机构虽然拥有甲级资质和足够的环评人员，并有北师大等单位的帮助，但也并非没有压力：除了社会压力外，还有“时限”问题。而且，北京的雨季很快就要到来——他们能在 40 天内，完成现场调查、数据分析等细致繁杂的工作吗？

接下去，将是至少 40 天的等待。在这漫长的等待中，多灾多难的圆明园还会发生什么样的意外？

十四 波澜再起

正应了那句话：要想人不知，除非己莫为。正当清华大学承接环评、防渗事件趋于平静的时候，却又从圆明园爆出更令人震惊的消息：福海中间的湖心岛，居然出租给相声演员。

湖心岛出租

最先披露湖心岛出租事件的，是《北京青年报》旗下的《法制早报》。下面是5月16日该报记者陶勇题为《圆明园将湖心岛出租给私人 游人不得登岛游览》的详细报道——

尽管防渗漏工程的搁浅使圆明园福海一直干涸现底，4月的一天，前来春游的保定师专学生还是饶有兴致地踩着坎坷不平的干硬土块登上了湖中央一座方圆几百平方米的小岛。

她们发现小岛一侧有一座典雅别致的古式四合院，便打算前去参观并拍照留念。可是，到了跟前却发现这是一片禁地，一块“游人止步”的牌子横在眼前。

而整个建筑被2米高的栅栏围住，里面两只大狼狗狂吠着企图挣脱铁链扑向她们。

这群女孩被吓得胆战心惊，最后落荒而去。

公共游览场所成了私人领地

实际上，遭遇相同待遇的不只保定师专学生们，北京的熊先生也曾遭遇过相同的待遇。

去年夏天，熊先生与几位朋友到福海划船，船至湖心，他们试图登岛游玩，结果被四合院里出来的人阻止。

他们提出只在岛上小憩一两分钟，但还是遭到拒绝。

“这是私人的地方！”那人不容商量地请他们离开。

后来，熊先生向游船出租处的工作人员询问。

“那里不能上去！”工作人员称湖心岛已经租给了一对说相声的双胞胎演员，所以不允许游人上岛。

4 月 27 日，《法制早报》记者来到福海湖心岛四合院栅栏门前，但见铁将军把门，仍试着叫了几声，但院内无人应答，两只狼狗狂叫不已，蠢蠢欲动。

由于圆明园福海已经没有水，划船业务也停了下来。因此，在圆明园没能找到出租游船的工作人员，但途遇一些戴工作牌的圆明园员工。

有一位知情的员工说，“就那对双胞胎啊，他们是说相声的演员。岛上的房子他们租去没有 20 年也有十五六年。我 1985 年来圆明园的，那时他们就租了那地儿。整个岛上都是他们自己装修的，屋里装修成卡拉 OK 屋的样子，哥儿俩没事就在里面背背台词什么的。他们租了那房子，但一有水的话那整个岛上都是他们的。”

但他没有透露这对双胞胎演员是哪个单位的。

记者试图与圆明园管理处接洽，了解详情。圆明园管理处主任李景奇不在办公室，一位工作人员称不了解这件事。

4 月 28 日，记者拨通圆明园管理处经营科电话，一位女士说科长不在。

“你们那个福海湖心岛租给谁了？”

“租给谁？怎么啦？”

“听说是租给两个演员，是不是？”

那位女士再次反问：“有什么问题吗？”

4 月 29 日，记者拨通圆明园管理处主任李景奇办公室的电话，一位中年男士称李主任不在，并再三问记者什么事。于是记者便问道：“听说福海的湖心岛租给私人了，是吧？”中年男士有些警惕地反问：“这个有什么关系吗？”

记者说：“我想了解一下有关情况。”中年男士则回答：“这个不大清楚。”

五一节前后，记者多次与圆明园管理处主任、经营科科长联系，均未能如愿。而只要听说是记者，接电话的人都声称是来办事的，办公室的人不在。

圆明园管理处是否犯规违法

“圆明园属于国家重点保护单位，具体业务管理属于国家文物局，我们只是业务指导，不过我们园林绿化的土地是不允许出租的，因为它属于公益事业。”国家建设部城建司园林处处长曹南燕告诉记者。

《中华人民共和国文物保护法》第二十四条规定：“国有不可移动文物不得转让、抵押。建立博物馆、保管所或者辟为参观游览场所的国有文物保护单位，不得作为企业资产经营。”

国务院办公厅《关于加强风景名胜区保护管理工作的通知》也指出：“风景名胜资源属国家所有，必须依法加以保护。各地区、各部门不得以任何名义和方式出让或变相出让风景名胜资源及其景区土地。”

众所周知，圆明园是国家文物保护单位。那么，圆明园管理处的“出租”行为是否违反国家法律法规呢？记者为此向有关专家进行了咨询。

中国风景园林学会工程师黄晓鸾表示：“圆明园不仅是全国人民遗产而且是世界遗产，因此属于全国人民所有，把景点出租不合适。但圆明园也有它的苦衷，因为作为事业单位，在某种程度上来说经费缺口很大，光职工就有1700名。因此客观上他们就想一些办法来解决。”

“圆明园是一个国家级遗址公园，当然属于国家所有，管理属于地方政府，但地方政府没有权力将它租给个人使用。”北京大学世界遗产保护中心教授谢凝高如是说。

“现在旅游风景区的情况很糟糕，有的地方政府把旅游风景区的部分土地出让，甚至整个风景区都出让。这种情况目前在国内有些地方相当严重，性质与圆明园相似。”

中国政法大学行政法教授何兵的观点一针见血：圆明园的资产性质与国有企业的财产不一样，它属于公益性资产。国有企业有自主经营权，以营利为目的；公益性资产不以营利为目的，或者不主要以营利为目的。

“所以圆明园管理处不能想怎么做就怎么做。如果圆明园的景点可以租给私人，那整个园区就可能变成私家花园；因为按照这个逻辑，这块土地可以租给张某，那块土地就能租给王某，如此类推，所有的土地都可以租给个人。因此，圆明园的做法违法性比较明显。”

文中提到的“湖心岛”，指的是雍正年间在福海中间修建的“蓬莱洲”，乾隆初年更名为“蓬岛瑶台”。当年每逢端午，福海内都要搞龙舟比赛，皇帝率王公大臣在西岸的望瀛洲亭观阅，皇太后及后妃等内眷则在蓬岛瑶台上观赏。1860年圆明园罹劫时，福海中间的蓬岛瑶台殿宇幸免于难。同治九年（1870年），这些殿宇毁于火灾。1985年，有关部门开始清整补砌蓬岛瑶台三岛基址、驳岸和叠石，并修复东岛瀛海仙山上的六方亭、西岛庭院（即现在相声演员租住的建筑——笔者注）和东西曲桥。

《法制早报》的这篇报道像一枚重磅炸弹，在社会上炸开了花。其后，《新京报》、《北京青年报》、新华社等媒体纷纷跟进、连续进行报道。一时间群情激愤，讨伐之声不绝于耳。

那么，圆明园管理处又是如何应对的呢？

5月17日下午，《京华时报》的记者刘薇与另外两家媒体的记者受到了相同的“礼遇”——

……随后找到指挥部，却被工作人员告知：“见领导要预约！”在记者提出希望对方能通报一声后，几名工作人员均表示“不方便通报”。

记者再次致电公园管理处，被告知负责人很忙，正就圆明园防渗工程的相关事宜与清华大学沟通。据圆明园内部人士透露，近两天，圆明园会就湖心岛出租一事对外表明态度和说法。

5月18日，圆明园管理处终于出面，其党政办公室负责人唐莉女士接受了《北京娱乐信报》记者马子越、张永智的采访——

“圆明园的确把福海的湖心岛租给了两位相声演员。”唐莉说，20世纪80年代初，圆明园里住着很多住户和企业单位，后经过多方努力，这些住户和单位才搬出圆明园，“可能是当时把湖心岛出租的吧”。

唐莉说，当时湖心岛非常脏乱，经常有人在岛上大小便，后来有人把岛屿租下后，才由承租者慢慢建成现在的样子。“我觉得他们可能是把小岛建成一个会馆，与朋友一起聚会，但我从来没上过岛，也不清楚庭院里具体是什么。”

“租金多少还不清楚”

关于出租岛屿的事情细节，唐莉表示，这是大约20年前的事情，当时的领导和契约目前还不能找到，具体的知情者也不在，所以还不能透露其中的细节，她也不清楚出租的租金是多少。唐莉表示，圆明园将尽快整理材料，再向媒体和读者通报情况。

“就像出租门脸房一样”

“公园出租房屋是很正常的现象，你看哪个公园里没有出租的门脸房呀，我觉得把岛屿租给个人与出租门脸房没有本质的区别。”唐莉说，“人家不用房子的时候，有权把房子锁起来。”最后她还表示，虽然她不清楚当时领导是怎样安排的，但肯定符合相关规定……

读完这篇报道，我连道“荒唐”——“把湖心岛出租给个人”怎么会和“个人出租门脸房”性质一样？作为管理处的工作人员，在事件被媒体曝光3天之后出来接见记者，不太可能不清楚“庭院里面在干什么”“出租的租金是多少”等基本问题。

尽管唐莉女士对这三点“不清楚”，却向记者保证：“肯定符合相关规定。”

后来，经换位思考，我也释然了：作为圆明园管理处的工作人员，如此回应，恐怕也有难言之隐吧。

对于这一事件，北京市文物局政策法规处孙玲处长在接受《京华时报》记者刘薇采访时，如此回应——

要判断圆明园出租湖心岛房屋行为是否合法，必须先搞清被出租的是否是

“文物建筑”。她说，按照相关法律的规定，文物建筑不能出租给个人。不过，如果是后来建造的服务性设施，那么其出租就可能并未对文物造成破坏。她介绍，圆明园的历史情况比较复杂，在开辟为公园前，园内有大量民居，福海往西基本上就是民居，“据我们了解那一片只有正觉寺是唯一留存的文物建筑”。

孙玲处长介绍，目前相关法律只规定了国家所有的、已开辟为群众参观游览场所的场地不能转让和抵押，但对其是否可以进行出租没有明文规定。像圆明园这种国家级的文物保护单位，如果其整体的使用性质发生转变需由北京市政府报国务院审批，但像目前圆明园出租湖心岛房屋这种情况，到底应该由什么部门来审批，目前法律上解释得并不明确。

（见5月18日《京华时报》）

与两个月前防渗工程被曝光相比，圆明园管理处这次的反应比较快。据5月20日《北京青年报》报道，5月18日下午，他们就湖心岛出租事件紧急召开会议，讨论与承租者双胞胎相声演员出租协议的有关问题，并在第二天向媒体公开答复——

蓬岛瑶台西岛值房院不是文物，为仿古建筑。1985年整修福海景区时，全面整理了蓬岛瑶台山石，补砌临水条石驳岸，修建东西两座石桥、瀛海仙山六方亭和西岛值房院。修建后的西岛值房院建筑面积一百余平方米。1988年，圆明园遗址公园开放后，来园游客剧增，加之当时大量园内住户尚未搬迁，部分游人和园内住户对园内及岛上建筑和设施进行破坏。由于岛上基础设施不到位，随地大小便现象时有发生，湖心岛几乎成了“临时厕所”和垃圾站，频频遭到游客投诉。管理处出于加强对环境和设施保护的考虑，决定加大对湖心岛的管理力度。但由于当时园内管理人员缺少，很难顾及湖心岛的保护和看管。因此，以以租代管的形式，于1993年将蓬岛瑶台西岛值房院租给武警文工团演员李博成、李博良兄弟，新一期合同期十年（2000年至2010年）。合同签订同时，李氏兄弟承诺在租用值房院期间，保障岛上的文物和环境不被破坏，并且保证游人可正常到岛上参观游览。尽管这是历史遗留问题造成的，但确实是与遗址公园的性质不相协调的。

多年来，在各级政府的高度重视和大力支持下，园内住户和驻园单位相继搬迁。2003 年以后，管理处依据《圆明园遗址公园规划》，进一步加大了园内环境整治的力度，做出清理与遗址公园功能不符、环境不协调的联营项目的决策。同时推陈出新，统一规划，综合治理环境，并且付诸实施。目前，已将惊险桥乐园、水上自驾高架车、碰碰车、儿童乐园等项目清理出园，蓬岛瑶台西岛也已列入清理对象范围，但由于遗留问题较多，加之合同没有到期，现正在积极与承租方沟通协商，尽快解决。

相比之下，承租者之一李博成更加直截了当。他此前已向媒体解释租房缘由，并表示“愿遵从民意，若法规不允许，愿意放弃”。

对于湖心岛出租事件，管理处的上级单位也出面澄清了。《北京青年报》同一天（5 月 20 日）报道说——

本报讯 昨天，就圆明园湖心岛出租给双胞胎相声演员一事，海淀区委一位负责人表示，这是历史遗留问题，据区委区政府了解，圆明园一直在做出租房腾退工作，湖心岛被出租是一个正在解决中的问题。

这位负责人同时强调，圆明园将湖心岛出租是公园的一般性经营事务，区政府主要管圆明园的干部队伍和大的决策，不会去管公园的一般性经营事务，所以出租湖心岛绝不是经过政府审批后采取的行为，如何彻底解决这个问题也完全由公园决策。当然相关职能部门会依法监督公园的各种行为。

对于此事，新华社记者鹿永建写了一篇“新华时评”——

查查还有多少个“圆明园湖心岛”

（新华网北京 5 月 19 日电）

被媒体曝光后，圆明园管理处 18 日承认把湖心岛租给了私人，属于历史遗留问题。人们不禁要问：全国还有多少个被出租给个人的“圆明园湖心岛”？各地的文物和风景区还有多少个类似的“历史遗留问题”？

让全国各地的“圆明园湖心岛”曝光，需要公众、专家、媒体的积极参与。今年三月，兰州学者张正春致电媒体反映圆明园正在铺防渗膜，对生态造成破坏。四月，北京大学俞孔坚博士质疑“整形”工程破坏了圆明园近百年来自然演进而形成的自然遗产。日前，保定师专的几位女生奇怪地发现圆明园湖心岛居然是“游人止步”的私人禁地。正是公众，特别是专家、学者出于道义感、公民责任感和学术良心，把问题提出来，见诸媒体，才引起众多关心和爱护圆明园的人们注意，引起政府部门的依法干预。

以前，人们发现身边的问题时，首先想到的是政府的责任。其实，把问题揭露出来，首先需要公众的积极、主动、普遍参与。设想，如果张正春、俞孔坚和保定师专女生看到问题，只是叹叹气、摇摇头说：真没有办法，这不是我干的，也与我无关，一走了之，圆明园的今天绝不是这样。所幸，他们不怕麻烦，不怕得罪人，才没让问题跑掉。

一段时期以来，一些党员干部未经任何部门批准，在庐山损毁国家生态公益林，违规兴建私家别墅，导致这一景区抢建别墅成风。这一现象也是经媒体披露后迅速成为舆论焦点。

我国不少文物和风景名胜区存在开发不当问题，已成为不争的事实。要把问题一个一个地解决，指望文物和风景名胜区管理者自查自纠，未免太理想主义。依靠上级主管部门在工作检查中发现所有问题，效果也未必理想。所以，公众对于这些公共财产的使用进行随时随地的监督就变得很重要。

发现问题一定要加以解决，不能任其拖成新的“历史遗留问题”。庐山风景区就有这样的危险存在。问题披露半年多了，这些别墅的主人是谁？时至今日尚未“查清”。但是，我们有理由相信，在更加敏感的圆明园问题上，在全国的首善之区北京，在全国人民的关注下，有关部门和地方政府一定会依法解决圆明园管理中暴露出的问题，给全国带个好头。

但愿如此。

长春园建别墅

就在圆明园管理处答复“出租湖心岛”事件的同一天，也就是5月20日，《北京青年报》在报道该“答复”的同一版面下方，还发了该报实习记者写的一篇报道《圆明园内建别墅？》——

本报实习记者报道 圆明园湖心岛出租一事正沸沸扬扬，昨天，又有读者给本报打来热线反映，在圆明园中还有着一个“万春园别墅”，其间有着近30栋分体别墅。读者提出同样的疑问，作为遗址公园，圆明园中是不是该盖别墅？

昨天，记者在网上输入“万春园别墅”查询，在“北京旅游信息网”上果然找到了简介，简介中介绍：“北京万春园有限公司……位于北京圆明园公园内，占地面积三万多平方米，是一座皇家园林式高级别墅……不但能满足外国驻华人员及商社长期包租，也可接待零散、团队宾客……”

昨天，记者拨通了简介上留下的电话，接线的小姐告诉记者，这里不是万

万春园门口

赵永新/摄

春园别墅，而是保险公司，其后，小姐将记者电话转到了一个部门，接电话的先生表示："现在别墅没有对外营业，都是作为保险公司的办公用房。"对记者提出的"万春园别墅位于圆明园公园内"这一问题，该先生并没有直接回答，他只告诉记者"圆明园的面积很大，别墅已经盖了一些年头，都有手续"。

昨天，记者与圆明园管理部门联系采访，了解万春园别墅情况，但最终未果。

5月21日，《新京报》在头版头条位置，以《圆明园内建别墅 每套月租金近五千美元》为题，刊登了该报记者张剑锋、廖卫华采写的报道——

继圆明园湖心岛出租一事遭质疑后，圆明园内一处占地3万平方米的万春园别墅再次引发关注。昨日记者实地探访获知，里面有约30套雕梁画栋的四合院式别墅早已悉数出租，月租金数千美元。圆明园管理处对此表示，该别墅群建于十余年前，手续齐全。

记者探访别墅月租金四五千美元

昨日下午，在万春园公司门口，记者被一保安拦住，称必须与公司人员联系得到同意后方可进入。面对有关租房事宜的询问，该保安联系的有关人员陈斌（音）介绍说，院内的别墅都是四合院的形式，每套建筑面积约300平方米，内部有点类似于俗称的三室一厅，但有院子，月租金在4000～5000美元之间，不过现在别墅早都租出去了，估计到明年才可能有空房子。

从圆明园遗址公园南门向里走五六十米，隔着低矮的隔墙向东北方向可以看到，在一排简易自行车棚后面，万春园的牌楼赫然入目，黄色琉璃瓦，蓝底金字。再往里便可以看到绿树掩映中的一排排四合院。

沿着砖砌隔墙走数百米后，便连接了一段铁栅栏，直到圆明园管理处东面与别墅区相接处，悬挂有几处提示牌，上面写着："非游览区，禁止入内，违者罚款。"另在东面一角的铁丝网围墙内，一只狼狗狂吠不止，围墙外打扫屋顶的中年女士和圆明园内养鸽子者都说，那是万春园里养的，但未得到保安证实。关于违者罚款的条款，阻拦的保安拒绝作出解释。

另据媒体报道，1996年12月4日下午，北大法学院学生何海波，从校外回北大时，不顾“请勿入内，违者罚款”的提示，骑自行车穿过别墅区，被万春园公司保安罚款10元，尔后，何海波起诉万春园公司，要求对方返还10元钱并道歉。1997年4月16日，海淀区法院判决万春园公司返还何海波人民币10元。

万春园公司别墅经审批建于十多年前

对此，万春园公司办公室一林姓主任解释说，这些房子并不是租圆明园的，而是在十多年前建的。他说大约在18年前，刚成立圆明园管理处的时候，关于开发和保护都有很多的工作要做，遂成立了“圆明园联合开发公司”，对万春园等处进行开发，但因为资金不足，就和他们公司进行合资，共同开发。

约在1992年左右，建了这片四合院，就产权而言，因为属于双方合资，当然共同享有产权，至于事后有无产权结构变更，就不清楚了。他还介绍，园内实有约30套四合院式别墅，占地55亩左右，至于有关人员陈斌透露的月租，他未作表示，只是说价格是随行就市的。

圆明园于1983年被定名为“圆明园遗址公园”，1988年被公布为全国重点文物保护单位。据北京市工商局网站上信息显示：北京万春园有限公司属外资企业，地址在圆明园内。另据资料显示，该公司成立年份为1994年，经营范围是别墅出租。园内建有4种规格的套院，并设有皇家餐厅、酒吧、歌舞厅、银行、邮局、民航机票代售处等综合娱乐服务设施，是一座皇家园林式高级别墅。

另在北京市城市规划设计研究院2000年1月所作的圆明园遗址公园规划方案中提到，在整治利用圆明园遗址公园的同时，在无稳定资金来源和尚未准确理解圆明园遗址公园内涵的情况下，确实也做了一些与圆明园遗址形象和价值不符的事。如在园内安排与圆明园遗址氛围不协调的活动内容……万春园东部建了别墅等。

对此，万春园公司办公室林姓主任说，建这些房子在当时都是经过层层审批的，有一整套合法手续，建房本身当然也经过了比较曲折的过程。在十多年前，既要文物保护，又要安置农民，进行开发，从一穷二白开始，圆明园管理处实际上也做了很多工作，现在当然可以按照法规进行整治，但对于过去事情做评价，不应脱离当时的历史条件、政策条件、组织结构等，否则就不能称之为客观。

圆明园管理处：“万春园” 为合法项目

昨日，对遭质疑的万春园，圆明园管理处副主任朱红说，圆明园公园内确实有一个“万春园”项目，但这是十多年前经过合法手续建设的一个项目。

朱红说，“万春园”是10多年前圆明园管理处和一个香港公司合资建设的项目。“当初建这个项目时，通过了政府立项，市有关部门按照手续进行了批复，是一个合法项目。”据朱红介绍，最近几年，香港公司退出，将“万春园”转让给了中国人民保险集团公司，目前是中国人保用于接待和开会的主要场所。

而据中国人保集团一内部人士介绍，位于圆明园内的“万春园别墅”确实是人保集团的会议中心，目前主要承担大型会议和接待嘉宾任务。作为遗址公园，圆明园中是不是该盖别墅？朱红解释说，因涉及上几任领导，她不太清楚也不好评价。她表示，这是一个历史遗留问题，比湖心岛出租问题更复杂。

看完这篇报道，我的第一个反应是：圆明园的事情真是复杂！

在国家级文物保护单位、中外知名的国耻纪念地内，建了3万多平方米的“皇家园林别墅”，其性质，应该比出租湖心岛更严重。

更值得注意的是，这座“皇家园林别墅”经过了“层层审批”，涉及“上几任领导”——如果真的要搞个“水落石出”，不知要“拔出”什么样的“大萝卜”。

此后几天，媒体纷纷跟进，后续报道接连不断，网上更是评论如潮。同圆明园铺设防渗膜一样，“万春园建别墅”很快成为全国性的大新闻。

这一次，海淀区政府反应非常迅速。据5月23日《新京报》报道：圆明园问题已经引起北京市委、市政府和海淀区委、区政府的高度重视。海淀区已开始全面介入圆明园问题的调查，本周内将向社会公布有关情况和初步结论。

具体情况如下——

昨日（即5月22日——笔者注），海淀区委、区政府有关领导和包括圆明园管理处相关部门领导紧急开会，讨论并汇总圆明园从防渗工程到湖心岛事件，再到“万春园”事件和翻建驳岸的相关材料。“从圆明园防渗工程被环保总局叫停后我们就开始介入，会本着科学负责的态度，进行全面调查。”海淀区政府有关人士介绍，他们将在本周内就圆明园事件形成一个材料，向社会公布政府对此问题的调查结果和相关解释。另据透露，文物部门本周也将开会，向媒体通报圆明园有关文物方面的问题。

“万春园别墅”问题，圆明园管理处有关人士表示，这不是由圆明园管理处甚至海淀区说了算的，涉及很多部门，圆明园管理处对位于园内的“万春园”没有产权，该问题目前也正在协调中。

…………

前日（5月21日——笔者注）是休息日，但圆明园管理处的有关领导放弃了休息，开会讨论“铺膜”事件、湖心岛事件和“万春园”事件的有关问题。

管理处副主任朱红称，因为时间久远，管理处目前正在查找“万春园”的有关批复文件。对于圆明园作为遗址公园是否该建别墅项目，朱红表示，这同样是历史遗留问题，适当时候会向社会公布有关情况……

对于圆明园暴露出的这些问题，海淀区将做怎样的“相关解释”？何时“解释”？

北大专家的呼吁

5月21日，就在湖心岛出租、万春园建别墅事件沸沸扬扬之际，新华社记者李杨、李京华刊发了一篇报道：《北大6专家就圆明园事件呼吁建立有效制衡机制保护遗产》。这6位专家指出，对圆明园遗址来说，文物破坏和生态破坏比湖底防渗更具破坏性。

这6位北大专家是：景观设计学院院长俞孔坚教授，植被地理学教授崔海亭，生态学教授、建设部世界遗产顾问专家陈昌笃，世界遗产研究中心主任谢凝高，环境科学教授黄润华，生态及景观规划助教李迪华。

李迪华供图

崔海亭在“整修”驳岸现场调查时接受记者采访。右为国家环保总局环评司调研员牟广丰

他们认为，对一个具有极高历史文化遗产价值和生态价值的遗址公园来说，文物破坏和生态破对圆明园的破坏无疑是极其严重的，至少远远甚于防渗工程——

(1) 近万米具有三百年历史的经典园林驳岸被彻底重修破坏。这些驳岸是圆明园遗址在历经沧桑后保存最完整的人工构筑物部分，其采用的工程技术体现了中国古代的建筑技术和艺术水平；此举已经严重违反了《中华人民共和国文物保护法》有关规定。

(2) 陆面生态遭受严重破坏。经过近百年自然演替恢复形成，主要是由北京乡土植物种类构成的近自然林被以近乎“三光”的方式肆意伐掉，并连根铲除，再用挖掘机造山、大面积种植草坪和观赏花木。这些类型丰富的林地，具有北

京平原上少见的生物多样性，为多种鸟类和动物提供了优良的栖息地，并对保护原有地形免遭水土流失，具有重要意义。就圆明园遗址公园的性质来说，这些乡土生物群落对烘托遗址的悲剧气氛和沧桑感是必不可少的。早在1988年国家科委就立项进行专门研究，并发表了非常扎实的研究成果（张洁、王增年：《圆明园鸟类招引与生态环境研究》，中国农业出版社1991年版）。对乡土生物群落的“三光”，不但毁灭性地破坏了圆明园近百年来经过自然演替而来的自然遗产，也对圆明园的历史文化遗产价值和景观体验带来毁灭性的破坏。

这6位专家指出：圆明园事件的发生，绝非偶然，与最近几年来不断引起公众和媒体关注的武陵源“天梯”、“水洗孔庙”、都江堰电站、泰山和黄山索道、十三陵周围柿树被“剃头”等事件如出一辙，暴露了自然和文化遗产概念的模糊，折射出中国遗产管理亟待治理的局面。

6位专家认为，发生这些事件的根源是：中国目前尚没有统一的自然和文化遗产定义和专门的遗产管理机构。中国于1985年加入了UNESCO于1972年在巴黎举行的第十七届会议通过的《保护世界自然和文化遗产公约》，已经有31处世界遗产（含两项非物质文化遗产），为保护中国的世界自然和文化遗产

李迪华供图

做出了杰出贡献。但目前的状况表明，中国和世界接轨的自然和文化遗产概念并没有被切实接受和履行。目前列入国家级重点文物保护单位891个（根据国家文物局网上公布名单统计）、国家重点风景名胜区177个、国家级自然保护区228个(2003年年底公布数据)，这些国家级遗产分别由文物、建设和自然保护等不同行政主体依据不同的法律各自定义和进行管理。定义和价值认识的局限及部门管理职能的分割，不仅导致了遗产管理工作处处被动，也致使像京杭大运河这样体现中华民族身份的世界遗产迟迟得不到有效保护，更谈不上申报世界遗产。

为此，这6位专家呼吁——

1. 制定《中华人民共和国自然和文化遗产法》，并依法成立国家自然和文化遗产专门管理机构，全面整合目前文物、风景名胜区、自然保护区等按照部门职能划分的自然和文化遗产管理与保护的定义和资源，全面推进中国的自然和文化遗产保护工作。

2. 推行遗产保护利用的决策权与管理权分离。国家级自然和文化遗产单位（包括国家级重点文物保护单位、国家重点风景名胜区、国家级自然保护区等）均要成立相对稳定和独立的专家委员会。由专家委员会负责对遗产的管理和保护进行集体决策，遗产管理和保护单位具体执行专家委员会集体决策，并定期汇报执行情况、提出管理和保护建议。专家委员会成员必须公开聘用，根据遗产性质由遗产研究和生态保护等多学科背景的专家组成，并接受社会监督；可以率先在圆明园遗址公园、中国世界自然和文化遗产保护地进行试点。

3. 依法将听证、问责、专家论证和舆论监督、公众参与等遗产保护措施制度化；自然和文物保护单位应该通过媒体和在遗产现场依法公开除国家法律明文规定不能够公开的全部信息，主动接受监督。

4. 逐步强调遗产的公益性质，加大国家对自然和文化遗产监测、研究和保护的投入，充分发挥遗产在开展爱国主义教育和国民教育中的不可替代的价值，实现遗产的永续利用。

5月22日,《京华时报》《法制日报》等报纸和许多网站,纷纷转载了这一消息,在社会上引起广泛关注。

北京大学这6位专家的呼吁,无疑是有识之士的真知灼见;他们的“集体发声”,也是北京所有高校在圆明园防渗事件中唯一的一次。然而,让人遗憾的是,对于这6位专家的中肯批评和建设性呼吁,没有任何政府部门公开出面回应。

十五 虚惊一场

夏天的热浪包围了北京。此后的一段时间里，关于圆明园的报道零星见诸媒体——

6月3日，《时代潮》杂志2005年第9期发表了记者曾金胜的文章《“圆明园事件”波澜》，比较全面地回顾了圆明园防渗工程的演变过程。

6月7日，博客中国发表了张正春的文章《圆明园防渗工程暴露出的九大问题》。6月8日，人民网全文转发了这篇文章。

6月13日，《经济参考报》发表文章：《拯救“圆明园”不能太靠行政机构》……

这些报道和文章，并没有引起太多关注。此时，人们热切期待的，是清华大学牵头做的圆明园防渗环评报告。

就在人们翘首以待这份环评报告时，一个小道消息不胫而走：环评报告支持铺防渗膜！

一时间，空气骤然紧张起来。

紧急磋商

6月16日，天气十分炎热。这天晚上，李小溪老师突然打来电话，语气十万火急："小赵，你知道吗？清华大学的环评报告支持铺防渗膜！"

我大吃一惊："不太可能吧？这消息可靠吗？"

"千真万确！"李小溪焦急地说，"是清华大学的一个老师说的，他说他看到了环评报告！"

"你们有什么打算？"

"明天自然之友要找一些专家紧急磋商，商量应对的办法，你去听听吧！"

不巧的是，第二天我有一个别的采访，未能参加这次会议。6月19日，《新京报》记者郭晓军、郭少峰报道了"紧急磋商"的情况——

6月17日下午，自然之友召集京城部分专家学者进行紧急磋商，参与这次会议的北大教授俞孔坚认为，"任何有害于完整性和真实性的工程都是错误的"，即使环评报告100%支持防渗工程，也不能成为目前正在进行的圆明园改造工程的依据和借口。

这篇题为《清华大学环评机构称，目前已完成分组报告但还未汇总最后结论》的报道称：负责此次环评的清华大学环境科学与工程系负责人昨晚在接受本报记者采访时表示，环评工作还没有结束，他们也听说了社会上传言的多个环评报告出炉的版本。

这位负责人说，由于此次环评分多个小组，目前分组报告已经出来，但没有进行汇总，因此，目前还尚未对圆明园湖底防渗工程得出最后结论。他没有透露分报告的结论。

该报道最后说：据了解环评报告将在20日前后提交给海淀环保局，然后根据程序，再举行专家论证会，由各方面的专家根据环评报告做论证，可能在专家论证会上有结论性的东西出来。

不仅如此，《新京报》还在同一版面报道了环保总局潘岳副局长接受该报记者马力专访时的表态——

我们会充分尊重环评机构通过详细论证递交的环评报告，环保总局将根据这个环评报告和各方面的意见作出决定，这个决定权我们一定会用好，一定不让大家失望。

潘岳的这番表态，也让人一头雾水：什么叫“一定不让大家失望”？

6月20日的两篇媒体评论，似乎更让人嗅出了“环评报告支持防渗”的味道。

《新京报》在题为《圆明园问题不仅仅是专业判断问题》的社评中说：人们的普遍判断是，这一报告有可能最终决定圆明园防渗工程之争的胜负。然而，我们以为，科学结论在涉及利益冲突的场合，并不一定具有决定性的力量。所谓专家论证，也只能是一种参考意见。

该社评说：圆明园防渗工程说到底不外两个问题：第一个问题是，圆明园防渗工程是否会对环境、生态、文物造成影响，影响有多大？这是一个专业问题，需要环评报告来回答。第二个问题是，如果有影响，还应不应该铺设？这是一个政策问题，应当由政治过程来决定……在圆明园防渗工程问题上，相关政府部门恰恰忽略了环境、生态、文物等其他社会利益：无论环评报告的最后结果是怎样，这一决策过程本身的瑕疵和错误是不容掩饰的。

该社评最后说：专家论证在提供数据和澄清事实上，有着不可替代的作用。但是，在政治决策过程中，起最后作用的，是利益之间的折中和妥协，而非数据和事实的运算。也因此，建立相关的利益表达机制，将各方利益引入政策制定过程，才是我们时代的要求。靠援引专家论证，做出最后政策决定的思维，并不利于问题的科学解决。

尽管这一评论笔法委婉，但其弦外之音也很明显：即使环评报告支持防渗，也不能据此作出“支持防渗”的决策。

同日，远在广州的《南方都市报》也发表了一篇评论：《圆明园环评报告将出炉专家意见取代利益表达？》。该评论的主旨，与《新京报》的社评异曲同工——

值得提请公众注意的是，科学结论在涉及利益冲突的场合，并不具有决定性的力量，所谓专家论证，其实只是一种虚妄……在政治决策过程中起最后作用的，是利益之间的折中和妥协，而非数据和事实的运算。也因此，建立相关的利益表达机制，将各方利益加以引入政策制定过程，才是我们时代的要求，援引专家论证的专家治国论，其实只是过去时代的错误回声罢了。

看完这两篇言论，我脑子里跳出一个大大的问号：难道环评报告真的支持防渗？

第二天，自然之友副会长杨东平在《新京报》上发表了题为《圆明园问题不能忽视价值理性》的文章，似乎进一步印证了传言的真实性——

对“防渗膜工程”固然需做经济和技术可行性的分析、评价，例如通过实验来测试防渗的效果，评价究竟能节约多少水；但是，对一个重大的公共决策而言，更重要的是对它的价值合理性的评价和论证。也就是说，不仅需要回答“能不能够”，更需要回答“应不应该”。以人类目前的技术能力，“给长城贴瓷砖，给珠穆朗玛峰修个电梯间”，什么样的“人间奇迹”都不难实现。如果没有价值理性的引导，单纯从技术理性出发，我们就难以摆脱被工程和技术力量驱使的厄运，成为“唯技术主义”的奴隶。

……在公共决策日益倚重专家集团的评价和判断之时，我们必须正视专家群体的文化和价值分裂这一现实，以及它对公共政策所可能产生的危险影响。为保证和促进决策的科学化和民主化，我们没有它途，只有更多地沟通、讨论，更大程度、更大范围地听取不同意见，通过程序公正和社会参与的机制，防止利益集团的特殊利益，也防止专家集团的价值不一导致的决策失误。

具体的政策建议是：圆明园工程的环评报告提供了一个技术性的诊断（比如看病时的化验、拍片），真正的决策和会诊，则需要在此基础之上，进行更高层面、更大范围的论证，组成包括国家环保局、国家文物局、北京市政府、海淀区政府、专家学者、NGO组织、公众代表等具有广泛代表性的“陪审团”，对该工程的价值合理性进行评价，并最终决定其命运。正是在这样的意义上，圆明园工程应当成为一个示范，一个决策科学化和民主化的标本。

尽管我对《新京报》《南方都市报》的评论，以及俞孔坚、杨东平等专家的观点并无异议，但是，公众寄予厚望的环评报告，毕竟是严谨、严肃的专业结论，理应得到尊重，否则还做环评干什么？

但是，如果真如传闻所说，如果环评报告真的“支持防渗”，防渗事件又将如何收场呢？

准备灌水

6月21日《京华时报》的一篇题为《圆明园管理处已经“做好灌水准备”》的报道，传递出更为明确的信号——

本报讯（记者夏命群）昨天，记者从圆明园一工作人员处了解到，圆明园近日正在准备手套等工具，用来清除铺膜湖底的杂草。该人士透露，清完杂草后，管理处将在本月底向湖底注水。

记者在圆明园看到，此前清华大学设在湖底用来检测防渗数据的塑料桶已经被卸去，靠近南门的3个湖底的杂草已被清除。据圆明园一负责拔草的工作人员介绍，“清完之后，施工方将用推土机推平土堆，把杂草全部掩盖在湖底，然后在月底全部灌上水”。该工作人员说，因防渗工程被“叫停”，湖底一直干涸着，如今湖底能灌上水了，他们很期待，“毕竟，天太热了，树木也需要水分”。

6 月 22 日，《东方早报》发表了记者殷玉生报道文章，俞孔坚在接受采访时重申：圆明园环评报告即使通过，防渗工程也不合法。

6 月 23 日，针对“环评结果可能支持防渗”的传言，环保总局副局长潘岳在接受《京华时报》记者夏命群采访时说：我们理解媒体和公众对此事的关注，不管环评报告对铺膜是支持还是反对，只要结论是科学，是事实，我们就会尊重它，并且做出负责任的决定。

看完这篇报道，我提到嗓子眼的心又落了下去：环保总局还没有接到清华大学的环评报告。

但是，此后一些媒体和专家发表的评论，似乎又印证了“环评报告支持防渗”的传言——

29 日，《中国审计报》发表了题为《圆明园问题不仅仅是专业判断问题》，其观点与《新京报》的那篇“社评”大同小异：在圆明园防渗问题上，不能光凭“专家论证”，还要考虑“折中”各方利益。

同一天，一直关心圆明园事件的学者姜文来，也在人民网上发表文章《不能运用科学肢解文化和民意》——

圆明园防渗环境影响评价不能决定圆明园防渗工程的未来。圆明园工程防渗问题，必须从文化、政治等多途径综合后进行决策。

圆明园膜的问题，要从文化的角度来考虑，要从社会的角度来考察，要充分尊重民意，不能仅仅从局部考虑问题，否则是井底蛤蟆。要运用好科学的结论，不能让它肢解和破坏文化。如果不从整体上考虑问题，局部的科学可能导致整体的不科学。

他在文章最后说：再次呼吁有关部门召开具有广泛代表性的听证会，由民意决定圆明园防渗的未来，不能仅仅用圆明园防渗环保评价报告来决定圆明园防渗工程。相关部门不能再沉默了，人民对你们的沉默和不作为已颇有微词，再沉默必将遭到人民的唾弃！

环评报告到底是支持防渗，还是反对防渗？

真让人着急啊！

正在我心烦意乱的时候，7 月 1 日，《北京晨报》刊登了记者徐丽梅采写的报道：在昨天下午快下班时，环保总局“刚刚收到了圆明园的环评报告”！

那么，这份至关重要的环评报告，结论到底是什么？

同一天，《华夏时报》刊登了该报记者陈宇航的报道，传递出的信息令人不安。记者援引一位专家支持铺防渗膜的话，说：“不能说‘圆明园防渗’是一场生态灾难，圆明园没有水，北京市缺水才是一场生态灾难。北京现在有水的地方有几个不防渗的？北京引水渠也是经过了防渗处理的。”

第二天，也就是 7 月 2 日，两家媒体的报道，似乎明白无误地告诉读者：环评报告支持防渗。

《京华时报》记者夏命群、王晴在刊发的报道中称：圆明园环评报告称铺膜无害，已递交环保总局。《新京报》记者马力则报道说：圆明园环评报告认可防渗，报告内容下周公布。

八进圆明园

看完这两篇报道，我如同热锅上的蚂蚁，坐立不安。

如果清华大学的环评报告真的“支持防渗”，那些铺在湖底的防渗膜将如何处置？作为第一个报道防渗事件的记者，我该如何面对同事和领导？而且，我又将如何面对在烈日下暴晒了几个月的湖底，如何面对本已多灾多难的圆明园？

想到这里，我如坐针毡、热汗直流……

“不能再‘坐以待毙’了！”7 月 4 日上午，我找出电话本，先后给几位专家打电话，想听听他们的意见。

李皓老师平静得出奇：“如果环评报告支持防渗，就让圆明园放水好了。时间将会证明铺膜的恶果，到那时孰对孰错，自见分晓。”

她安慰我说：“你不必为此事不安，这次的舆论宣传已经起到了教育民众的效果。”

话虽如此，可我怎能心安理得？

我又拨通了王如松老师的电话。他的意见是：先不着忙，再等一等，看环评报告究竟怎么说。

我暗暗叫苦：还等什么呢？“小道消息”可能是误传，但《京华时报》《新京报》的报道，还会有假吗？

正在这时候，北大李迪华老师给我打来电话。他认为环评报告只是从技术上分析，而忽略了圆明园是一个遗址公园这个大前提——技术不能取代文化。正如俞孔坚老师所说：即使环评报告 100% 支持铺膜，也不能说明铺膜的合理性，因为铺膜破坏了遗址的原真性。

“你再写一篇东西吧，告诉公众：不能放过防渗工程对文物的损坏，比如对驳岸的破坏、对柏木钉的破坏等。”李迪华老师还提醒我，“要催促环保总局尽快公布环评报告，不能让大家在闷罐子里瞎猜。”

放下电话，我一时不知所措，脑子里一片茫然。

蓦地，我想起 3 月 24 日张正春对我说的话：到实地看一看。

是啊，我已经有一个多月没去圆明园了。尽管在此期间好几次想去看看，但一直没能成行。

一个声音在对我说：该去圆明园看看了。

这天预报的最高气温是 38° C，白花花的阳光让人望而生畏，只想找个地方躲起来。下午 4 点多，气温稍微降了点儿，我换上运动鞋，打车去圆明园。

这是我今年第 8 次去圆明园了。第一次去的时候还是初春，如今已是盛夏。园子里空空荡荡，几乎看不到游人。酷暑中的圆明园一片惨象：干硬的湖底被烈日晒开了缝，柳枝上的叶子蔫蔫的，地上还有不少干枯的黄叶；山坡上的花草，也低头耷拉脑、无精打采……

“这一惨状，都是因为长期没有水啊！”想到这里，一种前所未有的罪恶感攫住了我：如果没有我第一个报道圆明园防渗工程，铺了防渗膜的河湖也许早就灌满了水，岸边的草木也许不会如此凋萎……

一阵微风吹过，让我稍微感觉好受些：其实，植物吸收湖里的水分，主要是通过地下的根须；即使现在湖里灌满了水，严丝合缝的防渗膜、防渗墙也会把水牢牢封住，岸边的草木照样得不到滋润。

树上的蝉拉长了嗓子，懒洋洋地叫着。正当我四处闲逛的时候，前面的景象让我眼睛一亮：没有铺防渗膜的河道里，长满了密密麻麻的各种野菜野草，它们挺着不屈不挠的茎叶，似乎是在挑战毒辣辣的太阳。

我和李皓博士之前去过的荷塘里，则满是又高又密的芦苇、棉麻，郁郁葱葱，生意盎然，与周围萎靡不振的草木形成鲜明的对比。

生长茂密的野生植被

赵永新/摄

望着这些茂盛的杂草，我不禁想到：在日益缺水的圆明园，应该多栽植抗旱的野花野草等乡土植物。如果不顾缺水严重这一实情，一味追求所谓的“漂亮”“美感”而热衷于铺洋草坪、种名贵花木，其美化、绿化的效果将大打折扣。

我且看且走，到福海岸边时已近傍晚，又红又圆的夕阳带着酷热的余威，渐渐西沉。我找了一块石头坐下，点上一支烟，望着空荡荡的湖底，若有所思。

这时，我的手机响了，是张正春老师从兰州打来的。听说我在圆明园，他的第一反应是：要注意安全。

我刚开始觉得他有些大惊小怪，但后来望望落下去的夕阳，以及四周空荡荡的园子，忽然莫名地害怕起来。我站起来，沿着福海岸边往回走，边走边和张正春通电话。

我跟他讲了《新京报》等媒体说“环评报告支持防渗”的传言。

“支持防渗肯定是个错误，不管这个报告是谁做的！”张正春说，“清华大学就不会犯错误吗？再说，谁知道这背后有什么鬼？”

十六　报告出炉

就在我被“环评报告支持防渗”的传闻搞得心神不宁、寝食难安之时，环保总局公布了此前扑朔迷离、众说纷纭的环评报告，并很快发布了决定圆明园防渗膜命运的“整改”令。

一时间，舆论哗然。

掀起你的盖头来

因为心里有事、睡不踏实，7 月 5 日凌晨两点左右，我从梦中醒来。

从床上爬起来，洗了把脸，我又打开笔记本电脑，想赶写一篇“守望家园”——自己在人民网环保频道开设的一个专栏。我隐约感到，防渗工程耗到今天，似乎该要发生什么了，写一篇相关的东西正当其时。

写什么好呢？我到楼下的院子里转悠起来。边走边想，主意拿定：就写环评报告吧。不管媒体怎么报道、公众怎么猜测，最终结果都要以环保总局公布的为准。

凌晨 4 点多，我赶出《圆明园环评报告：掀起你的盖头来》——

在公众再一次对圆明园事件瞪大眼睛、绷紧神经的关键时刻，被视为“关键之关键”的环评报告，却因为一直处于严格保密的状态，吊足了大家的胃口；有关各方雾里看花，自说自话。

如果说在进行环评的过程中，为了让环评单位集中精力埋头攻关，有关部门守口如瓶还有情可原的话，那么，如今环评报告已经提交圆明园管理处和环保总局数日，实在没有必要再用红盖头捂得严严实实、让大家耗神费力地猜谜语了。

一则，圆明园的环评报告不涉及什么国家机密，不会影响国家安全，完全没必要保密；二则，“公开”是环境影响评价的基本要求之一，由圆明园管理处或环保总局以适当的方式，尽早公开环评报告，完全合理合法；三则，除开环保和文保、法治层面，旷日持久的圆明园事件最可能在历史上留下些痕迹的，恐怕就在于它的透明公开，就在于它的公众参与和民主决策。

环保总局至今迟迟不公布环评报告，是不是担心公开后产生什么麻烦？其实，这种担心完全没有必要。俗话说，“丑媳妇总得见公婆”，无论环评报告的最终结论，是防渗“利大于弊”还是“弊大于利”，是“完全不行”还是“完全可行”，它必须经受公众和专家的评议。争论是不可避免的，越众说纷纭越好，越唇枪舌剑越好，因为“真理愈辩愈明”，因为“公说公有理，婆说婆有理”才符合事情的本原。其实，最可怕的，是众口一词，是“一致拥护”或“全部反对”——因为这有违客观事实。

早日全部公开环评报告，让公众充分了解环评的过程、方法和详细的结论，以对环评报告作一个完整的判断，并发表各自的看法，以集中民智、听取民意，不仅有助于最终的决策，也是满足公众知情权的必然要求。

反之，多保密一天，就多浪费一天公众的精力和时间。说句不好听的，把环评报告金屋藏娇，让大家猜来猜去，和恶作剧式的“逗你玩儿”有什么区别？

其实，是否影响环保生态，只是判断防渗工程是非功过的关键点之一，而非全部。大家在期盼环评报告早一天揭开盖头的同时，不应忽略了圆明园防渗工程的另一个关键点，那就是：防渗是否违反了文物保护法，与防渗密不可分的“翻修驳岸”是否对驳岸造成了彻底破坏？

这并非“王顾左右而言他”。试想，如果防渗不是在圆明园遗址这样一个国家重点文物单位内进行，其反响怎么会如此之深广、如此之强烈？而在4月6日环保总局召开的圆明园防渗环境影响座谈会上，北京市文物局和国家文物局的代表均明确表示，他们未批准圆明园管理处在环境综合整治工程名下进行的“圆明园东部湖底防渗工程项目”。

想当初，北京市文物局和国家文物局对圆明园“环境整治的请示”报告明确批复：“整治的内容应以清运遗址地表上以及园内水系中垃圾渣土、修整驳岸为主，不得扩大整治范围”，“整治过程中不得改变文物原状，不能对遗址造成破坏”，“驳岸的保护应按照考古挖掘结果进行，以现状加固为主。在确保不破坏遗址的前提下，可使用传统工艺进行适当的补配”。

显而易见，圆明园防渗工程不仅违反了环境影响评价法，而且违反了文物保护法；动用吊车、挖掘机等重型机械，用红砖、水泥和防渗膜等新材料，对原有驳岸所做的推倒重来的防渗式整修，不仅违反了国家和北京市两级文物部门的严格要求，而且把圆明园几乎是硕果仅存的相当一部分驳岸搞得面目全非——这不是破坏文物又是什么呢？

不像数以万平米计的防渗膜，已经被铺在了地下，由民工新整修的现代驳岸还在光天化日之下，有的还未完工——如果有人觉得笔者耸人听闻，可以到圆明园实地察看。当然，看了也未必有什么结果：在5月24日北京市举行的圆明园新闻发布会上，市文物局副局长孔繁峙曾表示，正在对整修驳岸一事认真调查。让人失望的是，至今未见有任何调查结果公布。

值得玩味的是，在此后的进展中，只有环保总局顶住压力、依法行政，而国家和北京市文物局都莫名其妙地“集体失语”。

如果公众对此视而不见、见而不究，那可真是“是可忍孰不可忍”了。

把文章发到人民网主编王京的电子邮箱，我才踏实睡下。

环评报告公布

又是巧合。7月5日上午我一到办公室，就看到《新京报》的报道：**环评报告今日上网！**

我马上向国家环保总局环评司询问，一位处长证实了这一消息：正在对环评报告进行技术处理，下午就可上网查询。

我的神经一下子绷紧了：决定圆明园防渗事件最终结果的历史性时刻，就要到来！

吃完午饭，我打开环保总局的官网，在主页的右上角看到了上下缓慢滚动的《圆明园东部湖底防渗工程环境影响报告书》。我赶紧点开文件，查看详细内容。

令人着急的是，文件的打开速度出奇地慢，简直像蜗牛爬。我耐住性子，一行一行地往下翻看。该环评报告共分“总论”“项目概况与工程分析”“区域环境概况与圆明园水系变迁”“大气和声环境影响评价”“防渗材料性能及其环境影响分析”“地下水环境影响评价”“地表水环境影响评价”“生态影响评价”“文物与遗址综合影响分析”“改进方案与环境对策措施”“再生水回用的可行性分析”“环境影响的经济损益分析”“公众参与”“环境管理与监测计划”和“结论与建议”15个部分，足足有几万字，其中还有许多图表和演算公式。

大约看了半个小时，才看到最后的“结论与建议”部分。我如饥似渴地读起来。

等看完全文，我高兴得差点跳起来！因为，环评报告的最后结论与此前的传闻截然相反！

尽管这一部分比较长，有1万多字，但要旨十分明确：防渗设计方案存在重大缺陷，防渗对生态环境影响很大，必须进行整改。而且，解决圆明园的缺水问题，需要多个措施并行，包括使用中水。

“谢天谢地！”紧绷了20多天的神经一下子松弛下来，我如释重负，无比欢欣！

我想把报告全文下载下来，但是由于该报告被技术处理过，凭自己蹩脚的电脑技术，没法拷贝下载。

我顾不上打扰李迪华老师的午休，给他打电话求援。还好，他也在看环评报告。他的心情跟我一样兴奋：“等下载完就转发给你！”

“这下可好了！”我当时的心情，真像杜甫在《闻官军收河南河北》里写的那样——

剑外忽传收蓟北，初闻涕泪满衣裳。
却看妻子愁何在，漫卷诗书喜欲狂。
白日放歌须纵酒，青春作伴好还乡。
即从巴峡穿巫峡，便下襄阳向洛阳。

报告的主要结论

半小时之后，李迪华把环评报告的全文发过来了。我又仔细看了一遍，特别是“结论与建议”部分。由于报告篇幅很长，在此仅把其主要内容摘编如下——

由清华大学环评机构组织实施的此次环评，其对象为圆明园东部湖底防渗工程，包括绮春园、福海和长春园。

关于“防渗对水生态系统的影响”，《环评报告》认为，防渗工程没有依法进行环境影响评价，从环境保护角度分析，原工程方案存在严重缺陷。在工程设计和建设过程中，缺乏全面有效的生态保护措施，造成了水生态系统的严重破坏，鸟类、两栖类等随着生境的破坏日益减少，整个区域的生物多样性锐减。

防渗工程是否会引起地表水恶化？《环评报告》指出，防渗对水中总氮、总磷的影响较为显著。防渗工程实施后，如果不能保证适当的水体交换量，则总氮、总磷的浓度会提高，从而加大水体富营养化的风险。

防渗工程当如何进行？《环评报告》指出，在目前北京市水资源十分短缺的情况下，圆明园必须采取综合的节水与补水措施。防止过度渗漏是节水措施之一，但必须结合地质条件、节水要求和环境影响等进行比较选择，决定防渗的具体形式。

《环评报告》认为，圆明园管理处缺少对湖底防渗工程合理性的充分论证。圆明园内的绮春园湖底为 1.5 ～ 2.0m 厚的黏土层，天然防渗能力较强，不采取人工措施即能基本满足防渗要求；福海之下的沉积地层中有厚 0.3 ～ 0.6m 的底泥层，具有一定的抗渗能力，综合考虑水域功能，需要采取必要的防渗措施；长春园直接坐落于沙砾石层之上，渗漏严重，需要实施有效的防渗措施。

至于采用何种防渗材料，《环评报告》认为，虽然目前没有使用复合土工膜防渗材料会产生环境毒性的报道，但其综合环境友好性低于天然防渗材料。考虑到圆明园是国家重点文物保护单位和遗址公园的特殊性，应该优先采用相适宜的防渗材料和措施。

圆明园能否用再生水？《环评报告》指出，经过严格处理达标的再生水是圆明园的补给水源之一，建议使用。如果圆明园水体按实际使用功能执行景观娱乐水体标准，同时在水体下渗对地下水不造成安全风险时，可以考虑利用清河再生水厂出水作为圆明园部分水体（如长春园）的补充用水。清河再生水厂出水水质可以满足《城市污水再生利用景观环境用水水质》中“娱乐性景观环境用水”标准。目前再生水价格为 1 元 /m^3 水，低于圆明园 2004 年购水价格（1.3 元 /m^3）。

公众对防渗的意见如何？《环评报告》指出，半数以上的人认为此工程会对自然生态造成破坏与影响，不赞成铺膜；大部分的被调查者认为，应该拆除部分防渗膜，兼顾防渗效果与生态保护效果；大多数人希望尽量多地保留圆明园的自然植被，同意使用再生水作为树木、绿地灌溉水，接近一半的人同意用再生水作为娱乐水体补充水；绝大多数人希望湖边驳岸采用接近自然的驳岸。

圆明园防渗工程大部分已经完工，当如何改进？《环评报告》指出，防渗已造成社会、经济、环境多个目标的相互矛盾，必须实施多目标综合决策。该工程的改进方案，以防渗工程实施现状为基础，以“实事求是，因湖制宜，全面统筹，整体优化”为原则，兼顾短期影响和长期效果，综合考虑工程的环境效益、经济效益和社会效益。

《环评报告》指出，圆明园水系是圆明园的重要组成部分，其山形水系的恢复仅靠圆明园管理部门是不够的，建议北京市有关部门从北京地区水资源的合理调配出发，保证圆明园的正常用水。

许是被先前“环评报告支持防渗”的传闻搞怕了，尽管已经看到了环评报告的复制文本，但我心里还是不踏实。为确保万无一失，我又上到环保总局的网站上，看看有无变化。结果，我试了多次，环保总局的网站根本打不开。其原因，是上网点击的人太多，网站被“点爆”了。后来听说，10 个小时之内，环保总局网站的点击量达到 17000 次，致使网站瘫痪近 3 个小时。这恐怕创了环保总局官网开通以来的历史纪录，可见公众对环评报告的关注。

“不用再看了！”我想，既然已经公开上网，应该不会再节外生枝。

这时，总编室的董建勤兴冲冲地给我打电话：“小赵，我们的努力终于有了结果！祝贺祝贺！你赶紧写篇稿子——《解读环评报告》！除了报告本身的内容，再采访一些专家，听听他们的意见。今天晚上我们突出处理！”

她的话提醒了我：除了环评报告的主要内容，专家们的意见也很重要。

由于时间紧急，我找来同事刘毅，和他一起采写。我俩简单分了一下工：他负责采访潘岳、北京市水科所的副所长李其军，以及中国农科院博士生导师姜文来；我负责编辑环评报告摘要，并采访李皓等专家。

专家打分

编完环评报告的摘要，已经四点多了。我喝了口水，接着电话采访相关专家。

李皓的喜悦之情溢于言表："真是太高兴了！报告写得相当好！清华大学的环评机构在那么短的时间内，作了大量的研究、试验和调查工作，回答了各方质疑，提出了改进方案，还在报告中如实反映了公众的意见。我很满意！"

她又补充道："环保总局把环评报告公开，满足了公众知情权，这一做法很值得称赞。希望今后能把重要的环评报告建成数字图书馆，便于公众查询。"

相比之下，张正春则苛刻得多。他说："今下午我连着看了好几遍。要让我给它打分，我只给它打 50 分。当老师的总喜欢给人打分，我也改不了这个臭毛病。"

说到这里，他嘿嘿笑了。作为质疑圆明园防渗的第一人，几个月来他遭受的谩骂与攻击、承受的各方压力，非外人所能想象。从电话里听得出，他的心情是少有地轻松、愉悦。

最后，张正春对我说："清华大学做的环评报告只是决策的技术依据，最终结论还得环保总局拿。至于结果如何，就看环保总局的了。"

北大教授崔海亭与张正春的意见基本一致。他不客气地指出：做环评的人在关键问题上打马虎眼、模棱两可，这样谁也不得罪。

他反问道："相当多的驳岸被改造得面目全非，这难道不是对文物的破坏吗？"

此外，崔海亭认为，《环评报告》对铺设防渗膜对生态环境的影响没有讲透："铺膜后水环境改变了，整个水生态系统扰乱了，能保持原来的状态吗？一旦破坏后能恢复吗？这些问题应当说清楚。铺膜后地表水和地下水被膜隔开了，对水循环产生的影响，也应该回答清楚。"

"圆明园作为遗址的性质不容回避，任何圆明园的改造工程必须首先满足作为遗址的真实性的检验。"北大教授俞孔坚还是那么"得理不让人"，"圆明园改造工程的问题不是一个简单的环境问题，也主要不是一个环境问题，这是由圆明园的性质所决定的。即使《环评报告》在技术上支持防渗工程，也不能成为圆明园大规模改造工程，包括大量砍伐林灌和湖岸翻新等的理由和借口。圆明园作为遗址公园是具有多重价值的，而《环评报告》只是针对一个铺设防渗膜的具体技术问题，不能作为圆明园改造工程的充分依据。”

“环评过关是一切工程的必要条件，但绝不是圆明园改造工程的充分条件。”他指出，就圆明园本身来讲，首先应该是从遗址和文化遗产的角度来看它的价值；就进行中的圆明园工程来讲，应该首先从历史学、美学角度考虑，以是否损害遗址的真实性为基本标准，综合地进行评价和判断，而不能单从防渗考虑。

这时，刘毅那边也采访完了。他把自己整理的内容发给了我——

“今天在网上公布报告书，主要是体现公正透明，也是为了征求、吸纳公众意见，以保证最后结果的科学、公正和真实。”环保总局副局长潘岳快人快语，“从叫停、听证、环评、技术评估，到向全社会公布，每一个环节都不会暗箱操作，保证全程公开透明。”

潘岳谈到了环保总局介入圆明园防渗工程的初衷：“我们实际上就是想做一个探索。政府来设立一个公开的平台，让各种意见在这里集中和交流，把有关政府决策所有的环节都向社会公开，决定的内容及时向社会公布。这符合民主决策、科学决策的执政方式，有利于构建和谐社会。”

中国农科院博士生导师姜文来特别强调了“民意”的重要性：“《环评报告》对湖底防渗可能带来的影响进行了技术分析，对决策具有重要参考价值，但它的结论最终被决策者采纳的程度，还要受其他多种因素的影响，包括民意。我特别注意到，《环评报告》明确指出，50% 以上的人是反对铺膜的，领导者决策时不能不重视这个结论。《环评报告》为民众是否同意铺膜提供了技术支撑平台，建议相关部门召开具有广泛民意的听证会，决定圆明园防渗工程的未来。听证会越早越好，圆明园拖不起了，人民等不起了。”

整理完上述内容时，快晚上 9 点了，窗外已经一片漆黑。我忽然想到：此时此刻，圆明园管理处主任李景奇对环评报告作何感想呢？

要知道，他的评价也重要。但是，他会不会接受采访呢？犹豫再三，我还是决定碰碰运气，就拨了他的手机。

还好，李景奇主任接了我的电话。他话不多，语气也很平和："管理处接到《环评报告》后，很快就递交给了环保总局。"

"那您怎么看《环评报告》？"

他回答说："将根据环保总局做出的最终结论，研究如何落实。"

十七 最后的裁决

像此前圆明园事件过程中的许多个“意想不到”一样，环保总局在公开环评报告后的第三天，就以“出人意料”的速度，发布了对防渗工程的最终裁决。

全面整改

7 月 7 日上午 10 点多，正当我在家中上网检索圆明园的有关新闻时，忽然接到一位领导的短信：环保总局今天公布整改决定，你能否写篇“人民时评”？

看完短信，我既惊又喜、将信将疑：环保总局这么快就有决定了？

这位领导提供的消息应该不会有假。为了以防万一，我赶紧给环保总局的工作人员打电话核实。

“没错！环保总局的整改决定已经在总局网站上公布了，你赶紧上网看吧！”他喜滋滋地告诉我。

看来，消息是准确无疑了。但环保总局做出了什么样的“整改”决定？我心里又打起了鼓。

等我看完环保总局网站上公布的“整改”全文，心中的一块石头终于落地：**防渗工程要全面整改，包括绮春园、万春园的防渗膜大部分拆除，福海的全面整改，主要是用天然黏土取代防渗膜……**

折腾、反复了 100 多天的防渗风波，总算尘埃落定了！

此后的大半天，我集中精力赶写“人民时评”。这是该栏目第三次评论圆明园事件，也应该是《人民日报》对此事的“盖棺论定”之作，必须抓住要害、“评”到点子上。权衡再三，我把“靶点”放在这一事件体现出来的对法律、民意和科学的尊重上。下午，我把初稿传给评论部副主任卢新宁，她精心修改润色后，呈交报社老总审阅。老总提了几条修改意见，她又不辞辛苦再加删改，最终以《科学民主决策的成果》为题，发表在 7 月 8 日《人民日报》第五版的“人民时评”专栏。

全文如下——

随着国家环保总局7月7日做出圆明园防渗工程全面整改的决定，广受关注、历时百余天的圆明园防渗事件终于尘埃落定。

至此，圆明园防渗事件的意义已远远超出了事件本身。静心梳理，不难得出这样的结论：这一事件的全过程，充分体现了党和政府近年来积极倡导的依法行政、政务公开与科学民主决策的精神与要求。

3月24日，从兰州到北京出差的张正春先生，偶然发现了圆明园湖底正铺设防渗膜。之后，这一工程通过媒体报道进入大众视野，引起有关政府部门关注。

3月31日，国家环保总局根据《环境影响评价法》的有关规定，要求圆明园湖底铺设防渗膜暂停施工，进行环境影响评价。

4月13日，依据有关法律法规，圆明园整治工程听证会举行，听取方方面面的意见与建议；公众通过网上直播和媒体报道，了解了听证会上各种不同的声音。

5月24日，圆明园管理处和海淀区政府在发布会上，就圆明园有关问题公开信息，表明了欢迎监督、尊重科学、依法执政的态度。

此后，清华大学的环评机构，联合北京师范大学、中国农业大学、首都师范大学等单位，在大量的调查、监测、试验和模拟工作的基础上，广泛征求各方专家意见，形成了《圆明园东部湖底防渗工程环评报告书》，分析防渗工程的利弊，给出整改建议。

7月5日，国家环保总局在网站上公布了环评报告的全文，以满足公众的知情权；在对环评报告评估、再次听取各方专家意见的基础上，做出最终裁决……

这一系列举措，以及在此过程中相关部门和单位表现出的态度，无不体现了对法律的尊重、对民意的尊重、对科学的尊重，得到社会各界的赞赏。可以说，根据环评报告做出的决断，有充分的合理性、科学性，据此进行的各种补救措施，有利于把防渗产生的各种损失减少到最小，对于圆明园的长远保护功莫大焉——而这正是依法行政、政务公开、科学民主决策的成果。

人们欣喜地看到，在圆明园防渗事件的进程中，公众表现出极大的关注，倾注了很大的热情，并通过各种方式吐露心声、建言献策。这不仅是公众环保意识和可持续发展理念深入人心的具体体现，也是公众对依法行政、科学民主决策的热烈响应，对政务公开和参与公众事务的积极要求。

圆明园防渗事件4个月的历程告诉我们：越来越多的人意识到，人与自然和谐相处是构建和谐社会不可或缺的重要组成部分。人与自然和谐同人与人和谐相辅相成，环境污染、生态破坏不仅会破坏人与自然的和谐，也会导致和加剧人与人的不和谐。而无论是保障人与自然和谐，还是促进人与人、人与社会和谐，依法行政、政务公开、科学民主决策是必由之路。

7月7日晚上，我觉得意犹未尽，又写了一篇文章，发在7月8日人民网的“守望家园”栏目——

欢欣与期待

——环保总局要求圆明园防渗整改感言

一、欢欣

“国家环保总局要求圆明园防渗工程全面整改！”7日上午，当我听到这个消息时，有点不敢相信这是真的。等看完整改的具体要求，此前的忧虑一扫而光，顿生无限喜悦！

因为，就在三天之前，当我头顶烈日，行走在空荡荡的圆明园里，心中满是惆怅：干枯的湖底，满地的落叶，远处的杨柳在骄阳的炙晒下干得仿佛要冒出烟来……听着寂寥的蝉鸣，我不禁悲从中来：防渗事件自媒体曝光至今已三月有余，还要拖多久？

因为，就在两天之前，当我看完公布的防渗环评报告，虽然其内容与此前沸沸扬扬的传闻大相径庭，但结论之模棱两可、似是而非，让人有无所适从之感。“环评报告之所以这么写，也是无奈之举，对防渗事件的艰巨性、复杂性不可低估。”张正春老师的分析更加重了我心中的疑虑。

而今，看了环保总局的整改要求，所有的疑云一扫而光。历经磨难的圆明园，将有望很快抚平防渗带来的创伤，引得清水滚滚来！

回顾一百多天来的风风雨雨，怎不让人悲喜交集！这一百多天，可谓云翻雨覆、一波三折、扣人心弦！幸好，没有出现令人失望的不了了之，更没有出现令人绝望的“突然死亡”！这样的结果，虽然称不上“功德圆满”，但也应当属来之不易、谢天谢地了。

人们在为环保总局“明知山有虎，偏向虎山行”的果敢致敬的同时，更为这一事件所显示的社会进步而欢欣鼓舞。因为，这是法治的胜利，是公众参与的胜利，是民主和科学的胜利，更是中国走向现代文明的表征！

二、期待

“关键在于落实”，要不折不扣地落实环保总局的整改意见，也非易事。

因为，对于这样的整改意见，并非所有的人都从心里认同。是积极落实还是消极怠工，人们还需要拭目以待。

因为，在水资源日益紧缺的大环境下，圆明园如何能“独善其身”？倘若北京缺水的形势得不到缓解，干涸就是圆明园永远的隐忧。

因为，环境其实只是圆明园整治的小问题，文物保护才是根本——环境不过是保护文物的外衣。而为了防止漏水，许多驳岸被“整修”成了“防渗墙”，何况，还有多处被挖开的驳岸晾在那里，还有许多支撑湖岸的“柏木钉”（这些几百年不腐的“柏木钉”，称得上是圆明园的脊梁与基石，被埋在地下的功臣）暴露在光天化日之下……而这些问题环保部门鞭长莫及，只有文物部门才有发言权。令人不解的是，文物部门至今未开金口，木已成舟的“防渗墙”、被挖开的驳岸、被暴露的“柏木钉”……当何去何从？

因为，防渗背后的深层次问题，如圆明园的管理级别与体制、决策机制等等，都还是“外甥打灯笼——照旧”。如果这些问题得不到根本解决，谁又能担保类似防渗的事件不再重演？

…………

正如北京市文物局副局长孔繁峙所言：我们已经错过了圆明园的最佳保护期。

往者不可谏，来者犹可追。我们还能一错再错吗？

吃一堑长一智。让我们以防渗事件为鉴，在今后圆明园保护与整治的过程中，能够真正依法办事，广泛征询各方专家和公众的意见，科学民主决策——倘能如此，相信就会少走一些弯路，少交一些学费。

让见证了中国近代百年沧桑的圆明园，能够永久地保存其历史的真面，昭示游人，启迪来者，并彰显中国古典园林的智慧与艺术，以体现其真正的价值，发挥其应有的作用，是历史赋予我们这一代人的重任，也是子孙后代对我们的期待。

所有关心与热爱圆明园的人，让我们一起努力……

2005 年 7 月 7 日夜

“维旧”与“维新”

7 月 8 日，首都各大媒体都在显要位置，报道了环保总局要求“防渗工程全面整改”的消息。由于报道内容大致相同，在此就不一一赘述。

值得关注的，是社会舆论对防渗事件意义的评论。

《新京报》在 7 月 8 日发表的题为《圆明园事件的最大价值不在结果》的社评，指出——

这样的结果，和大部分公众的意愿相契合，也显示了环评法规应有的威力，但我们并没有特别的惊喜。一则对圆明园的不同程度的破坏已经造成，要恢复它需要相当长的时间，社会也已经付出了一定的代价，二则圆明园更主要的问题——其“遗址”的定位和综合保护还没有从根本上解决，在各种利益的诱惑面前，不独圆明园，全国很多遗产也面临着被侵蚀的风险。由此，对圆明园事件，我们并不十分看重它的结果，它的处理过程所表达的理念似乎更珍贵，更值得总结和发扬。

首先，法治是解决各种纷争的最有力的武器。环评法的出台，被许多人视为“软法”，导致众多的建设项目未经环评就开始施工，这不仅是国家环境面临着被破坏的风险，更是法律的尊严被亵渎。圆明园事件的处理过程，努力体现着依法执政的原则，通过该个案的处理，为以后处理类似的环境违法案件提供了借鉴。

其次，民主决策的过程体现了现代执政方式的新理念。环保是“公众环保”，不是少数人的事，是全民的事，需要全社会的共同行动。在政府、公众和媒体间搭建的公正的平台，使得公众对圆明园事件的各种意见建议得以广泛而深入的交流，政府的执政行为也得以随时接受公众与舆论的监督。

最后，普及环保意识使得环保事业增添源头活水。

公众对圆明园工程自始至终的积极参与，说明可持续发展的理念正在日益深入人心。从圆明园遗址公园水的节约利用、植被的繁衍、文物的保护甚至历史的重温，在各种媒体的广泛报道中，公众受到了一次集中的科学知识的“培训”。环保个案的演进过程，无疑会大幅度提高全社会尊重自然规律的认识水平，促进人与自然、人与人、人与社会的最终和谐。

最后，该社评用充满诗意的笔调写道：也许将来的某一天，人们徜徉在圆明园的湖水旁边，凭吊圆明园废墟上的沧桑，人们或许会想起曾经有过的这一段“插曲”。放在历史的长河中，放在中国转型期的大背景下，这或许不值得大书特书，但正是这一个一个的音符，构成了中国进步的强音。

不久，《南方周末》的“方舟评论”栏目发表了记者刘鉴强撰写的文章：《圆明园事件：从“百日维旧”到“百日维新”》。也许有人对这样的标题不以为然，但读过之后就会发现，刘鉴强并不是小题大做——

圆明园事件从事发、叫停，到国家环保总局根据环评报告要求全面整改，大约100天。这不寻常的100天，有人称之为一场“百日维旧”运动——维持圆明园作为国耻纪念地的定位，不使之沦落为游乐场；保护这一珍贵的文化遗产，使文物免遭破坏；保护圆明园的生态环境，不要因有关部门欲营利而造成生态灾难。

…………

而维持圆明园的国耻纪念地地位、保护文物，则超出了环评报告书和环保总局的能力。这一“维旧”任务，虽有长达100天的公众参与，虽仍属尚待完成，但已是曙光在前。

当然，刘鉴强真正看重的，是圆明园事件的“百日维新”——

“百日维旧”这个词不能概括圆明园事件的重大意义。圆明园事件的意义超越了圆明园本身，从政府民主科学决策、依法行政以及建设和谐社会等方面来讲，它也许可以称之为一场“百日维新”运动。

3个月前(4月21日)，本报“方舟评论”曾指出，史无前例的圆明园听证会，在中国环保史乃至法治史上，都具有标识性的重大意义，是政府决策民主化科学化的一个鲜活例证，具有示范价值。

环评听证会上坐在后排的代表

邓佳/摄

实际上，不独听证会，圆明园工程从叫停到听证、环评、评审直至决策的全过程，环保总局都依法向社会公开，搭建了一个平台，使公众的各种意见得以广泛而深入的表达、交流。公众能够参与公共问题，使决策部门接触到不同的利益主体，听到不同的声音。只有这样，政府才能做出科学的决策，使执政行为随时受到公众和舆论的监督，从而便于迅速认识到自己的失误，加以改进……

党和国家大力倡导决策的公众知情与参与，党的十六大报告在“政治文明建设”项下指出：“要完善深入了解民情，充分反映民意，广泛集中民智，切实珍惜民力的决策机制，推进决策的科学化民主化。”圆明园事件，就使政府在这方面做了一个成功的实验。

刘鉴强的笔锋并没有停下——

圆明园事件“百日维新”的意义不仅于此，它还是政府和民众共同创造和谐社会的成功尝试。胡锦涛总书记指出，我们所要建设的社会主义和谐社会，应该是民主法治、公平正义、诚信友爱、充满活力、安定有序、人与自然和谐相处的社会。而100天的圆明园事件，既体现了对民主法治、公平正义的追求，又有对安定有序、人与自然和谐相处的向往。

建设和谐社会，实际是建立人与人之间、人与自然之间的和谐关系，圆明园事件就体现了各方利益主体的相互关系：中央部门与地方政府之间、各部门（环保、水利、文物、园林）之间、代表不同利益和价值观的公众之间，以及最令人瞩目的政府和公众之间的关系。圆明园事件是一个小麻雀，五脏俱全，要将其顺利解剖，处理好各种关系，需要耐心和智慧，更需要依循法治的轨道。

在圆明园事件中，政府依法公开行政与公众的理性参与相结合，提供了一个官民良性互动的样板。公众能够充分参与公共事件，使公众更加信任政府，提高了政府的威信，行政的效率和合意度也会大大提高。7月5日，国家环保总局在其官方网站上公布了环评报告书，10个小时之内，点击量达到17000次，致使网站瘫痪近3个小时。在1700多个跟帖中，许多人表达了对政府执法的信任。

圆明园“百日维新”彰显了现代治理理念，弥足珍贵。但我们也发现，尽管政府部门依法行政，公众踊跃参与，媒体大力监督，但有关方面却不见动静，可见，令法治社会顺利前行仍须努力。

最后，刘鉴强如此作结——

应该说，圆明园的“维旧”尚未成功，“维新”也待推进。我们还认为：这种“维新”，不能结束于“百日”，也不要随圆明园事件将来的解决而中断，应该让解决圆明园事件所体现的民主与法治精神继续下去。苟日新，日日新！

此前，北大教授俞孔坚曾撰文，把圆明园事件与一个半世纪之前美国生物学家蕾切尔·卡森的《寂静的春天》相提并论。他认为，圆明园事件的意义非常大，它可能大大强化今后一个世纪中国人的环境保护意识和遗产意识。

十八 诡秘的整改

“喜新厌旧”，是新闻的本性。环保总局7月7日发布“整改令”引发的高潮过后，媒体关于圆明园的报道骤然少了。

也难怪，防渗风波旷日持久，至此已经持续了3个多月，其间报纸、电视、电台、网络等新老媒体一齐出动，八仙过海、各显神通，消息、通讯、评论、读者来信、嘉宾访谈、图片、网友评论……可谓十八般兵器齐上阵，公众倾注的热情之高、关注的时间之长、刊发（播）的报道之多、涉及的话题之广、探讨的内容之深，算得上是中国新闻史上的一大奇观了。

作为第一个报道此事的人，我还是欲罢不能——这件事还没有完事大吉。

复工无望

防渗工程如何整改，当然是由圆明园管理处负责。由于多种原因此后我没有再继续跟踪。感谢《新京报》《京华时报》《华夏时报》《北京青年报》等媒体，他们还在继续关注着圆明园的动向。

“整改令”下发之后，正如我在上面那篇小文《欢欣与期待》中所预料的那样，尽管圆明园管理处口头上表示服从总局的裁决、严格按照“整改令”办，但此后的进展证明，事情远没有那么简单。

7 月 9 日，也就是环保总局发出“整改令”的第三天，《京华时报》刊发记者夏命群的报道称：环保总局在 8 日将整改通知送达圆明园管理处，并要求其书面回复。

7 月 10 日，《新京报》刊发了记者廖卫华的报道《圆明园本周提交整改方案 管理处称复工无望》——

7 月 9 日，北京海淀区政府和圆明园管理处有关人士表示，圆明园防渗工程将严格尊重科学，按照环保总局的审批意见，积极做好湖底防渗工程的各项整改工作。目前，整改方案正在制定中。

不过，圆明园管理处副主任、新闻发言人朱红此前透露，“整改工作”面临重重困难，圆明园的工程复工可能无望。

此外，朱红还认为，这次防渗整改工程是一个系列工程，同样要按照要求立项、报批和环评，完成这些需要很长时间，当务之急，圆明园最该解决的是如何保护好园内目前的生态环境。环保总局称，会研究是否需做环评的问题。

据记者了解，本周内，北京海淀区和圆明园管理处将就圆明园东部湖底防渗工程的整改形成正式方案，提交给国家环保总局。

一边是“严格尊重”“积极做好”，一边是“重重困难”“可能无望”——朱红这番前后矛盾的表态，让读者对后面如何整改深感困惑。

整改方案是否还须做环评？7 月 14 日，《华夏时报》刊发的消息称，环保总局的意见是：圆明园不必再上交整改报告，按环评报告结论整改即可。

可是，一直到 8 月上旬，仍未见任何实际行动。

8 月 3 日，《华夏时报》刊发了记者陈宇航的报道，标题是《圆明园整改仍无动静，没有水湖底杂草丛生》。圆明园管理处给这位记者的答复只有六个字：“不知道，不清楚”。

8 月 7 日，距离环保总局发布整改决定已经整整一个月，圆明园仍未见动静。

众说纷纭

终于，8 月 8 日，《京华时报》记者王晴的报道让人看到了一线曙光：据管理处消息，整改将从月中启动……记者在 8 月 7 日下午到达圆明园采访，看到“十余辆重型机械车一字排开”，“目前是施工单位在做开工准备”。

看到这则报道，我心里略感踏实。然而，就在这天晚上，付建平老师打来电话，说圆明园的一个工人打电话告诉她：整改其实几天前就开工了，所谓的“月中开工”，只不过是一个掩人耳目的幌子。

她在电话中说：“全国人民都在关注圆明园的整改，管理处应该公开整改方案，环保、文物部门应该现场监督。管理处不能想怎么干就怎么干！”

8 月 9 日，我因为晚上要回山东老家，分身无术。怎么办呢？我想来想去，就在当天下午打电话给《华夏时报》的冯慧君总编辑，告知了我听说的消息。他说马上派人去采访。

两天之后的 8 月 11 日，该报刊发了记者陈宇航的报道《圆明园启动整改工作开始拆除部分湖底防渗膜》——

昨天记者了解到，圆明园整改工作已启动，根据清华大学作的圆明园湖底防渗环评报告，圆明园部分湖底防渗膜将被拆除。随后记者在圆明园发现，圆明园内的福海已经被挡板围起来，长春园所在的湖底防渗膜已经开始拆除。

记者采访一波三折

昨天上午，记者来到圆明园时，由于圆明园管理处自从防渗工程被叫停后一直拒绝媒体的采访，记者在圆明园侧门欲进入圆明园采访时一度受阻。门口的工作人员与管理处联系后，仍然拒绝记者进入园内采访，记者不得已只好以找管理处办事为由从正门进入。

湖底防渗膜正在拆除

整个福海目前已被挡板包围起来，透过挡板的缝隙，记者发现，湖底有机器和工人施工的身影，里面传来机械轰鸣声。据了解，福海已谢绝游客入内。一位工作人员还向记者证实，施工项目就是拆除湖底的防渗膜。

工人也提防记者

长春园正门被挡板隔离起来，记者从旁门进入后发现，共有三四组工人忙碌着，工人们好像对记者非常提防，如果发现有人对着他们拍照，都要停下手里的活。在长春园的更远处，一台铲土机正在将湖底黏土铲成堆状，不过记者并没有发现埋在土下的防渗膜……

由此可见，付建平老师所转述的圆明园那位职工的话，并非虚言：圆明园管理处所谓的“月中整改”，只不过是掩人耳目了。实际上，整改早就已经在神不知鬼不觉之中，悄然开始了。

令人不解的是，8 月 15 日，中新社刊发了一篇内容相左的报道：**《圆明园整改工程准备就绪 防渗膜拆除时间未确定》**——

中新网北京 8 月 15 日电 (王晓申 王晶) 记者今天从圆明园管理处了解到，

圆明园拆除湖底防渗膜的时间仍未确定，但整改工程的准备工作已基本就绪。

记者下午来到圆明园。公园门口已立起一张施工通告，敬告游客园内福海、长春园景区正在施工，请游客予以配合。门口的工作人员对防渗膜何时拆除、整改工程何时完工均表示“不清楚”。记者在福海景区看到，景区周围已经被两米多高的挡板围起。透过挡板的缝隙，可以看到景区内到处是泥土和水草，景区宣传照上福海碧波荡漾、波光粼粼的景象早已不复存在。

此前有媒体报道，圆明园湖底防渗整改工程将于8月15日开工。对此，圆明园管理处的一位女工作人员说，拆除防渗膜的时间尚未确定，但准备工作一直在进行，现在已基本完成，下一步的整改工程将完全按照国家环保总局的批示进行。据她介绍，准备工作主要是拔除野草、铲除湖底淤泥和杂物。

当被问及整改工程何时能够完成，她表示现在尚不清楚。记者追问“十一”期间能否完工，她说：“希望能够完成吧！”在福海南侧的湖岸边，记者看到几名工人正在搭设铁架。其中一人告诉记者，他们是昨天晚上来到这里的，今天开始施工。对于施工将要做些什么，他们也都表示“不知道”。

圆明园内，到底是在做拆膜的准备，还是已经开始拆防渗膜了？还好，来自环保总局的消息给我吃了一颗定心丸。这天上午，我到环保总局参加一个新闻发布会，向潘岳副局长的秘书打听圆明园的事。他告诉我：对于整改的进展，环保总局完全掌握。

放心不下

虽然如此，我对圆明园神秘的整改还是放心不下。当天晚上，我又为“守望家园”栏目写了一篇文章，发在第二天的人民网上——

圆明园：为什么总让人放心不下

屈指算来，自3月28日《人民日报》首次披露圆明园防渗工程事件至今，已近150天。在信息爆炸、节奏紧张的现代社会里，按照常理，这一事件早该被公众遗忘了。然而，事实是，尽管环保总局早在一个月前就公布了整改决定，尽管圆明园管理处声称将严格按照决定认真整改，尽管已有许多媒体报道“整改工程已经启动”，公众对此事依然高度关注，对如何整改依然疑虑重重。

只要上网检索一下近期有关此事的新闻，就可以得出明晰的结论：这并不是笔者妄下论断。距离防渗工程“东窗事发”近5个月之后，圆明园为何还如此让人放心不下？

这的确是一个值得探究的话题。

依笔者浅见，原因至少有二：

第一，防渗工程的整改决定，是凝结了无数公众热情与智慧，历经周折之后，开出的民主之花，虽然是“百年等一回”，但还不是最终的果实。回顾防渗事件自被媒体披露以来的100多个日日夜夜，就不难体味出整改决定是怎样地来之不易，怎样地不同寻常，怎样地弥足珍贵。因此，对于这朵民主之花将结出怎样的果实，曾经为此倾注心力的人，没有理由不去关注。

第二，圆明园管理处及有关部门自始至今的种种言行不一，怎能让人对“认真整改”放心？

试举几例：

一、早在几年前，面对专家关于植被调整的质疑，管理处曾作出书面承诺：将以现有植被为主，尽量保留原有植被特色。可结果如何？自去年秋天至今，就有无数的乔木、灌木在外界毫不知情的情况下被大肆砍伐、不知所往，而管理处有关负责人竟对采访的记者说：没有任何解释。

二、当专家学者对侧防渗质疑时，管理处有关负责人居然予以否认，说那是整修驳岸，不是侧防渗。

三、在今年5月24日举行的新闻发布会上，海淀区副区长于军曾对媒体公开表态：将定期向媒体发布圆明园保护和整治的有关信息。可是，时至今日，谁曾见到过这样的信息发布？

即使是在整改进行的今天，媒体采访还是难之又难。人们不禁要问：既然是严格按照环保总局的整改决定进行整改，还有什么不敢公开，还有什么需要遮掩的？人们不禁要问：管理处如此明修栈道、暗度陈仓，葫芦里到底卖的是什么药？

圆明园这一国耻纪念地，自1860年以来屡遭国外豪强、国内愚者的破坏，已是一座面目全非的荒园，再也禁不起瞎折腾了。人们盼望着：无论是整改还是整修，是保护还是整治，不要再“旧伤未复再添新痕”了。

如果，时至今日，还有人还对公众的关注不理不睬，还把采访的记者拒之门外，甚至在心底里认为这是“狗咬耗子——多管闲事”，那么，谁又能保证，正在进行的整改，以及今后进行的整修、整治，不会对圆明园造成新的建设性破坏呢？

密封中的整改

就在这篇文章刊发的当天，也就是 8 月 16 日，《京华时报》发出消息《圆明园防渗整改正式开工 现场严密封锁谢绝参观》——

本报讯（记者郭莹 王晴）昨天，圆明园福海景区的防渗整改工程正式开工。圆明园将施工现场严严封住，不让游人参观。

昨天下午，记者在圆明园看到，大门入口处立着一块公告牌，称圆明园福海等园区正在进行施工，谢绝观众参观。福海景区四周，几乎所有的路口都用黑色的大木板封起，上面写着“正在施工，谢绝参观”等字样。每次参观游览车来到景区外时，工作人员都解释说，由于施工，不能参观。

记者设法进入福海景区后看到，偌大的福海湖底有很多条被挖土机压出来的沟壑，湖里还有一些积水。在景区的西侧，停着两辆挖土机和两辆推土机，还有很多沙堆。湖边帐篷内的工人告诉记者，他们共来了 100 多人，有 90 多人在圆明园另一个园里施工。

圆明园管理处副主任朱红称，圆明园防渗整改工程确已正式开工，但由于目前雨季，且工程所需黏土还没有到位，所以整改工程的具体进度还没有确定。

又是“严密封锁”，又是“谢绝参观”。“谢绝参观”尚在情理之中，记者进入现场采访被挡驾，就让人费解了——就连铺防渗膜，也没有这么戒备森严啊！“整改”又不涉及国家秘密，为什么要搞得这么神秘兮兮、壁垒森严呢？圆明园管理处葫芦里到底卖的什么药？

时光在圆明园的神秘“整改”中悄悄流逝。夏往秋来，转眼进入9月。正当我牵肠挂肚、犹豫着是否再去一次圆明园的时候，9月2日的《北京晨报》爆出消息《防渗整改工程已基本完工，十一可以划船》。

我是9月4日晚上看到这篇报道的，看完后真是追悔莫及：永新啊永新，你为什么早不去圆明园看看呢？！

好在，9月5日，《华夏时报》刊发了题为《圆明园整改本周结束 国庆节建成水上照明景观》的报道，披露了有关拆除防渗膜的具体情况——

本报记者陈宇航报道 昨天记者从圆明园了解到，圆明园的整改工程在本周内将全部完工，目前除了长春园的防渗膜拆除工程依然在紧张进行外，其他的福海、绮春园的整改工程已经完工。据了解，在已经完工的福海、绮春园的湖底除了铺设20厘米厚的黏土外，还埋设了电缆，今后圆明园将打造水上园林景观。

从上月的月初开始的防渗膜拆除工程经一个月的紧急施工之后，现在只有长春园的整改工程还没有完工。昨天上午记者来到圆明园，福海周围因整改而围起来的挡板已经拆除，湖底没有了野草，显得非常平整，仔细一看还能看出刚刚施工过的痕迹。一位卫生工作人员告诉记者，福海的施工已经在上周结束了，同时结束的还有绮春园的湖底防渗膜拆除工程，目前没有完工的只有长春园。长春园依然被挡板包围着，但是通过挡板的缝隙可以看到，停放的工程机械也已经停止作业，但里面有几十名工人还在忙碌，这里的工人告诉记者，长春园的整改工程在两三天内也将完工。

根据圆明园向国家环保总局提出的整改方案，绮春园除入水口外，已铺的防渗膜全部拆除，回填黏土和原湖底的底泥。湖岸边不再铺设侧防渗膜；对福海已经铺设的防渗膜进行全面改造。目前福海湖底铺设了20厘米的黏土，绮春园除了入水口外也都完成了防渗膜的拆除改造，湖底都填了黏土和原湖底的底泥。在这里施工的一位工人还告诉记者，在已经整改完工的景区的湖底还铺设了电缆，圆明园将要建设水上照明景观。

兴师动众、惊心动魄、百余天艰辛换来的防渗整改，就这样结束了。

十九 整改之后

尽管有媒体同人的报道，但我对圆明园的整改还是心存疑虑。有道是“耳听为虚，眼见为实”，我在两个多月之后九进圆明园，一探究竟。

现场见闻

9 月 7 日是周三，天气响晴。这天下午 3 点多，我打出租车来到圆明园。

站在大门口，我心里禁不住默念：久违了，圆明园！

上次我来的时候，是 7 月 4 日，当时还烈日炎炎、酷暑难当；如今已是初秋，空气中不时吹过丝丝凉风。园内的树木枝繁叶茂，绿荫匝地。特别是路边的一株株大柳树，又密又长的枝条像碧绿的秀发，在秋风中舒展摇曳，曼妙可人。

刚进园子不久，就看见路旁的柳树下有两个女孩子。她们一个扎着辫子、一个戴着遮阳帽，手里拿着塑料袋和网子，正蹲在地上认真地找寻什么。

我走上前一问，才知道她们是中国农业大学的学生，来这里上实践课、捉虫子。

赵永新／摄

“为什么要到这里来捉虫子？”

“因为全北京只有这一个地方还可以捉虫子啊。”扎辫子的女孩说。

“虫子多吗？”

“比我们想象的少多了。”她叹了口气。

“你们希望圆明园是个什么样子？是荒一点好呢，还是像新建的公园那样？”

“当然是荒一点好啊。”扎辫子的女孩说，“如果都像新建的公园那样千篇一律，还有什么意思？”

“是啊，你看这里许多地方都是人工种的草坪，一点特色都没有。”戴遮阳帽的女生补充说。

“那你们希望圆明园保持现状好呢，还是恢复成清朝时的辉煌景象好？”

“当然是保持现状，因为它是一个遗址。再说了，怎么可能恢复成过去的样子呢？”

这时，她们惊喜地叫起来：“找到了，找到了！你看这里有好几个！”

看她们专心致志的样子，我不便再打扰，就挥手道别。我一边走，一边想着：

中国农大的学生在草丛里寻找虫子

赵永新/摄

偌大的北京城，已经很难找到学生们可以捉虫子的地方了。

其实，北京的公园并不少，但都是越来越人工化：原来的野花、野草植被被成片铲去，代之以齐整的草坪；“难看”“芜杂”的灌丛在“美化”的名目下被逐渐淘汰，代之以“美观”的观赏花木。然而，园林管理者可能不曾料到，他们在除野草、砍杂木的同时，原有的生态系统破坏殆尽，栖息其中的昆虫也被赶走了。铺上草坪后，表面上看是整齐、美观了，可原来的生物种类却大为减少，草坪和观赏花木中，很难再听到虫鸣、捉到蚂蚱，孩子们到哪里去体验自然、亲近自然、享受发现的乐趣呢？城市绿化、美化运动中整齐划一的“大一统”做法，是不是该纠正了？

这样边走边想，我来到绮春园内“驳岸整修”的地方，看看那些“内砖外石”的“挡土墙”怎样了。眼前的景象是：原来砌的砖墙，连同堆上的石头，都已全部拆除，拆下来的石头杂乱无章地堆放在岸上；河道里残留着清晰的履带印痕，岸边被大铁铲挖过的淤泥里，残留的红砖格外扎眼。

看来，李皓、崔海亭、李迪华等几位老师们关于“驳岸整修”的建议，至少目前没有被采纳；至于今后驳岸如何“整修”，就只有天知道了。

由此迤逦前行，“整改”后的河道里履带的印痕蜿蜒，下面的泥土压得结结实实；

挖掘机碾压的河道

赵永新／摄

没有被“整改”的河道里，则芳草萋萋、野草遍地。有些河道里的野草已被割掉，俯身嗅去，还可闻见淡淡的草香。在另外几处河道里，几名穿短袖的工人，正挥舞着镰刀、钉耙割草。

约莫走了半个小时，福海出现在眼前。福海岸边蜿蜒排列的杨柳，真是一景：长长的柳条在秋风中摇曳多姿，细细的柳叶在阳光下闪着光泽。柳树下几块形态各异的石头，散卧在一簇簇叶片泛黄的狗尾巴草中间，别有一番情致。

从岸边远望，空旷的湖底上，推土机的履带印迹纵横交错、随处可见，有的地方是新铺上去的或黄或黑的新土。岸边原来准备建码头的地方，已经恢复了原状；上次看到的裸露的柏木钉已被新填的土壤盖上。这些支撑着驳岸的无名英雄，终于“入土为安”了。

沿着堤岸北行，我又来到西岸，也就是之前我和张正春、李迪华、李明想进入西区的地方。那些铁丝网还挺立在那里，有的地方爬满了牵牛花，或红或蓝的“小喇叭”在初秋的阳光下楚楚动人。

福海岸边原来准备建码头的地方，已经恢复“原状”，裸露出来的柏木钉已被新填的土壤盖上

赵永新／摄

1|2

1. 一长排铁皮板，把“整改”现场围得严严实实

2. 透过铁皮挡板的缝隙，可以看到湖底的挖掘机

赵永新/摄

长春园内的景象如何？正如《华夏时报》记者陈宇航所说，这里的“整改”还没有完工：河湖两岸还竖着刷了蓝漆的铁挡板，有的铁板上写着“京水建设”的红字。这些铁挡板排列得真是严密，我找了许久，才发现两处有较大缝隙的地方。透过缝隙往里一看，没有看到施工的工人，只有几台挖掘机还在工作。

这次圆明园之行给我留下印象的，还有靠近长春园南门线法画北侧的水塘。岸边的芦苇已经开花，白色的芦花随风摇曳；水塘中长满了密密麻麻的野草，其中有一大片叫不出名字

长春园内没有铺防渗膜的湖底

赵永新/摄

的野花，金黄的小花星星点点，煞是好看。

走出长春园的东门，就是圆明园东路，我又回到真实的闹市：马路上车水马龙，空气中满是灰蒙蒙的雾霾。

开始注水

就在我九进圆明园的三天之后，也就是9月9日，《京华时报》刊发了记者王晴的报道《圆明园防渗整改湖开始注水 园方称水会很快流失》——

从前晚10时30分开始，密云水库以日均放水7万方（即7万吨）的速度“灌溉”圆明园的防渗整改湖。预计20天后，绮春园、福海、长春园将喝下总量200万方的密云水。

第一个“喝水”的是绮春园。据圆明园管理处负责人介绍，密云水库的水从101中学和圆明园南门附近的两个进水口进入绮春园。绮春园湖面水位达到一定高度后，水经福海流向长春园。

“虽然长春园的部分整改工程还没有竣工，但放水不会影响工程进度。”该负责人解释说，绮春园和长春园通过福海相连，两者相对独立。其中，福海是最大的水面，有28公顷，让它“喝饱”需要10天左右的时间。所以，当福海“喝饱”后，水才会流向长春园，此时长春园的整改工程已经结束。

记者了解到，市水务局此次批给圆明园200万方水，日均放水速度7万方左右。照此进度，要让绮春园、福海、长春园把200万方的水全部喝下，需要20天左右的时间。这样，本月底圆明园各水面均可恢复，能确保国庆期间接待市民游船。

圆明园管理处“注水”的速度如此之快，出乎我的意料。

十进圆明园

“注水”后的圆明园是怎样的光景？注入的水，真如管理处人员所说，“很快就会流失”吗？

为弄清虚实，我在 9 月 11 日下午 4 点钟左右，第十次进入圆明园。

从绮春园宫门进去不远，就是鉴碧亭。我停下脚步，仔细观察这里的湖面。因为是刚刚开始注水，湖还没有灌满；靠近路边的河道里，不知为何，水的颜色有些发绿。

鉴碧亭附近的湖水 赵永新／摄

不知道是随水而来，还是在园内新生的，一处水面上有不少游来荡去的“扁担沟”——这是我老家的土叫法，其学名是“水鳖”。

我沿着河道继续前行，在路右侧的河道里发现了一个意外的情况：岸边的防渗膜，并未像媒体报道的那样“完全拆除”。

按照环保总局的整改决定，“绮春园除入水口外，已铺的防渗膜应全部拆除”。但是，在绮春园内的多处岸边，我看到了随水流漂荡的防渗膜。在几个还没有来得及灌水的河道中，我走下去仔细观察，发现土里有许多残留的防渗膜。

不仅如此。我又往里走了一段，意外地发现：两个工人正在用排子车运送整卷的防渗膜；防渗膜的外包装上，印有“山东泰峰塑料土工材料”的字样。

运防渗膜的排子车

赵永新/摄

我大感惊异，就走上去问拉车的人：“这些防渗膜要运到哪里？”

那位工人冲着我笑笑，没有作声。我心生疑窦：运送这些防渗膜要干什么？于是，我远远地跟在后面，看到拉防渗膜的地排车，从圆明园工程指挥部隔壁的小路，一直进到西区去了。

今年 4 月 15 日、27 日，我曾两次进入西区。当时里面正在整理山形水系。由于当时环保总局已经下了停工令，没来得及铺上防渗膜的工程晾在那里晒太阳。如今工人把防渗膜运进西区，莫不是圆明园管理处又开始在西区铺设防渗膜？

圆明园西区已经挖开、还未铺防渗膜的河道

赵永新/摄

我被自己的这个想法震惊了。如果真是这样，环保总局要求的“全面整改”，岂不是大打折扣？

我本该尾随防渗膜的地排车到西区看看，但由于当时天色已晚，胆小的我没敢这样做。

这时红日西沉，偌大的圆明园笼罩在渐浓的暮色中。

回到单位之后，圆明园中残留的防渗膜，以及那两辆装满防渗膜的排子车，在我脑海里挥之不去：防渗工程到底是怎么整改的？那些没有拆除的防渗膜怎么解释？排子车上拉的防渗膜，又是干什么用的？

我写了一篇很短的消息：《圆明园：绮春园岸边防渗膜还未按整改要求拆除》，电邮给了人民网。

当时我已经料到，这篇东西可能不会有人注意。果然，第二天，未见一点儿反响。仔细想想，也可以理解吧：至此圆明园已经折腾了大半年了，谁还会再去关心这个破落的荒园呢？

二十 圆明园，你往何处去

《南方周末》记者刘鉴强，在3月31日发表的《圆明园湖底埋下了什么》一文中，曾经给出这样的预言——

"可以预见的是，不久以后，这里将水波荡漾，游人嬉戏，一切都会显得正常而美好。"

事实果真如此。时隔半年之后，也就是9月28日，《京华时报》用寥寥数语，报道了灌水后圆明园的情形——

经过20多天的"灌水"后，圆明园的水面得到恢复。昨天，上百艘游船正式下水。目前，圆明园准备了脚踏船、水上三轮、自驾小艇、交通艇和手划船等5种类型的游船。

为一睹"水上泛舟"的盛况，在10月7日这天，我第十一次走进圆明园。果然，灌水后的圆明园河满湖平、清波荡漾；手划船、脚踏船……你来我往、竞逐嬉戏；船上的游客兴致勃勃、优哉游哉，欢快的笑声在湖面上飘荡。

望着这"正常而美好"的喜人景象，"乐而忘忧"四个字蓦地浮上心头。我想起了海淀区一位人大代表的话：全世界不管哪个国家，都应该有一个地方，让人们一踏进这个地方就肃然起敬，不能大声说话，不能大声嚷嚷——我希望我们的圆明园是这样一个地方。

眼前的圆明园显然已经没有了这样的功能。游客在水上嬉戏玩乐的时候，估计不会想到圆明园多灾多难的历史，不会想到北京严重缺水的现实吧。至于它作为万园之园的造园艺术，恐怕也不会有多少人在意。

不易回答的历史大课题

那么，面积尚有 5000 多亩的圆明园遗址，该如何保护与利用，才能发挥其应有的综合功能？

这确实是一个不易回答的大课题。

正如中国社科院研究员王彬生所说——

圆明园的特殊就在于她不仅仅是文物和遗址公园，她是一种精神和情感。根本原因就是圆明园的命运浓缩的是中华民族几百年的沧桑，深埋着中华儿女的酸甜苦辣，圆明园的一草一木都触动着我们民族文化的神经……圆明园的命运正在考验着我们民族的智慧。如何实现圆明园历史悲剧价值和未来中华民族文化创新的有机结合，突破国耻见证、爱国主义教育基地和生态保护的简单思维，是一个摆在国人面前的历史大课题。

更让人担忧的是，还没有对外开放的西区。如果按照圆明园管理处的原有的思维模式进行“植被调整”“驳岸整修”“恢复山形水系”，很难说是一件好事，还是一场灾难。

三位专家的建议

英法联军烧掠圆明园，已经过去了近一个半世纪。在中国融入世界、世界接纳中国的历史洪流中，在实现中华民族伟大复兴的征程中，多灾多难、已成荒园的圆明园遗址，究竟该向何处去？

最后几次行走在圆明园的时候，这个问题就一直困扰着我，百思不得其解。我既不是专家，也不是学者，无法给出正确的答案。在此，试举几位专家的建议，供读者朋友参考。

1. 上中下三策

北京大学景观设计学研究院教授俞孔坚在接受笔者采访时认为：试图恢复和维护圆明园往昔碧波荡漾的皇家园林景观，即使有可能，也是不可持续和不符合当代环保理念与遗址公园性质的。而圆明园目前的经营与管理方式也与遗址公园的性质相去甚远。

从遗产保护和可持续的经济与环境理念，以及社会进步和中华民族长远的发展考虑，俞孔坚认为，圆明园未来的出路有上、中、下三策——

上策：作为北京大学和清华大学开放式校园的延伸。理由是：第一，两校校园都是在原清代皇家园林基础上选址兴建，并含有圆明园的部分园林，与圆明园有着本来的历史和地理联系。第二，作为中国最高学府，北大、清华校园的使用功能与圆明园遗址公园的公共教育性质和开放性质相兼容。第三，从目前国内外的经验和北大、清华两校园的管理现状来看，历史文化遗产和遗址交给大学来管理是最安全和最能发挥其教育价值的。第四，人才培养和教育事业乃国家长远发展之大计，两大学，特别是北京大学的校园面积与同规模的国际一流大学如哈佛、斯坦福等相比，不足其五分之一，甚至十分之一，拥挤的校园已经严重影响学校的正常教学活动，更谈不上满足未来必须面临的发展需要，以至于目前北京大学为发展新学科，不得不拆除原有建筑，加盖新楼，结果导致校园历史文化风貌的损毁。第五，目前的圆明园相当于北京大学校园的四倍，内有大量的平地，使用率非常之低。这些空地如果仍用常规的园林绿化去种植和管理，将耗费大量的人力和物力，而且不可持续。而这些空地恰恰是建设研究院和系馆等教学和科研设施的最佳场所，不但不会损害原有场地上的遗址，而且，通过精心设计，还可以相得益彰。两校内的未名湖（勺园）、清华园就是保护与利用相结合的典范。因此，将圆明园作为北大、清华两校的校园，明确管理职责，必将大大改善圆明园遗址公园的保护和利用，同时缓解两校，特别是北大校园紧张矛盾，真正发挥圆明园勿忘国耻、振兴中华的价值。

中策：复耕圆明园湖区。占地5000多亩的圆明园遗址公园，有近3500多亩属湖面，这些湖区大多已无水可蓄，即使做了防渗膜的部分湖区，在目前和未来北京严重缺水的现实面前，也必然不可持续。对于偌大的平坦湖底，最好的管理和利用方式是复耕种植五谷。当然对原有湖岸的驳岸和陆地上的地形要谨慎保护其原貌。理由有四：第一，农耕景观与遗址景观相兼容。浅根性的农作物，构成整齐纯然的背景，使圆明园遗址公园的地形和建筑遗址得以更充分地展现，农作景观不会破坏遗址的完整性和真实性。第二，与历史相符。在成立圆明园遗址公园之前的相当一段时间内，这些湖区土地就被开垦种植稻米、莲藕，是丰产的良田，复耕具有历史真实性。第三，社会文化意义。在耕地极其紧张的今天，珍惜与合理利用每一寸土地是时代的召唤，湖区复耕反映了民族忧患意识。第四，休憩价值的提升。国际的研究表明，城市中的农田景观比通常的园林景观对城市居民来说更具有吸引力，同时对青少年的教育意义、土地意识的培养更具有价值，更何况在一个曾经是皇家园林里的农田景观呢！第五，经济上的可持续性。丰产的农田不但有可观的经济收入，解决就业，同时，其管理技术要求和成本都比园林绿化、美化要低得多。因此，恢复湖区农田景观，将其作为遗址展示和体验的背景，不但适宜，而且可行。

下策：生态恢复，作为自然与历史遗址的双重保护地。目前，圆明园公园内的大量乡土植被在前一段的整治过程中，已经被破坏殆尽；而取而代之的园林草坪和“观赏花木”，也因为管理的要求不能满足，而不能健康繁衍，最终将很快在自然演替的过程中被淘汰。圆明园毗邻西山自然区域，土壤和水分条件很好，如果遵循生态与环保理念，经过十几、几十年的时间，可以恢复成一个近自然的生物栖息地。大量的鸟类和小动物将随之而来，以此为家。所以，长远来看，圆明园可以恢复成一处北京平原地区难得一见的自然栖息地，与园中的建筑和地形遗址相得益彰，成为一处自然与文化双重功能的教育基地。我们需要做的只是建立一个环境解说系统和一个步道系统，讲述自然与历史的故事。

俞孔坚认为，如果“下策”可以实现，在世界上将是独一无二的——圆明园就不再仅仅是建筑遗址和园林遗址，而是融生态、历史、文化于一体的特色公园，成为北京一处独特的历史与爱国主义教育、环境教育和生态休闲的独特景观，也将给世界树立一个先进的环境伦理与历史和文化价值观的典范。

2. 建立圆明园大学

长期关注圆明园的中国社科院研究员王彬生，曾多次呼吁，在圆明园内新建一所中国最好的文化艺术大学。2005 年 6 月，他在题为《圆明园的命运是一个摆在国人面前的历史大课题》的文章中又提出：在圆明园遗址内建立一所中国最好的文化艺术大学。

他在文章中写道——

可以这样设想，百年以后，圆明园史这样写：几百年前，这里是清王朝的皇家园林，景色迷人，艺术价值连城。后来这个王朝腐败，国力衰弱，来了一群强盗，一把火烧掉了它。大火烧了很长很长时间，这里变成了无人区，杂草丛生，野兽出没，坟穴遍地，让人无限凄婉。一百年前，这个民族国力强大了，政府在这里建立了一所中国最好的文化艺术大学，成为培养文化精英的摇篮，让华夏民族受益千年。只有这样，圆明园的文化积淀，华人的愤怒情结，才能化作振兴中华的动力，融入中华文化的滔滔洪流，成为民族文化的千年里程碑……

可以设想，这里建设成为中国最好的文化艺术中心，也就成为传播交流中心，每年数以万计的海内外华人、留学生在这里交流学习，各种文明再一次碰撞，将强大的人文气息融入万园之园的山水之间，要让圆明园变成一个中国文化艺术的殿堂，让人类的思想与智慧与她带有沧桑的秀丽融为一体，散发出灵性，走入下一个千年。中华文明的大风车要在这里转动起来，旋转出新的民族精神，实现中华文化的凤凰涅槃。要使千万的学子在这里修炼，感悟民族文化的真谛，成为东方文明复兴的文化起搏器。熏陶出无数文化艺术的天使，成为东方文明福音的传播者。让历史、世界知道，我们没有沉于凭吊和哀叹，而把她变成了一个世界宝库。核心遗址（如大水法）保留和再建，形成鲜明的对比，历史让后人看得更清楚，难道我们的学子会忘记过去吗？这是中华民族灵魂深处的重组。

王彬生认为，我们不应“带着愤怒走过千年”——

一个只囿于凭吊国耻的愤怒中的民族，是没有创造力的民族。仅仅把几平方公里的土地作为遗址，作为国耻纪念碑就完了吗？哪个国家和民族会做一个几平方公里的纪念碑？

3. 构建具有高度原真性的遗址公园

中国社科院研究员徐嵩龄，在《圆明园之争：被忽略的实质》（《中国文物报》，2005 年 6 月 22 日）中，就圆明园的价值、功能，原真性的保持，以及修复与展示等问题，进行了系统论述。

在圆明园的价值与功能问题上，徐老师认为：圆明园的“国耻教育”价值“正在被消解”——

第一，它被政府主管部门对圆明园的多种功能期待（教育、旅游、东西方文化交流等等）所消解；第二，它被某些古建专家和历史学家的个人职业冲动（重建）所消解；第三，它被圆明园管理方的 1700 人生存经济需求（营利性经营）所消解。

现在的圆明园，正在由遗址逐渐向园林转化，由爱国主义教育基地向旅游观光场所转化，由遗址保护向圆明园重建转化，由公益性遗产地向管理单位的生存资源转化。这一状况说明，圆明园保护正处于危机之中，其要害就是圆明园将不再是遗址。圆明园防渗工程只不过是冰山之角，青蘋之末。

他特别指出——

在上述消解圆明园的“遗址”价值定位的提议中，所谓“专家”意见最具有蒙蔽性。应当认识到，并非古建专家的意见一定有利于文物保护。杭州雷峰塔是按古建专家“文物不能再生，时代需要创新”的思想重建的，它竟在塔体外安装观光电梯。如果这算是“创新”，那不过是孙悟空变成土地庙的那个旗杆。还应认识到，并非历史学家的建议都具历史感。人民大学的教授将圆明园被毁重建等同于美国历史上白宫被毁重建。且不说白宫与圆明园分属不同遗产类型，仅就其价值而言，美国人并未将白宫被毁定为“国耻”。世界上反映国家或人类耻辱的遗址甚多（包括美国在内），它们无不得到高度重视和妥善保护。不知是教授无知还是故意视而不见。看来这位历史学家一定要中国人忘记历史上的“国耻”。

由此可见，对专家意见需要分析。第一，对于非专家专业内的问题，专家意见的分量应与一般公众无异；第二，对于专家专业内问题，如果他的价值导向错误，则意见同样错误。在圆明园价值和功能定位问题上，公众的意见更值得重视，因为社会公众基本上摆脱了个人职业偏好与个人功利偏见。

因此，徐老师认为：政府主管部门应将圆明园的“遗址公园”定位真正在实践中落实。在对圆明园多项功能期待中，遗址保护是首要功能、基础功能、核心功能，其他功能是次要功能和派生功能。如能辨清和坚持这一点，则圆明园遗址存；如混淆或颠倒这一点，则圆明园遗址亡。现在是决定圆明园遗址命运的时候了。

就如何认识圆明园作为文化遗产地的原真性，徐老师认为——

保护圆明园遗址，首先要识别这一遗址的原真性。广义地看，圆明园有两种原真性。其一是物质层面的原真性，它包括圆明园被毁后仍存留下来的遗迹，主要为地下遗迹，以及少量的地表遗存和流散文物。其二是知识层面的原真性，它包括对圆明园被毁前和被毁后状况的各种文字、图形、口头流传等信息。在圆明园保护中，对这两种原真性的了解均是必需的。首先是对现存物质层面原真性的了解。这是圆明园保护的直接对象。圆明园的任何保护行动，都不能造成这一物质层面原真性的破坏。其次是对知识层面原真性的了解。它是为物质层面原真性保护服务的。这方面的信息愈全面、愈准确，则愈有利于物质层面原真性保护。

他认为：根据前面提到的三个国际宪章（指《威尼斯宪章》《考古遗产保护与管理宪章》《佛罗伦萨宪章》——引者注）和《中国文物古迹保护准则》来考察圆明园现在实施的保护工程（防渗工程仅是其中的一部分），其状况是令人忧虑的。第一，这一工程并非严格建立在考古学基础上，即并未经过严格的考古清查和遗迹清理；第二，遗迹因施工而破坏构成遗迹的原初组分和材料因施工而破碎、失散；第三，遗址因施工而破坏或改变原初形态。

徐嵩龄得出了这样的论断：如此发展下去，圆明园将经历其生命史上的第三次破坏。第一次是英法联军和八国联军的劫掠。第二次是自清末至圆明园管委会成立前人们对圆明园地表遗迹的有意或无意破坏。第三次则可能出现在现在，出现在圆明园管理者有意识的“保护”行动中。前两次破坏的是地表遗存，现在这次破坏的是地下遗存。由于管理者着眼于旅游，着眼于景点的修复与重建，加之施工过程不按照遗址保护规则操作，将造成圆明园地下遗存的解体。发展下去，圆明园遗址的物质原真性（地表＋地下）将最终消失，圆明园的物质生命将完全终结。这正是社会公众所关心、所忧虑的，也是应从现在开始努力制止、纠正的。

最后，徐老师提出了圆明园保护修复和展示的最适技术方案——

如果能将圆明园保护的认识统一到“归遗产部门主管”，“按照国际遗产保护宪章与《中国文物古迹保护准则》进行管理”，“着眼于遗址保护”，“着眼于遗址的原真性，尤其是地下遗存的原真性”这一基础上，就可以讨论圆明园保护的最适技术方案问题。这里提出以下原则，以供考虑。

1. 圆明园保护空间。应将圆明园空间按历史事件分为两个部分。其一是被国外入侵者劫掠区，这是主体部分；其二是当时未严重毁坏的16处景观。

2. “遗址区”保护。对劫掠区重在遗址保护，因此可称为“遗址区”。它的价值和功能着眼于爱国主义教育。它的保护同样会涉及一系列保护技术，如保存、维护、修复、重建等等。其中，修复和重建的目的是，重现圆明园被毁时景况，而不是重现被毁前的圆明园。这是国际上国家或人类耻辱纪念地（遗址）的共同做法。

3.“景观恢复区”保护。对非严重破坏区可以进行有选择的景观重建，因而可称为“景观恢复区”。这里恢复和重建的是圆明园未遭破坏前的原初景观。这样做，第一不违背历史，第二不影响和干扰遗址区的国耻教育价值，第三能使人们通过对再现的圆明园部分历史原貌的观赏，认识圆明园的文化价值，并进一步强化它被焚毁的国耻感。

4.圆明园进行的所有修复与重建工程，应追求尽可能高的原真性。具体说：应建立在充分考古学调查和清理基础上；应不破坏原址的地表和地下遗存，应尽量利用遗址存留的材料与组件，特别应注意破碎物的重组；应严格遵循《威尼斯宪章》和《实施世界遗产公约操作指南》所要求的“原设计、原材料、原工艺、原环境、原地点”。

5.在遗址区和景观恢复区均会进行一些改建与新建项目。但这些项目的数量、选址、形式、功能，均应受到限制。在景观恢复区应慎建娱乐消费项目，在遗址区应禁止娱乐消费项目。这些改建与新建项目主要用于管理目的。它们不能有碍于整体景观和整体文化价值氛围。尤其是遗址区的项目，更须适应那里的静默气氛。

徐嵩龄认为——

上述原则所包含的设想，对我国古建专家和造园专家提出了新的挑战。这就是如何在遗址区，利用现有遗存构建一个具有高度原真性的、有相当教育震撼力的、兼具公众休憩功能的遗址公园。这在设计观念、创造智慧和技术实施上，远比一般的原址修复和重建困难得多，也有意义得多。重建圆明园原初景观，其文化价值和意义不会超越现在的颐和园与承德避暑山庄。然而，这一遗址公园却有可能成为我国继南京大屠杀遇难同胞纪念馆之后的震世之作。

希望这三位专家的建议，能给大家一些启迪。

雪中回访

我最不能忘怀的，是还在“整修”的圆明园西区。2007 年 3 月 3 日夜，北京下了一场不大不小的春雪。第二天一大早，我打了辆出租车，再次造访圆明园。

我赶到绮春园宫门的时候，8 点刚过。空阔的广场上几乎看不到人影，大门的两边各立着一块巨大的“欢度春节”的红色牌板，上面挂满了一串串的红灯笼，与头顶覆盖着白雪的石狮子相映成趣。

进得门来，映入眼帘的，是松树上挂的红灯笼，在白雪青叶的映衬下，格外红艳。绕过影壁墙，对面山坡上一树树绽开的红梅吸引了我的目光。

“‘雪映红梅’可是难得一见的美景！”我兴冲冲地走到跟前，准备好好拍几张照片。但等我举起相机靠近拍照时，却大失所望：那鲜艳的红梅原来是人工做的假花。

看上去很美的假花景观，还不止这一处。在圆明园管理处办公室的门前、路边，红色的假桃花、黄色的假连翘，格外引人注目。为了把圆明园打扮得更美，管理者们真是煞费苦心了。

但在我这个游客看来，这些生气全无的假花，实在是大煞风景。

当然，瑕不掩瑜，雪中的圆明园美不胜收。由于游人稀少，偌大的圆明园显得格外空旷、宁静，雪中的残桥、卧石、柳条、松枝……别有一番景致。

毕竟已是初春，气温在 0° C 以上，地上的雪已经开始融化。我边走边拍，鞋子、袜子全弄湿了，雪水灌进鞋子里，脚冻得冰凉。我想起了陶渊明的那句诗：衣沾不足惜，但使愿无违。

大约上午 10 点钟的时候，我来到福海西岸。铁栅栏的里面，就是让人牵挂的西区了。我心想，如果不趁着这次无人看管偷偷进去，以后就很难有这样的机会了。看看四周无人，我把相机装进摄影包，从铁栅栏上翻了过去。

空旷的西区寂无一人，视野十分开阔。我边走边看，所见到的情形与 2005 年 4 月 27 日那次来的时候差别不大。

这次西区之行，有一个意外的收获：看到了还没有被“整修”的旧有的驳岸。

那是在一处不起眼的河道两岸，荒草枯枝之下，掩映着残旧的驳岸。河道里又湿

赵永新/摄

又滑，我小心翼翼地走到驳岸前，俯下身，仔细观察。白色的小小的泥螺壳清晰可辨，镶嵌在石头缝隙间的黑色浆土，显示着曾经的生命的存在。

此前曹克定老师曾告诉我，古人是用江米汤、蛋清，加上灰土等，搅拌成浆状物，对驳岸进行勾缝的，所以里面能长水草，以及各种螺类。

除了螺壳，我还看到了古人用来支撑驳岸的柏木钉：有的顶端露在外面，已显出腐烂的迹象；有的还撑着上面的石块，默默地恪尽职守。

1. 黑色的柏木钉已经歪斜、腐烂了

2. 第二块石板下面的两段黑色木头，就是柏木钉

1|2

赵永新/摄

这是迄今为止我在圆明园西区看到的最完整的旧有驳岸。如果不是前年国家环保总局的叫停，这些“劳什子”也许早就在整修中不知所终了。但愿后来的施工者能善待这些历史遗存，使后来人能够见到这些驳岸和柏木钉，从中领略古人的造园智慧。

告别了这些驳岸，我由西往东，一脚深一脚浅地迤逦前行，一直走到西区的最东端。这里的情形与我两年前来时看到的大致一样，只是盖着薄薄的残雪。

我在低头拍摄一个残留的树桩时，意外地发现了雪地上有粗细一致的小洞，以及从洞里抽出来的泥土。此后我仔细寻找，又发现了许多类似的小洞。如果我没猜错的话，这些小洞，应该是年前做考古勘察时留下的。也许，在不久的将来，这里也要进行大规模“整修”了。

正当我拍摄路边的一处民房时，突然从里面跑出一条凶悍的大黄狗，后面跟

赵永新／摄

着一个小伙子。这条貌似警犬的大狗“汪汪”地叫着，向我蹿过来。我赶紧抱住相机，站在那里原地不动，心怦怦怦跳着，身上直冒冷汗。

还好，那个小伙子喝住了那条狗，严厉地问我：“你是干什么的？怎么进来的？”

我只好撒了个谎：自己是摄影爱好者，看到这里的雪景很美，就进来拍照，没想到却迷路了。

小伙子听完，缓和了颜色，对我说：“这里外人不准进，你赶紧出去吧！”

我连连道谢，落荒而逃。

大约走了半个小时，前面就是福海岸边的铁栅栏了。我放慢了脚步，登上附近一座小山丘，极目回望。

望着圆明园西区荒凉萧瑟的残山剩水，遥想它当年的荣耀与盛丽，我不禁悲从中来——

如果遵照 1951 年周总理的指示精神，圆明园的一草一木都不能动；

如果 1976 年成立的圆明园管理处是一个由专家主导的文物保护单位，管理人员少而精，不用养活 1700 多名职工；

如果圆明园管理处在进行遗址管理与保护的过程中，能真正听取各方专家的意见，权衡利弊，三思而后行；

如果改革开放以来，北京市在城市建设中能够“以水定发展”，厉行节约用水，严格控制地下水的开采；

如果 20 世纪末北京市在制定《圆明园遗址公园规划》时，能广泛听取、吸纳各方专家和公众的不同意见，更加明晰“遗址公园”的内涵；

如果在 2005 年的防渗事件中，文物、园林等部门能同环保总局一道，切实履行法律赋予的职责，对圆明园遗址的保护与利用进行深入探讨；

如果……

可惜啊，这些“如果”只能是美好的幻想了。

修了一百五十多年，毁了一百多年，保护过程中又被有意无意破坏了数十年！

多灾多难、沉默无语，见证了中华民族三百年历史变迁的圆明园，你的明天会怎样？

2006 年 9 月至 2007 年 2 月初稿

2020 年夏定稿

附录：说园

——陈从周

（此文系作者 1978 年春应上海植物园所邀请做的讲话稿）

我国造园具有悠久的历史，在世界园林中树立着独特风格，自来学者从各方面进行分析研究，各抒高见，如今就我在接触园林中所见所闻掇拾到的，提出来谈谈，姑名“说园”。

园有静观、动观之分，这一点我们在造园之先，首要考虑。何谓静观，就是园中予游者多驻足的观赏点；动观就是要有较长的游览线。二者说来，小园应以静观为主，动观为辅，庭院专主静观。大园则以动观为主，静观为辅。前者如苏州网师园，后者则苏州拙政园差可似之。

人们进入网师园宜坐宜留之建筑多，绕池一周，有槛前细数游鱼，有亭中待月迎风，而轩外花影移墙，峰峦当窗，宛然如画，静中生趣。至于拙政园径缘池转，廊引人随，与“日午画船桥下过，衣香人影太匆匆”的瘦西湖相仿佛，妙在移步换影，这是动观。立意在先，文循意出。动静之分，有关园林性质与园林面积大小。像上海正在建造的盆景园，则宜以静观为主，即为一例。

中国园林是由建筑、山水、花木等组合而成的一个综合艺术品，富有诗情画意。叠山理水要造成“虽由人作，宛自天开”的境界。山与水的关系究竟如何呢？简言之，模山范水，用局部之景而非缩小（网师园水池仿虎丘白莲池，极妙），处理原则悉符画本。山贵有脉，水贵有源，脉源贯通，全园生动。我曾经用“水随山转，山因水活”与“溪水因山成曲折，山蹊随地作低平”来说明山水之间的关系，也就是从真山真水中所得到的启示。明末清初叠山家张南垣主张用平冈小陂、陵阜陂阪，也就是要使园林山水接近自然。如果我们能初步理解这个道理，就不至于离自然太远，多少能呈现水石交融的美妙境界。

中国园林的树木栽植，不仅为了绿化，还要具有画意。窗外花树一角，即折枝尺幅；山间古树三五，幽篁一丛，乃模拟枯木竹石图。重姿态，不讲品种，和盆栽一样，能“入画”。拙政园的枫杨、网师园的古柏，都是一园之胜，左右大局，如果这些饶有画意的古木去了，一园景色顿减。树木品种又多有特色，如苏州留园原多白皮松，怡园多松、梅，沧浪亭满种箬竹，各具风貌。可是近年来没有注意这个问题，品种搞乱了，各园个性渐少，似要引以为戒。

宋人郭熙说得好：“山水以山为血脉，以草为毛发，以烟云为神采。”草尚如此，何况树木呢？我总觉得一地方的园林应该有那个地方的植物特色，并且土生土长的树木存活率大，成长得快，几年可茂然成林。它与植物园有别，是以观赏为主，而非以种多斗奇。要能做到“园以景胜，景因园异”，那真是不容易。这当然也包括花卉在内。同中求不同，不同中求同，我国园林是各具风格的。古代园林在这方面下过功夫，虽亭台楼阁，山石水池，而能做到风花雪月，光景常新。

我们民族在欣赏艺术上存乎一种特性，花木重姿态，音乐重旋律。书画重笔意等，都表现了要用水磨功夫，才能达到耐看耐听，经得起细细的推敲，蕴藉有余味。在民族形式的探讨上，这些似乎对我们有所启发。

园林景物有仰观、俯观之别，在处理上亦应区别对待。楼阁掩映，山石森严，曲水湾环，都存乎此理。“小红桥外小红亭，小红亭畔、高柳万蝉声。”“绿杨影里，海棠亭畔，红杏梢头。”这些词句不但写出园景层次，有空间感和声感，同时高柳、杏梢，又都把人们的视线引向仰观。文学家最敏感，我们造园者应向他们学习。至于“一丘藏曲折，缓步百跻攀”，则又皆留心俯视所致。因此园林建筑物的顶，假山的脚，水口，树梢，都不能草率从事，要着意安排。山际安亭，水边留帆，是能引人仰观、俯观的方法。

我国名胜也好，园林也好，为什么能这样勾引无数中外游人，百看不厌呢？风景洵美，固然是重要原因，但还有个重要因素，即其中有文化、有历史。我曾提过风景区或园林有文物古迹，可丰富其文化内容，使游人产生更多的兴会、联想，不仅仅是到此一游，吃饭喝水而已。文物与风景区园林相结合，文物赖以保存，园林借以丰富多彩，两者相辅相成，不矛盾而统一。这样才能体现出一个有古今文化的社会主义中国园林。

中国园林妙在含蓄，一山一石，耐人寻味。立峰是一种抽象雕刻品，美人峰细看才像，九狮山亦然。鸳鸯厅的前后梁架，形式不同，不说不明白，一说才恍然大悟，竟寓鸳鸯之意。奈何今天有许多好心肠的人，唯恐游者不了解，水池中装了人工大鱼，熊猫馆前站着泥塑熊猫，如做着大广告，与含蓄两字背道而驰，失去了中国园林的精神所在，真太煞风景。鱼要隐现方妙，熊猫馆以竹林引胜，渐入佳境，游者反多增趣味。

过去有些园名，如寒碧山庄（注）、梅园、网师园，都可顾名思义，园内的特色是白皮松、梅、水。尽人皆知的西湖十景，更是佳例。亭榭之额真是赏景的说明书。拙政园的荷风四面亭，人临其境，即无荷风，亦觉风在其中，发人遐思。而对联文字之隽永，书法之美妙，更令人一唱三叹，徘徊不已。镇江焦山顶的别峰庵，为郑板桥读书处，小斋三间，一庭花树，门联写着“室雅无须大；花香不在多”。游者见到，顿觉心怀舒畅，亲切地感到景物宜人，博得人人称好，游罢个个传诵。

至于匾额，有砖刻、石刻，联屏有板对、竹对、板屏、大理石屏，外加石刻书条石，皆少用画面，比具体的形象来得曲折耐味。其所以不用装裱的屏联，因园林建筑多敞口，有损纸质，额对露天者用砖石，室内者用竹木，皆因地制宜而安排。住宅之厅堂斋室，悬挂装裱字画，可增加内部光线及音响效果，使居者有明朗清静之感，有与无，情况大不相同。当时宣纸规格、装裱大小皆有一定，乃根据建筑尺度而定。园林中曲与直是相对的，要曲中寓直，灵活应用。曲直自如。

画家讲画树，要无一笔不曲，斯理至当。曲桥、曲径、曲廊，本来在交通意义上，是由一点到另一点而设置的。园林中两侧都有风景，随直曲折一下，使行者左右顾盼有景，信步其间使距程延长，趣味加深。由此可见，曲本直生，重在曲折有度。有些曲桥，定要九曲，既不临水面（园林桥一般要低于两岸，有凌波之意），生硬屈曲。行桥宛若受刑，其因在于不明此理（上海豫园前九曲桥即坏例）。

造园在选地后，就要因地制宜，突出重点，作为此园之特征，表达出预想的境界。北京圆明园，我说它是“因水成景，借景西山”，园内景物皆因水而筑，招西山入园，终成“万园之园”。无锡寄畅园为山麓园，景物皆面山而构，纳园外山景于预园内。网师园以水为中心。殿春簃一院虽无水，西南角凿冷泉，贯通全园水脉，有此一眼，绝处逢生，终不脱题。新建东部，设计上既背固有设计原则，且复无水，遂成僵局，是事先对全园未作周密的分析，不假思索而造成的。

园之佳者如诗之绝句，词之小令，皆以少胜多，有不尽之意，寥寥几句，弦外之音犹绕梁间（大园总有不周之处，正如长歌慢调，难以一气呵成）。我说园外有园，景外有景，即包括在此意之内。园外有景妙在“借”，景外有景在于“时”，花影、树影、云影、水影、风声、水声、鸟语、花香，无形之景，有形之景，交响成曲。所谓诗情画意盎然而生，与此有密切关系。（参见拙作《建筑中的借景问题》）

万顷之园难以紧凑，数亩之园难以宽绰。紧凑不觉其大，游无倦意，宽绰不觉局促，览之有物，故以静、动观园，有缩地扩基之妙。而大胆落墨，小心收拾（画家语），更为要谛，使宽处可容走马，密处难以藏针（书家语）。故颐和园有烟波浩渺之昆明湖，复有深居山间的谐趣园，于此可悟消息。

造园有法而无式。在于人们的巧妙运用其规律。计成所说的“因借（因地制宜，借景）”，就是法。《园冶》一书终未列式。能做到园有大小之分，有静观动观之别，有郊园市园之异，等等，各臻其妙，方称“得体”（体宜）。中国画的兰竹看来极简单，画家能各具一格；古典折子戏，亦复喜看，每个演员演来不同，就是各有独到之处。造园之理与此理相通。如果定一式使学者死守之，奉为经典，则如画谱之有“芥子园”，文章之有八股一样。

苏州网师园是公认为小园极则，所谓“小而精，以少胜多”。其设计原则很简单，运用了假山与建筑相对而互相更换的一个原则（苏州园林基本上用此法。网师园东部新建反其道，终于未能成功），无旱船、大桥、大山、建筑物尺度略小，数量适可而止，亭亭当当，像一个小园格局。反之，狮子林增添了大船，与水面不称，不伦不类，就是不“得体”。清代汪春田重葺文园有诗：“换却花篱补石阑，改园更比改诗难。果能字字吟来稳，小有亭台亦耐看。”说得透彻极了，到今天读起此诗，对造园工作者来说，还是十分亲切的。

园林中的大小是相对的，不是绝对的，无大便无小，无小也无大。园林空间越分隔，感到越大，越有变化，以有限面积，造无限空间，因此大园包小园，即基此理（大湖包小湖，如西湖三潭印月）。是例极多，几成为造园的重要处理方法。佳者如拙政园之枇杷园、海棠坞，颐和园之谐趣园等，都能达到很高的艺术效果。如果入门便觉是个大园，内部空旷平淡，令人望而生畏，即入园亦未能游遍全园，故园林不起游兴是失败的。如果景物有特点，委宛多姿，游之不足，下次再来。风景区也好，园林也好，不要使人一次游尽，留待多次，有何不好呢？

我很惋惜很多名胜地点，为了扩大空间，更希望一览无余，甚至于希望能一日游或半日游，一次观完，下次莫来，将许多古名胜园林的围墙拆去，大是大了，得到的是空，西湖平湖秋月、西泠印社都有这样的后果。西泠饭店造了高层，葛岭矮小了一半。扬州瘦西湖妙在“瘦”字，今后不准备在其旁建造高层建筑，是有远见的。本来瘦西湖风景区是一个私家园林群（扬州城内的花园巷，同为私家园林群，一用水路交通，一用陆上交通），其妙在各园依水而筑，独立成园，既分又合，隔院楼台，红杏出墙，历历倒影，宛若图画。虽瘦而不觉寒酸，反窈窕多姿。今天感到美中不足的，似觉不够紧凑，主要建筑物少一些，分隔不够。在以后的修建中，这个原来瘦西湖的特征，还应该保留下来。拙政园将东园与之合并，大则大矣，原来部分益现局促，而东园辽阔，游人无兴，几成为过道。分之两利，合之两伤。

本来中国木构建筑，在体形上有其个性与局限性，殿是殿，厅是厅，亭是亭，各具体例，皆有一定的尺度，不能超越，画虎不成反类犬，放大缩小各有范畴。平面使用不够，可几个建筑相连，如清真寺礼拜殿用勾连搭的方法相连，或几座建筑缀以廊庑，成为一组。

拙政园东部将亭子放大了，既非阁，又不像亭，人们看不惯，有很多意见。相反，瘦西湖五亭桥与白塔是模仿北京北海大桥、五龙亭及白塔，因为地位不够大，将桥与亭合为一体，形成五亭桥，白塔体形亦相应缩小，这样与湖面相称了，形成了瘦西湖的特征，不能不称佳构，如果不加分析，难以辨出它是一个北海景物的缩影，做得十分“得体”。

远山无脚，远树无根，远舟无身（只见帆），这是画理，亦造园之理。园林的每个观赏点，看来皆一幅幅不同的画，要深远而有层次。

“常倚曲阑贪看水，不安四壁怕遮山。”如能懂得这些道理，宜掩者掩之，宜屏者屏之，宜敞者敞之，宜隔者隔之，宜分者分之，等等，见其片段，不逞全形，图外有画，咫尺千里，余味无穷。再具体点说：建亭须略低山巅，植树不宜峰尖，山露脚而不露顶，露顶而不露脚，大树见梢不见根，见根不见梢之类。但是运用上却细致而费推敲，小至一树的修剪，片石的移动，都要影响风景的构图。真是一枝之差，全园败景。拙政园玉兰堂后的古树枯死，今虽补植，终失旧貌。留园曲溪楼前有同样的遭遇。至此深深体会到，造园困难，管园亦不易，一个好的园林管理者，他不但要考查园的历史，更应知道园的艺术特征，等于一个优秀的护士对病人做周密细致的了解。尤其重点文物保护单位，更不能鲁莽从事，非经文物主管单位同意，须照原样修复，不得擅自更改，否则不但破坏园林风格，且有损文物，关系到党的文物政策问题。

郊园多野趣，宅园贵清新。野趣接近自然，清新不落常套。无锡蠡园为庸俗无野趣之例，网师园属清新典范。前者虽大，好评无多；后者虽小，赞辞不已。至此可证园不在大而在精，方称艺术上品。此点不仅在风格上有轩轾，就是细至装修陈设皆有异同。

园林装修同样强调因地制宜，敞口建筑重线条轮廓，玲珑出之，不用精细的挂落装修，因易损伤：家具以石凳、石桌、砖面桌之类，以古朴为主。厅堂轩斋有门窗者，则配精细的装修。其家具亦为红木、紫檀、楠木、花梨所制，配套陈设，夏用藤棚椅面，冬加椅披椅垫，以应不同季节的需要。但亦须根据建筑物的华丽与雅素，分别作不同的处理。华丽者用红木、紫檀，雅素者用楠木、花梨：其雕刻之繁简亦同样对待。家具俗称“屋肚肠”，其重要可知，园缺家具，即胸无点墨。水平高下自在其中。过去网师园的家具陈设下过大功夫，确实做到相当高的水平，使游者可以更全面地领会我国园林艺术。

古代园林张灯夜游是一件大事，屡见诗文，但张灯是盛会，许多名贵之灯是临时悬挂的，张后即移藏，非永久固定于一地。灯也是园林一部分，其品类与悬挂亦如屏联一样，皆有定格，大小形式各具特征。现在有些园林为了适应夜游，都装上电灯，往往破坏园林风格，正如宜兴善卷洞一样，五色缤纷，宛或餐厅，几不知其为洞穴，要还我自然。苏州狮子林在亭的戗角头装灯，甚是触目。对古代建筑也好，园林也好，名胜也好，应该审慎一些，不协调的东西少强加于它。我以为照明灯应隐，装饰灯宜显，形式要与建筑协调。

至于装挂地位，敞口建筑与封闭建筑有别。有些灯玲珑精巧不适用于空廊者，挂上去随风摇曳，有如塔铃，灯且易损，不可妄挂，而电线电杆更应注意，既有害园景，且阻视线，对拍照人来说，真是有苦说不出。凡兹琐琐，虽多陈音俗套，难免絮聒之讥，似无关大局，然精益求精，繁荣文化，愚者之得，聊资参考！

注：见刘蓉峰（恕）《寒碧山庄记》。“予因而葺之，拮据五年，粗有就绪。

以其中多植白皮松，故名寒碧庄。罗致太湖石颇多，皆无甚奇，乃于虎阜之阴砂碛中获见一石笋，广不满二尺，长几二丈。询之土人，俗呼为斧擗石，盖川产也。不知何人辇至卧于此间，亦不知历几何年。予以百觚艘载归，峙于寒碧庄听雨楼之西。自下而窥，有千霄之势，因以为名。”此隶书石刻残碑，我于1975年12月发现，今存留园。

后记

圆明园防渗事件，是我职业生涯中非常难得的采访经历。由于一个偶然的机会，自己有幸进入这座见证中华民族数百年兴衰荣辱的文化遗址，也体验了长达半年多的兴奋与紧张、困惑与喜悦。在采访中，我深感自己对这座破败不堪却又意蕴丰厚的文化遗存知之太少，在慨叹环境保护和文物保护之大不易的同时，也为中国在现代化进程中的诸多进步而深觉欣慰。

防渗事件尘埃落定之后，我就萌生了写本小书、“立此存照”的想法，但每次都是“三分钟热度”，只拉了个粗略的提纲，就搁在那儿了。

两年之后，我被派到浙江省长兴县挂职一年。刚去那一阵子相对清闲，夜里基本无事可做。一天晚上我在所住的县委党校院子里散步时，望着满天繁星，忽然想到：这不是天赐良机吗？

于是，从 2007 年 9 月中旬开始，我利用晚上和节假日的时间，动手写这本小书。由于此前采访比较深入、收集了很多资料，不到半年时间就拉出初稿。此后，又字斟句酌，进行了反复删改。

历史是最好的教科书。在举国上下高度重视生态文明建设和文化建设的今天，希望圆明园防渗事件能给读者提供一些启示。

在此，请允许我表达由衷的谢意——

感谢张正春、李皓、俞孔坚、王如松、崔海亭、李楯、李迪华、吴良镛、钱易、李文华、叶廷芳、孙晓翔、李嘉乐、何重义、王彬生、徐嵩龄等专家学者。恕我不能一一列出大家的名字，你们挺身而出，或仗义执言，或秉笔直书，既更新、丰富了民众的环保理念和文保意识，也彰显了中国知识分子的情怀与担当。

感谢梁从诫、李小溪、付建平、杨斧、廖晓义、曹克定等热心环保、关心圆明园的各位老师，以及关注圆明园防渗事件、以各种方式参与的广大读者、观众、听众、网友。中国的环境保护、文物保护，以及社会各方面的进步，离不开公众的积极参与。

感谢支持防渗的各位老师。真理越辩越明，不同的声音、对立的观点，会让事情的是非对错、利弊曲直更加清晰。

感谢新华社、央视、央广和《南方周末》、《新京报》、《中国青年报》、《中国环境报》、《京华时报》、《华夏时报》、《科学时报》，以及新浪网、搜狐网等新老媒体的各位同人。大家铁肩担道义、妙手著文章，一起推进了事件的进展。

感谢国家环保总局。感谢你们“明知山有虎，偏向虎山行”，及时出手、履职尽责。

感谢报社的领导、同事。在这次事件中，《人民日报》打响了第一枪，并持续跟进、多方发力，累计刊发各类报道数十篇，赢得了读者的尊重。从当时的总编、分管副总编到总编室的各位主任、主任助理朱竞若、视点新闻版主编董建勤、副主编孟扬和各位编辑，从教科文部主任李新彦、副主任贾西平、记者刘毅到评论部副主任卢新宁、评论员陈家兴，以及文艺部记者刘琼等，都给予了莫大的指导、支持。

感谢人民网的领导、同事，特别是环保频道的主编王京女士。她在及时帮我编发稿件的同时，还开设专栏，对防渗事件进行了全方位报道。

感谢曲格平先生和李泓冰女士欣然作序，为这本小书增辉添彩。作为我国第一任国家环保局局长、第一任全国人大环资委主任委员，曲先生对于中国的环保事业做出了卓越贡献，他的智慧、远见和正直，一直鼓励着我这个曾经的环保小兵。李泓冰女士是我的同事，更是我学习的榜样，她的新闻作品集《记忆中国》《世相中国》时常提醒我：应当如何努力做一个称职的记者。

感谢敬一丹、王金南、吕舟、杨东平等老师不吝赐教，联名推荐。提携奖掖之义，铭记在心。

感谢在小书写作、出版过程中给予指点、支持的各位师友。尤其令人感动的是，《中国环境报》资深记者邓佳无偿提供了听证会代表发言的珍贵照片，我的大学同学姜晓红、高洪福给出了宝贵的修改意见和建议；生态环保部宣教司司长刘友宾、中华环保基金会理事长徐光，以及同事孙秀艳、王珏等，也都有求必应、慨然相助。

感谢东方出版社的策划孙涵、编辑陈丽娜、张凌云，以及封面设计、终审等各位老师。你们不厌其烦、精益求精，其专业、敬业令人感佩。

感谢我的家人。你们不仅原谅了我的不尽责，而且给予了莫大的支持。

最后，还要感谢我所挂职的浙江省长兴县。该县位于太湖之滨的苏浙皖三省交界处，地杰人灵、物阜民实，不仅助我以相对集中的时间、异常幽静的环境和提神明目的紫笋茶，还给了我很大的精神支持。茶圣陆羽后半生隐居于太湖之滨，专心事茶、潜心著书，写出了流芳千古的《茶经》。先贤高风，砥砺后生。

有两点需要说明的是：一、我与圆明园管理处没有任何个人恩怨，如果我的工作给你们造成了不便，敬请谅解；二、由于自己的健忘和浅陋，书中肯定有疏漏、不当之处，还请读者朋友批评指正。

2021 年初秋
赵永新
于北京临月轩

图书在版编目（CIP）数据

圆明园防渗之争 / 赵永新 著 . —北京：东方出版社，2021.11
ISBN 978-7-5207-2034-2

Ⅰ . ①圆… Ⅱ . ①赵… Ⅲ . ①纪实文学－中国－当代 Ⅳ . ① I25

中国版本图书馆 CIP 数据核字（2021）第 184383 号

圆明园防渗之争
（YUANMINGYUAN FANGSHEN ZHI ZHENG）

作　　者： 赵永新
责任编辑： 陈丽娜　张凌云
出　　版： 东方出版社
发　　行： 人民东方出版传媒有限公司
地　　址： 北京市西城区北三环中路 6 号
邮　　编： 100120
印　　刷： 北京联兴盛业印刷股份有限公司
版　　次： 2021 年 11 月第 1 版
印　　次： 2021 年 11 月第 1 次印刷
开　　本： 710 毫米 ×1000 毫米　1/16
印　　张： 22.5
字　　数： 250 千字
书　　号： ISBN 978-7-5207-2034-2
定　　价： 79.80 元
发行电话：（010）85924663　85924644　85924641